Clube do Crime é uma coleção que reúne os maiores nomes do mistério clássico no mundo, com obras de autores que ajudaram a construir e a revolucionar o gênero desde o século XIX. Como editora da obra de Agatha Christie, a HarperCollins busca com este trabalho resgatar títulos fundamentais que, diferentemente dos livros da Rainha do Crime, acabaram não tendo o devido reconhecimento no Brasil.

UM CORPO NA BANHEIRA

DOROTHY L. SAYERS

Tradução
Érico Assis

Rio de Janeiro, 2023

Publicado pela primeira vez na Grã-Bretanha em 1923 por T. Fisher Unwin.
Copyright da tradução © 2023 por Casa dos Livros Editora LTDA. Todos os direitos reservados.
Título original: *Whose Body?*

Todos os direitos desta publicação são reservados à Casa dos Livros Editora LTDA. Nenhuma parte desta obra pode ser apropriada e estocada em sistema de banco de dados ou processo similar, em qualquer forma ou meio, seja eletrônico, de fotocópia, gravação etc., sem a permissão do detentor do copyright.

Publisher: *Samuel Coto*
Editora executiva: *Alice Mello*
Editora: *Lara Berruezo*
Editoras assistentes: *Anna Clara Gonçalves e Camila Carneiro*
Assistência editorial: *Yasmin Montebello*
Copidesque: *Luiza Amelio*
Revisão: *Vanessa Sawada*
Design gráfico de capa: *Giovanna Cianelli*
Projeto gráfico de miolo: *Ilustrarte Design e Produção Editorial*
Imagem da autora: *Pictorial Press Ltd / Alamy Stock Photo*
Diagramação: *Abreu's System*

Dados Internacionais de Catalogação na Publicação (CIP)
(Câmara Brasileira do Livro, SP, Brasil)

Sayers, Dorothy L., 1893-1957
Um corpo na banheira / Dorothy L. Sayers ; tradução Érico Assis. – Rio de Janeiro : HarperCollins Brasil, 2023.
(Clube do crime)

Título original: Whose Body?
ISBN 978-65-6005-060-0

1. Detetives particulares – Ficção 2. Ficção inglesa 3. Suspense – Ficção I. Título. II. Série.

23-164941 CDD-823

Índices para catálogo sistemático:
1. Ficção : Literatura inglesa 823

Eliane de Freitas Leite – Bibliotecária – CRB-8/8415

Os pontos de vista desta obra são de responsabilidade de seu autor, não refletindo necessariamente a posição da HarperCollins Brasil, da HarperCollins Publishers ou de sua equipe editorial.

HarperCollins Brasil é uma marca licenciada à Casa dos Livros Editora LTDA.

Todos os direitos reservados à Casa dos Livros Editora LTDA.
Rua da Quitanda, 86, sala 218 – Centro
Rio de Janeiro, RJ – CEP 20091-005
Tel.: (21) 3175-1030
www.harpercollins.com.br

PARA M. J.

Caro Jim,
Este livro é culpa sua. Não fosse sua insistência bruta, lorde Peter não teria chegado ao fim desta investigação. Leve em consideração que ele lhe agradece, com sua contumaz afabilidade.

De sua amiga,
D. L. S.

Nota da editora

Em janeiro de 1921, a jovem acadêmica Dorothy L. Sayers mencionou em uma carta: "Minha história de detetive começa brilhantemente, com uma senhora gorda encontrada morta em seu banho, sem nada além de um pincenê. Agora, por que ela usaria um pincenê no banho? Se você puder adivinhar, estará em posição de colocar as mãos no assassino, mas ele é um sujeito muito legal e astuto...". Essa seria a semente do que se tornaria o seu primeiro romance policial. Na época, é provável que Sayers não tivesse ideia de que se tornaria uma das maiores autoras do gênero.

Romancista, ensaísta, dramaturga e acadêmica, Dorothy Sayers, nascida em Oxford, em 1893, é considerada uma das quatro grandes damas da Era de Ouro da literatura de mistério, ao lado de Agatha Christie, Margery Allingham e Ngaio Marsh. Foi uma das primeiras mulheres a se formar na Universidade de Oxford e escreveu inúmeras peças e obras sobre o cristianismo, até hoje relevantes.

Ela fez parte do curioso Detection Club, grupo formado em 1930 por escritores de mistério britânicos, incluindo Anthony Berkeley, Agatha Christie, Ronald Knox, Freeman Wills Crofts, Arthur Morrison, Hugh Walpole, John Rhode, Jessie Rickard, Baronesa Emma Orczy, R. Austin Freeman, G. D. H. Cole, Margaret Cole, E. C. Bentley, Henry Wade, Constance Lindsay Taylor e H. C. Bailey. Havia um ritual de iniciação com um juramento escrito por Sayers, e o clube promovia jantares em Londres. Ali estipularam várias regras, como a proibição de resoluções sobrenaturais para crimes, além de possíveis "inspirações divinas" para o detetive responsável pela investigação.

Whose body?, na nossa tradução, *Um corpo na banheira*, é a primeira obra desta dama e nos apresenta o detetive aristocrático, Lorde Peter Wimsey, que, sendo amigo próximo dos figurões da Scotland Yard, resolve ajudar na investigação de um crime curioso: um arquiteto encontra um homem de meia-idade desconhecido na banheira, em um apartamento em Londres (nota-se que a autora mudou de ideia sobre a vítima quando a mencionou na carta). O cadáver usava apenas um pincenê e estava perfeitamente barbeado.

De fato, lorde Peter vai tomar gosto pela coisa, e outros dez livros — e mais alguns contos — serão escritos sobre ele. Hoje é considerado, ao lado de nomes como Hercule Poirot, um dos grandes detetives ficcionais da história da literatura.

Para o leitor atento, a obra está recheada de alusões a Shakespeare, como no trecho "Ó, Sugg, Sugg, como és sugguíssimo!", uma brincadeira com a peça *Romeu e Julieta*, e "Até onde sei ele é apenas um parente distante, mas é sábio o filho que reconhece o próprio pai", menção a *O mercador de Veneza*. E algumas referências bíblicas, como em "Você chegou na minha frente e agora é minha vez de amontoar brasas sobre a cabeça dos dois".

Outro ponto importante a se considerar é o grande número de expressões antissemitas utilizadas pela autora para se referir ao personagem judeu, inclusive na frase "tenho certeza de que há judeus que são ótimas pessoas". A decisão editorial foi de manter tais expressões conforme o original, a fim de não modificar esta obra clássica.

Originalmente publicado em 1923, *Um corpo na banheira* recebe, cem anos depois, publicação inédita no Brasil pela HarperCollins, em edição especial para o Clube do Crime.

Com tradução de Érico Assis e posfácio de Samir Machado de Machado, a obra que se tornou um clássico do gênero, amada por gerações, agora encontra um lugar na sua estante.

Boa leitura!

UM CORPO
NA BANHEIRA

1

— Ah, maldição — disse Lorde Peter Wimsey em Piccadilly Circus. — Ei, condutor!

O taxista, descontente em ser interpelado enquanto traçava uma estratégia para cruzar a rota de um ônibus 19, de um 38-B e de uma bicicleta e dobrar na Regent Street, voltou-lhe um ouvido de má vontade.

— Esqueci o catálogo — disse lorde Peter, em tom reprobatório. — Que descuido incomum da minha parte. Importa-se de voltar aonde partimos?

— Ao Savile Club, senhor?

— Não. Para Piccadilly, número 110A... logo adiante. Obrigado.

— Achei que o senhor estivesse com pressa — disse o homem, injuriado.

— Sinto dizer que é um lugar difícil de fazer retorno — disse lorde Peter, respondendo ao pensamento e não à pergunta. O rosto largo e afável parecia ter surgido por geração espontânea da cartola, tal como larvas brancas procriando no gorgonzola.

O táxi, frente ao olhar severo de um policial, fez o contorno com leves solavancos e com um som que lembrava o ranger dos dentes.

O prédio de apartamentos novos e caros em cujo segundo andar morava lorde Peter ficava exatamente em frente ao Green Park, em um local que por muitos anos fora ocupado pelos restos mortais de um empreendimento comercial malogrado. Enquanto lorde Peter entrava, ele ouviu a voz do empregado dele na biblioteca, exaltada na estridência peculiar àqueles com devida capacitação para o uso do aparelho telefônico.

— Creio que sua senhoria está de regresso neste momento... Vossa Graça faria a gentileza de permanecer na linha por um instante?

— O que foi, Bunter?

— Sua Graça acabou de telefonar de Denver, milorde. Eu estava dizendo que vossa senhoria havia saído para o leilão, quando ouvi a sua chave.

— Obrigado — disse lorde Peter. — Poderia me trazer meu catálogo, por favor? Creio que deixei no meu quarto ou na escrivaninha.

Ele sentou-se ao telefone com um ar de polidez e folga, como se um amigo houvesse aparecido para um papo.

— Olá, mãe. É você?

— Ah, aí está, querido — respondeu a voz da Duquesa Viúva. — Achei que havia perdido-o por um triz.

— Na verdade, havia. Eu havia recém-saído para o leilão de Brocklebury e ia comprar um ou dois livros, mas tive que voltar por causa do catálogo. O que me diz?

— Uma ocorrência tão peculiar — disse a duquesa. — Queria lhe contar. Conhece o sr. Thipps?

— Thipps? — perguntou lorde Peter. — Thipps? Sim, sim, o arquiteto baixinho que está trabalhando no telhado da igreja. Sim. O que tem ele?

— A sra. Throgmorton acabou de passar aqui, bastante aflita.

— Desculpe, mãe, não ouvi. Senhora *quem*?

— Throgmorton. Throgmorton. A esposa do vigário.

— Ah, sim. A sra. Throgmorton.

— O sr. Thipps lhes telefonou hoje de manhã. Era dia de ele comparecer.

— E?

— Ele telefonou para dizer que não poderia. Estava abalado, o pobre coitado. Tinha encontrado um corpo na banheira.

— Desculpe, mãe, não ouvi. Encontrou o quê, onde?

— Um corpo, querido. Na banheira.

— Como é? Não, não, telefonista, ainda não encerramos. Por favor, não nos interrompa. Alô? Alô? Mãe? Alô! Mãe! Ah, sim, desculpe, a telefonista queria nos cortar. Que tipo de corpo?

— Era um cadáver, querido. Nu, à exceção de um pincenê. A sr. Throgmorton ficou coradíssima quando me contou. Acho que as pessoas ficam com a cabeça um tanto fechada nesses presbitérios do interior.

— Bom, não me parece nada comum. Era alguém que ele conhecia?

— Não, querido, creio que não. E ele, de qualquer maneira, não pôde dar muitos detalhes. A sra. Throgmorton disse que ele parecia perturbado. É um senhorzinho muito respeitável. Receber polícia em casa e tudo mais o deixou muito nervoso.

— Pobre Thipps! Muito embaraçoso. Vejamos... ele mora em Battersea, não é?

— Sim, querido; Queen Caroline Mansions, número 59; em frente ao parque. Aquele quarteirão grande, dobrando a esquina depois do hospital. Achei que você gostaria de dar uma passadinha, falar com ele e perguntar se podemos ajudar no que for. Sempre o considerei um homenzinho muito gentil.

— Ah, sim — disse lorde Peter, sorrindo para o telefone. A duquesa sempre era muito prestativa em seu hobby de investigações criminais, embora nunca fizesse alusões ao hobby e sustentasse a ficção educada de que tal hobby nem existia.

— Que horas aconteceu, mãe?

— Creio que ele encontrou o corpo hoje pela manhã. Claro, ele não pensou em contar aos Throgmorton de início.

Ela veio falar comigo pouco antes da hora do almoço. Tão inconveniente, tive de convidá-la para comer aqui. Por sorte, eu estava sozinha. Não me importo de ficar entediada, mas odeio que meus convidados fiquem com tédio.

— Minha pobre mãe! Bom, agradeço muito por me contar. Creio que mandarei Bunter ao leilão e vou dar uma corrida até Battersea para consolar a pobre criatura. Até logo.

— Até, querido.

— Bunter!

— Sim, milorde.

— Sua Graça me contou que um arquiteto muito decoroso de Battersea encontrou um falecido na banheira de casa.

— É mesmo, milorde? Que gratificante.

— Deveras, Bunter. Sua opção léxica foi certeira. Queria que Eton e Balliol* tivessem feito o mesmo por mim. Encontrou o catálogo?

— Aqui está, milorde.

— Obrigado. Vou de uma vez a Battersea. Quero que vá ao leilão por mim. Não perca tempo. Não quero perder o fólio de Dante**, nem o de De Voragine. Este aqui... viu? O *Golden Legend*. Wynkyn de Worde, 1493. Entendeu? E reforço que faça empenho especial pelo fólio de *Four Sons of Aymon,* de Caxton. O de 1489, que é único. Aqui! Marquei os lotes que eu quero e anotei minha proposta por cada um. Faça seu melhor por mim. Devo voltar para o jantar.

— Pois bem, milorde.

---

* A escola e a faculdade. [*N.T.*]

** Esta seria a primeira edição florentina, de 1481, de Niccolo di Lorenzo. A coleção que lorde Peter possui de edições de Dantes merece comentário. Ela inclui, além do famoso octavo Aldine, de 1502, o fólio de Nápoles de 1477 – *edizione rarissima*, segundo Colomb. sr. Parker, em particular, crê que este exemplar não tem histórico e que seu dono atual o possui após roubá-lo de sabe-se lá onde. O que diz o próprio lorde Peter é que ele "comprou em um cantinho lá nos montes", enquanto fazia trilha pela Itália. [*N.A.*]

— Pegue meu táxi e diga para ele ter pressa. Com você, pode ser que ele tenha; de mim ele não gostou. Será que... — disse lorde Peter, olhando para si no espelho setecentista sobre a cornija — será que terei coragem de fustigar o fatigado Thipps (que difícil de falar) chegando de cartola e fraque? Creio que não. Aposto dez para um que ele vai olhar minhas calças e me confundir com o coveiro. Creio que um terno cinza, elegante, mas não espalhafatoso, com um chapéu para dar o tom, combine mais com meu outro eu. Sai o amador em busca de primeiras edições; o novo *motif* é introduzido pelo solo de fagote; entra Sherlock Holmes, disfarçado de diletante a pé. E lá se foi Bunter. Camarada inestimável. Nunca insiste em fazer o próprio serviço quando lhe dizem para fazer outro. Espero que não perca *Four Sons of Aymon*. De qualquer modo, *há* outro exemplar: no Vaticano.* Talvez venha a disponibilizar-se, nunca se sabe. Caso a Igreja Católica caia na miséria ou a Suíça invada a Itália... Já um cadáver estranho não aparece em um banheiro suburbano mais do que uma vez na vida. Ao menos, creio que não. De qualquer maneira, imagino que o número de vezes que tenha acontecido, com um pincenê ainda por cima, possa ser contado com os dedos de uma mão. Nossa! Que dislate desastroso cavalgar dois cavalinhos de pau.

Ele havia chegado ao corredor para o quarto e estava trocando-se com uma velocidade que não se esperava de um homem de suas idiossincrasias. Escolheu uma gravata verde-escura que combinava com as meias e a amarrou com precisão, sem hesitar e sem a mínima compressão dos lábios; trocou um par de sapatos marrons por pretos, guardou um

---

* As faculdades de lorde Peter estavam comprometidas. O livro está em posse de Conde Spencer. O exemplar de Brocklebury é incompleto, estando em falta as últimas cinco assinaturas, embora seja singular no fato de conter colofão. [*N.A.*]

monóculo no bolso do peito e pegou uma bela bengala de *malacca* com castão de prata.

— É tudo, creio eu — balbuciou apenas para si. — Você fica... de você talvez eu precise... talvez você também seja útil... nunca se sabe. — Ele somou uma caixa de fósforos prata à equipagem, olhou para o relógio, viu que já eram quinze para as três, desceu as escadas com velocidade, e, após parar um táxi, foi conduzido ao Battersea Park.

O sr. Alfred Thipps era um homenzinho nervoso cujos cabelos cor de linho começavam a desertar da luta desigual contra o destino. Podia-se dizer que a única característica marcante dele era um hematoma acima da sobrancelha esquerda, que lhe dava uma atmosfera um pouco dissoluta, incongruente com tudo mais na aparência dele. Quase no mesmo fôlego da saudação ao receber lorde Peter, ele fez um acanhado pedido de desculpas, balbuciando algo a respeito de um encontrão com a porta da sala de jantar no escuro. Ficou quase às lágrimas com a consideração de lorde Peter e com a disposição dele a comparecer.

— É uma grande gentileza de vossa senhoria, de fato — repetiu ele pela décima-segunda vez, piscando as palpebrazinhas em alta velocidade. — Agradeço muito, muitíssimo, agradeço mesmo, assim como agradeceria minha mãe, o que não faz por ser surda e não quero que se incomode em tentar fazê-la escutar. Foi um dia pesado — complementou —, com os policiais na casa e tanto tumulto. É o tipo de coisa a que minha mãe e eu nunca fomos acostumados, pois sempre vivemos muito isolados, e é aflição para um homem que tem seus hábitos, milorde. Entenda que quase sou grato por minha mãe não escutar, pois tenho certeza de que ficaria muito preocupada caso viesse a tomar conhecimento do que se passou. Ela ficou incomodada de início, mas já fixou alguma ideia a respeito do que transcorreu e tenho certeza de que é melhor assim.

A idosa estava tricotando e fez um meneio com a cara fechada em resposta ao olhar do filho.

— Eu sempre disse que você devia reclamar desta banheira, Alfred — disse ela de repente, na voz alta e sibilante peculiar aos surdos —, e agora, é de se esperar que o senhorio venha ver; não que eu não pense que você teria conseguido sem a polícia, mas aí está! Você sempre foi de fazer um estardalhaço à mínima coisinha, de catapora para cima.

— Aí está — disse sr. Thipps em tom apologético. — O senhor já viu como é. Não, melhor que ela tenha se decidido que é isso, porque ela viu que trancamos o banheiro, e ela que não tente entrar. Mas para mim foi um choque tremendo, senhor... milorde, devo dizer. Mas olhe só! Meus nervos estão em frangalhos. Nunca que me aconteceu uma coisa dessas... nunca que me aconteceu desde que eu existo neste mundo. Eu estava num tal estado hoje de manhã... não sabia onde estava com a cabeça... não sabia mesmo. E como meu coração não é dos fortes, mal consegui sair daquele banheiro tenebroso e telefonar para a polícia. Afetou-me, senhor, me deixou afetado, muito afetado... nem consegui tocar no café da manhã, nem almoço, e com tantos telefonemas e tendo que protelar com os clientes e interrogar gente toda a manhã, mal sei o que fazer de mim.

— Tenho certeza de que deve ter sido perturbador — disse lorde Peter com tom solidário. — Em especial por ter acontecido antes do café da manhã. Odeio qualquer inconveniência antes do desjejum. A pessoa é pega em momento de desvantagem, que tal?

— É isso, exatamente isso — disse sr. Thipps, nervoso. — Quando eu vi aquela coisa terrível deitada na minha banheira, nua em pelo à exceção dos óculos, eu vou lhe dizer, milorde... Revirou meu estômago, se me perdoa a expressão. Eu não sou dos mais fortes, senhor, e às vezes sinto nós na barriga pela manhã, e depois de uma e outra coisa que eu já passei... tive

UM CORPO NA BANHEIRA

que mandar a empregada buscar um conhaque forte, caso contrário não sei *o que* teria me acontecido. Fiquei abaladíssimo, mas, por regra, sou tudo menos favorável aos destilados. Ainda assim, por outra regra, nunca fico sem conhaque em casa. Em caso de emergência, sabe?

— Muito inteligente da sua parte — disse lorde Peter, de bom grado. — O senhor é um homem de visão, sr. Thipps. É maravilhoso o que um golinho pode fazer em caso de necessidade, e quanto menos o senhor estiver acostumado, melhor fará. Espero que sua criada seja moça sensata, que tal? É um incômodo quando as mulheres começam a desmaiar e gritar por todos os lados.

— Ah, Gladys é uma boa criada — disse sr. Thipps. — Sim, muito sensata. Claro que ela ficou chocada; é compreensível. Eu mesmo fiquei chocado, e não seria adequado a uma jovem não ficar chocada diante das circunstâncias. Mas é uma moça prestativa, vigorosa nas crises, se é que me entende. Eu me considero muito grato, nos dias de hoje, por ter conseguido uma moça comportada e decorosa para cuidar de mim e da minha mãe, mesmo que ela seja um pouco descuidada e esqueça de uma coisinha e outra, mas é natural. Ela ficou muito lamentosa de ter deixado a janela do banheiro aberta, ah, se ficou, e, mesmo que eu tenha ficado irritado no início, depois de ver o que aconteceu, não era razão para reprimenda, não do jeito normal, como se diz. Qualquer empregada esquece das coisas, o senhor sabe, milorde, e, ah, ela ficou tão aflita que eu não quis dizer muita coisa. Eu só falei o seguinte: "Podia ter sido um ladrão". "Lembre-se disso da próxima vez que deixar a janela aberta a noite inteira; dessa vez foi um morto", falei. "O que já é desagradável; mas da próxima vez pode ser ladrão." "E todo mundo aqui morto, cada um na sua cama." Mas o inspetor da polícia, o inspetor Sugg que chamaram da Scotland Yard... ele foi muito ríspido com ela, pobrezinha.

Ficou muito assustada, muito, pensando que ele suspeitava dela, mas o que é que ela ia fazer com um corpo, pobrezinha? Eu não imagino o quê, e foi o que eu disse ao inspetor. Ele foi bastante grosseiro comigo, milorde... Vou dizer que não gostei mesmo da postura dele, não gostei. "Se você tem algo concreto para acusar a Gladys ou a mim, inspetor", falei para ele, "que apresente, é isso que o senhor tem que fazer." "Mas ainda quero saber se o senhor é pago para ser grosseiro com um homem na sua pópia... quero dizer, na sua própria casa." Oras — disse sr. Thipps, com o topo da cabeça quase rosa--choque —, ele me incitou, milorde, ele me provocou. E eu, por regra, sou homem delicado.

— É Sugg de cima a baixo — disse lorde Peter. — Conheço o homem. Quando ele não sabe o que dizer, é um grosso. Faz sentido que você e a moça não saiam por aí recolhendo ca-dáveres. Quem ia querer um cadáver? Em geral a dificuldade está em se *livrar* do cadáver. Já se livraram deste, a propósito?

— Ainda está no banheiro — disse sr. Thipps. — O inspetor Sugg disse que não devia tocar em nada até que seus homens viessem tirar. Estou esperando a qualquer momento. Se interessar a vossa senhoria dar uma olhada...

— Muitíssimo obrigado — disse lorde Peter. — Eu gostaria muito, muito, se não for incômodo.

— De modo algum — disse sr. Thipps. Sua postura enquanto tomava a frente no corredor convenceu lorde Peter de duas coisas: a primeira, de que, por mais que o que tivesse a mostrar fosse repugnante, o homenzinho regozijava-se da importância que se refletia sobre si e seu apartamento; e, segundo, que o inspetor Sugg o havia proibido de mostrar a outros o que ia mostrar. A última suposição foi confirmada pela atitude de sr. Thipps, que parou para pegar a chave do quarto, dizendo que ele havia tomado por regra ter duas chaves para cada porta em caso de acidentes.

O banheiro tinha nada de notável. Era comprido e estreito, sendo que a janela ficava exatamente sobre a cabeceira da banheira. As vidraças eram de vidro fosco; o caixilho era grande o bastante para passar o corpo de um homem. Lorde Peter foi direto àquele ponto, abriu a janela e olhou para fora.

O apartamento ficava no andar mais alto do prédio, que estava situado no meio do quarteirão. A janela do banheiro dava para o quintal dos prédios, que era ocupado por vários anexos de pequeno porte, depósitos de carvão, garagens e afins. Passando estes, havia os jardins dos fundos de uma fileira de casas. À direita erguia-se a ampla estrutura do St. Luke's Hospital de Battersea, com um terreno e, vinculado a ele por uma passagem coberta, a residência do famoso cirurgião Sir Julian Freke, que dirigia a ala cirúrgica do grande e novo hospital e que, além disso, era conhecido na Harley Street como neurologista de distinção com ponto de vista distinto ao extremo.

Esta informação foi derramada aos ouvidos de lorde Peter com detalhamento considerável da parte de sr. Thipps, que ao que parecia acreditava que ser vizinho de alguém de tamanha distinção punha uma espécie de halo sobre Queen Caroline Mansions.

— Nós o recebemos por aqui hoje de manhã por conta deste horror — disse ele. — Inspetor Sugg pôs em consideração que um dos médicos jovens no hospital poderia ter trazido o cadáver de brincadeira, por assim dizer, já que eles sempre têm cadáveres na sala de dissecção. Então o inspetor Sugg foi falar com sir Julian hoje de manhã para saber se deram falta de um corpo. Ele foi muito gentil, sir Julian, muito gentil mesmo, mas estava trabalhando quando chegaram lá, na sala de dissecção. Ele checou os registros para ter certeza de que todos os cadáveres estavam contabilizados, e então, com muita gentileza, veio aqui para olhar. — Ele apontou a banheira — Disse que, infelizmente, não tinha como nos ajudar.

Não havia cadáver faltando no hospital e este não correspondia à descrição de nem um dos que eles tinham.

— Nem à descrição de nenhum dos pacientes deles, assim espero — sugeriu lorde Peter, casualmente.

O sr. Thipps ficou pálido diante da sugestão macabra.

— Não ouvi o inspetor Sugg perguntar — disse ele, com certa agitação. — Que coisa horrível ia ser... Deus bendiga minha alma, milorde, nunca imaginei uma coisa dessas.

— Bom, se eles dessem falta de um paciente, é provável que já tivessem descoberto — disse lorde Peter. — Vamos dar uma olhada neste.

Ele atarraxou o monóculo ao olho antes de dizer:

— Vejo que entra bastante fuligem por aqui. Muito desagradável, não é? Na minha casa é a mesma coisa... estraga todos os meus livros. Por gentileza, caso não se importe de olhar.

Da mão hesitante do sr. Thipps, ele tomou o lençol que havia sido estendido sobre a banheira e puxou para trás.

O corpo deitado era de um homem alto e robusto, com cerca de cinquenta anos. O cabelo, que era grosso, preto e naturalmente encaracolado, havia sido aparado e repartido por uma mão de mestre e exalava um leve perfume de violetas, identificável de maneira perfeita na atmosfera compacta do banheiro. As feições eram grossas, carnudas, marcadas, com olhos escuros proeminentes e um nariz comprido que se curvava para um queixo pesado. Os lábios cercados pela pele glabra eram grossos e sensuais, e a boca escancarada revelava os dentes manchados de tabaco. No rosto morto, o belo pincenê dourado zombava da morte com elegância grotesca. Uma fina corrente de ouro fazia curvas sobre o peito nu. As pernas estavam esticadas, rígidas, lado a lado; os braços, colados ao corpo; os dedos, flexionados de forma natural. Lorde Peter ergueu um braço e olhou para a mão fazendo um pequeno franzir.

— Um dândi o seu visitante, que tal? — balbuciou ele. — Colônia violeta-de-parma e manicure. — Ele curvou-se de novo, passando a mão por trás da cabeça do cadáver. Os absurdos óculos caíram, bateram na banheira, e o tinir deu o toque final ao nervosismo crescente do sr. Thipps.

— Se me dá licença — murmurou ele —, isso me deixa muito fraco, ah, se me permite.

O sr. Thipps saiu do banheiro e, tão logo ele saiu, lorde Peter, erguendo o corpo com velocidade e cautela, virou-o de lado e o inspecionou com a cabeça para o lado, botando o monóculo em jogo, com ares do finado Joseph Chamberlain aprovando uma orquídea rara. Em seguida ele deitou a cabeça sobre seu braço, tirou a caixa de fósforos de prata do bolso e enfiou na boca aberta. Fazendo o barulho que em geral se escreve "tsc, tsc", ele deitou o corpo, recolheu e conferiu o misterioso pincenê, colocou sob o nariz e olhou pelas lentes, fez o mesmo "tsc, tsc" e reajustou o pincenê sobre o nariz do cadáver, de modo a não deixar vestígios de interferência que irritassem o inspetor Sugg. Dispôs o corpo do mesmo jeito que estava antes. Retornou à janela e, debruçando-se, usou a bengala, que havia trazido consigo de modo um tanto incôngruo, para tentar tocar acima e dos lados. Como nada adveio dessas investigações, ele retirou a cabeça, fechou a janela e reencontrou o sr. Thipps no corredor.

Quando lorde Peter voltou à sala de estar, sr. Thipps, comovido pelo interesse solidário do filho mais moço de um duque, tomou a liberdade de lhe oferecer uma xícara de chá. Lorde Peter, que havia deambulado até a janela e admirava a vista do Battersea Park, estava prestes a aceitar, quando uma ambulância entrou no campo de visão dele na ponta da Prince of Wales Road. A aparição lembrou lorde Peter de um compromisso importante. Com um "Por Júpiter!" apressado, ele pediu licença ao sr. Thipps.

— Minha mãe manda lembranças e tudo mais — disse ele, apertando as mãos com fervor. — E torce que a senhora volte a Denver tão logo lhe seja possível. Até mais, sr. Thipps — berrou ele com delicadeza ao ouvido da senhora. — Ah, não, meu caro, por favor, não se dê ao trabalho de descer comigo.

Ele partiu sem tardar. Quando saiu pela porta e virou-se para a estação, a ambulância surgiu da outra direção e o inspetor Sugg emergiu com dois agentes. O inspetor conversou com o policial de guarda no prédio e voltou um olhar suspeito para lorde Peter, já de costas e em retirada.

— Meu caro Sugg — disse o nobre, afetuosamente. — Meu caro, meu caríssimo! Como ele me odeia.

2

— Excelente, Bunter — disse lorde Peter, afundando-se em uma poltrona suntuosa após suspirar. — Eu não faria melhor. Pensar em Dante faz minha boca salivar... assim como em *Four Sons of Aymon*! E você me poupou sessenta libras. Que glória. No que gastaremos, Bunter? Pense só! É tudo nosso, para fazer o que bem entendermos, pois, como Harold Skimpole observa, e de maneira muito adequada, sessenta libras poupadas são sessenta libras ganhas e eu gostaria de gastar tudo. A economia foi sua, Bunter, e, sendo muito correto, as sessenta libras são suas. Do que gostaria? Algo do seu departamento? Gostaria de mudar alguma coisa no apartamento?

— Bem, milorde, como vossa senhoria é tão benévola... — o empregado fez uma pausa, prestes a servir conhaque envelhecido em um copo de licor.

— Ora, desembuche, meu caro Bunter, seu hipócrita imperturbável. Não adianta falar como se estivesse anunciando o jantar. E vai derramar o conhaque. A voz é a de Jacó, mas as mãos são de Esaú. Do que o seu bendito quarto escuro está precisando?

— Existe uma Duplo Anastigmat com um conjunto de lentes suplementares, milorde — disse Bunter, com um toque de fervor quase religioso. — Caso se tenha uma situação de forja, ou de pegadas, eu poderia ampliá-las direto na chapa. Ou uma lente grande-angular seria útil. É como se a câmera tivesse olhos na nuca, milorde. Veja o que tenho aqui.

Ele tirou um catálogo do bolso e o apresentou, trêmulo, ao olhar do patrão.

Lorde Peter analisou a descrição. Os cantos de sua boca ergueram-se com um leve sorriso.

— Para mim, é tudo grego — disse ele —, e cinquenta libras me parece um preço absurdo por vidrinhos. Eu imagino, Bunter, que você diria que 750 libras por um livro velho e sujo em uma língua morta seria um tanto fora de mão, não diria?

— Não cabe a mim dizer, milorde.

— Não, Bunter, eu lhe pago duzentas libras por ano para guardar suas ideias para si. Diga-me, Bunter: nestes tempos de democracia, você não acha sua situação injusta?

— Não, milorde.

— Pois não acha. Se importaria em me dizer com toda franqueza por que não?

— Sendo franco, milorde, vossa senhoria ganha como um nobre para levar lady Worthington para jantar e conter-se no exercício dos indubitáveis poderes de réplica espirituosa que vossa senhoria possui.

Lorde Peter parou para pensar.

— É o que pensa mesmo, Bunter? *Noblesse oblige*... vale considerar. Ouso dizer que está certo. Então você é pessoa melhor do que eu, pois eu teria que me comportar com lady Worthington mesmo que não tivesse um tostão. Bunter, caso eu o demitisse neste momento, você me diria o que pensa de mim?

— Não, milorde.

— Você teria todo direito, meu caro Bunter. E se eu o demitisse após beber esse café que você prepara, eu seria merecedor de tudo que você poderia dizer de mim. Você é um diabrete no café, Bunter. Não sei como faz, pois creio que seja bruxaria e não quero arder eternidade afora. Pode comprar sua lente zarolha.

— Obrigado, milorde.

— Já terminou na sala de jantar?

— Ainda não, milorde.

— Bem, volte quando houver terminado. Tenho muitas coisas a lhe contar. Opa! Quem será?

A campainha havia soado, estridente.

— Se não for alguém interessante, não estou.

— Pois bem, milorde.

A biblioteca de lorde Peter era um dos aposentos mais aprazíveis de um homem solteiro em Londres. O esquema de cores era preto e amarelado; as paredes eram forradas de edições raras e as poltronas, além do sofá Chesterfield, sugeriam um abraço das huris. Em um canto havia um *baby-grand piano* preto, o fogo de toras flamejava em uma lareira antiquada, sobre a qual vasos de Sèvres estavam recheados com crisântemos rubros e dourados. Aos olhos de um jovem que vinha da neblina bruta de novembro, parecia não só algo raro e inatingível, mas algo simpático e familiar, como o paraíso colorido e dourado de uma pintura medieval.

— O sr. Parker, milorde.

Lorde Peter deu um salto de avidez genuína.

— Meu caro homem, fico encantando em vê-lo. Que neblina bruta, não é? Bunter, traga mais do seu café admirável, mais um copo e charutos. Parker, espero que me traga muitos crimes. Esta noite, não me basta nada menor que incêndio ou homicídio. "Numa noite como esta..." Bunter e eu estávamos justamente nos sentando para folias. Consegui um Dante e um fólio de Caxton, que é quase singular, no leilão de sir Ralph Brocklebury. Bunter, que fez a negociação, vai ficar com uma lente que faz coisas maravilhosas ao fechar o diafragma e...

"Temos um corpo, um corpo na banheira,
Temos um corpo, um corpo na banheira...

Pois apesar das tentações
No lugar de sensações
Insistimos com um corpo na banheira...

"Nada menor que isso bastará, Parker. É meu de momento, mas vamos rachar. Propriedade da firma. Não quer nos acompanhar? Você precisar colocar *alguma coisa* no bolo. Talvez você tenha um corpo. Ah, tomara que tenha um corpo. Todo corpo é bem-vindo.

"Se um corpo encontra um corpo
Carregado ao madrugar
Se um corpo sabe muito bem quem matou o corpo e
que nosso caro Sugg está na pista errada,
O corpo tem que falar?

"Nem um pouco. Ele dá uma piscadela vítrea para este que vos fala, e este que vos fala lê a verdade."

— Ah — disse Parker. — Eu sei que você andou por Queen Caroline Mansions. Assim como eu andei. Encontrei Sugg e ele me disse que o havia visto. Ele também ficou possesso. Interferência injustificada, como ele diz.

— Tal como eu sabia que ele diria — disse lorde Peter. — Eu adoro fazer troça com meu caro Sugg. Ele é sempre um grosso. Vi no *Star* que ele se superou ao levar a moça, Gladys Nãoseioquê, em prisão preventiva. Sugg das noites, o belo Sugg! Mas o que o *senhor* fez por lá?

— Para lhe dizer a verdade — disse Parker —, eu passei para ver se o desconhecido de aspecto semita na banheira de sr. Thipps seria, por algum acaso extraordinário, Sir Reuben Levy. Mas não era.

— Sir Reuben Levy? Só um minuto. Eu li algo a respeito. Já sei! Uma manchete: "Misterioso desaparecimento de famoso financista". Do que se tratava? Não li com atenção.

UM CORPO NA BANHEIRA

— Bom, é um tanto estranho, mas ouso dizer que não é nada... o camarada pode ter desaparecido por conta própria e por motivos que só ele sabe. Aconteceu hoje pela manhã e ninguém teria dito nada se não fosse o dia em que ele combinou uma reunião das mais importantes, para tratar de um negócio de milhões. Não consegui todos os detalhes. Mas sei que ele tem inimigos que não gostariam que o negócio saísse. Então, quando tomei conhecimento do sujeito na banheira, fiz meus trâmites para dar uma espiada. Parecia-me improvável, é claro, mas já aconteceram coisas mais improváveis no meu ramo. O engraçado é que o nosso Sugg ficou mordido com a ideia de que *é* Levy e está telegrafando loucamente a lady Levy para vir fazer a identificação. De qualquer modo, o homem na banheira é tanto Sir Reuben Levy quanto o coitado do Adolf Beck era John Smith. A parte esquisita, porém, é que ele seria parecido de forma extraordinária com sir Reuben se tivesse barba. E como lady Levy está no exterior com a família, alguém pode dizer que é ele, e Sugg vai construir uma bela teoria que, tal como a Torre de Babel, está fadada a desabar.

— Sugg é um belo e berrante de um asno — disse lorde Peter. — Ele é um detetive dos livrinhos. Bom, de Levy não sei nada, mas vi o corpo e devo dizer que a ideia era absurda à primeira vista. O que achou do conhaque?

— Incrível, Wimsey... daqueles que nos fazem acreditar no paraíso. Mas eu quero saber da sua fiada.

— Se importa se Bunter nos ouvir também? É um empregado inestimável, Bunter. É esplendoroso com uma câmera. E o mais estranho é que está sempre à vista quando quero meu banho ou minhas botas. Não sei quando ele revela os filmes. Creio que seja enquanto dorme. Bunter!

— Sim, milorde.

— Pare de ficar à toa aí no canto e vá buscar o que precisa para beber e unir-se a este belo tropel.

— É claro, milorde.

— O sr. Parker tem um novo número: O Financista Desaparecido. Absolutamente nenhum logro. Abracadabra! Onde ele está? Algum cavalheiro da plateia faria a gentileza de subir ao estrado e analisar o armário? Obrigado, senhor. A destreza da mão engana os olhos.

— Sinto dizer que não tenho uma grande história — disse Parker. — É dessas coisinhas simples em que não temos nada para nos apoiar. Na noite passada, Sir Reuben Levy jantou com três amigos no Ritz. Depois do jantar, os amigos foram ao teatro. Ele se recusou, devido a um compromisso. Eu ainda não consegui localizar qual seria o compromisso, mas, de qualquer modo, ele voltou à casa na Park Lane, número 9A, à meia-noite.

— Quem o viu?

— O cozinheiro, que havia acabado de ir para a cama, o viu subir a entrada e o ouviu abrindo a porta. Ele subiu as escadas, deixou o sobretudo no gancho da entrada e o guarda-chuva no suporte... você há de lembrar que choveu na noite passada. Ele se despiu e foi para a cama. Na manhã seguinte, não estava lá. É isso — concluiu Parker, abrupto, com um menear da mão.

— Não é tudo, não é tudo. Ah, papai, conte mais, esta história não está *nem* pela metade — implorou lorde Peter.

— Mas *é* tudo. Quando o criado veio acordá-lo, Levy não estava. A cama estava desarrumada. O pijama e as roupas de Levy estavam lá, sendo a única coisa estranha que estavam jogadas sem qualquer cuidado no otomano ao pé da cama em vez de dobradas sobre a poltrona, como é do costume de sir Reuben. Leva a crer que ele estava muito agitado ou indisposto. Não se deu falta de roupas limpas, nem de um terno, nem de botas. Nada. As botas que ele havia usado estavam no vestir, como é de costume. Ele havia escovado os dentes e tudo mais, como sempre. A servente estava faxinando o saguão às seis e meia e pode jurar que ninguém entrou nem saiu depois dessa hora. Assim, nos vemos obrigados a supor que um respeitável financista hebraico de meia-idade ou enlouqueceu entre a meia-noite e as seis horas e saiu de casa como veio ao mundo, em silêncio total, numa noite de novembro, ou lhe deram sumiço tal como nas *Lendas de Ingoldsby*[*], de corpo e de alma, deixando de rastro apenas uma pilha de roupas amarfanhadas.

— A porta da frente estava aferrolhada por dentro?

— É o tipo de pergunta que você *faria* logo de primeira; levei uma hora para cogitar. Não. Em oposição ao costume, havia apenas a tranca Yale na porta. Por outro lado, algumas criadas estavam de folga para ir ao teatro e é concebível que sir Reuben tenha deixado a porta desaferrolhada, cogitando que elas não haviam voltado. Já aconteceu outras vezes.

— E isso é tudo, mesmo?

— É tudo, mesmo. Com exceção de um minúsculo detalhe.

— Adoro minúsculos detalhes — disse lorde Peter com prazer infantil. — Muitos homens já foram à forca por minúsculos detalhes. O que seria?

— Sir Reuben e lady Levy, um casal muito devoto, sempre dividem o mesmo quarto. Lady Levy, como eu já disse, no momento está em Mentone para tratar da saúde. Na ausência dela, sir Reuben dorme na cama de casal, como de costume, e invariavelmente no próprio lado da cama: o que dá para a porta. Na noite passada, ele juntou os dois travesseiros e dormiu no meio ou, no mínimo, mais para o lado da parede do que para o outro. A criada, que é uma moça inteligente, percebeu quando foi arrumar a cama e, com instinto investigativo admirável, recusou-se a tocar na cama ou deixar que outros tocassem, embora ainda tenham demorado para chamar a polícia.

---

[*] Uma coleção de mitos, lendas e histórias de fantasmas, escritas por Thomas Ingoldsby de Tappington Manor, na verdade um pseudônimo do clérigo, poeta humorístico e romancista Richard Harris Barham (1788-1845). [*N.T.*]

— Não havia ninguém na casa além de sir Reuben e os empregados?

— Não, lady Levy viajou com a filha e a auxiliar. O secretário, o cozinheiro, a copeira, a servente e a ajudante de cozinha eram os únicos na casa e, naturalmente, perderam uma hora ou duas em cochichos e queixas. Eu cheguei por volta das dez horas.

— O que vem fazendo desde então?

— Tentando descobrir mais sobre compromisso de sir Reuben na noite passada, já que, com exceção do cozinheiro, o "compromissado" foi a última pessoa que o viu antes do desaparecimento. Pode haver uma explicação muito simples, mas meu cérebro danado não consegue imaginar nenhuma no momento. Pela madrugada! Não tem como um homem chegar em casa, ir para a cama e sair de novo, nu em pelo, no meio da noite.

— Ele podia estar disfarçado.

— Pensei nisso... Aliás, me parece a única explicação possível. Mas é esquisito pra diabo, Wimsey. Um homem de negócios, na véspera de uma transação importante, sem um aviso sequer a quem quer que seja, some no meio da noite, só com a pele do corpo, e deixa para trás o relógio, a carteira, os cheques... e o mais misterioso e importante de tudo: os óculos, sem os quais ele não enxerga um palmo por causa de uma miopia tenebrosa. Ele...

— Isso *é* importante — interrompeu Wimsey. — Tem certeza de que ele não tinha um sobressalente?

— O empregado atesta que ele tinha apenas dois, sendo que um estava no toucador e o outro estava na gaveta onde sempre fica.

Lorde Peter soltou um assobio.

— Aí você me pegou, Parker. Mesmo que ele houvesse ido cometer suicídio, ele os teria levado.

UM CORPO NA BANHEIRA

— Assim se pensa. Ou que o suicídio teria acontecido na primeira tentativa que ele fizesse de atravessar a rua. Contudo, eu não subestimei a possibilidade. Tenho pormenores de todos os acidentes de rua de hoje e posso dizer com a mão no peito que nenhum deles envolveu sir Reuben. Além disso, ele levou a chave de casa. Ou seja, parece que tinha intenção de voltar.

— Já conversou com os homens com quem ele jantou?

— Encontrei dois no clube. Eles disseram que ele parecia de ânimo e saúde máximas, falou que estava ansioso para encontrar lady Levy no futuro próximo, talvez no Natal, e comentou com muita satisfação a transação comercial daquela manhã, na qual um deles, um homem chamado Anderson, do Wyndham's Club, estava envolvido.

— Então, por volta das 21 horas, ao menos, ele não tinha intenção ou expectativa aparente de desaparecer.

— Nenhuma... a não ser que fosse um ator consumado. O que quer que tenha acontecido para mudar a opinião dele deve ter acontecido naquele compromisso misterioso que ele tinha depois do jantar, ou enquanto estava na cama, entre 00h05 e 00h30.

— Bem, Bunter — disse lorde Peter —, quais são suas conclusões?

— Foge à minha alçada, milorde. Mas considero estranho que um cavalheiro que estava muito agitado ou indisposto para dobrar as próprias roupas, como lhe era usual, fosse lembrar de escovar os dentes e tirar as botas. São duas coisas que frequentemente se podem deixar passar, milorde.

— Caso se refira a alguma experiência pessoal, Bunter — disse lorde Peter —, só posso dizer que sua fala é indigna. Temos um belo problema, meu caro Parker. Veja cá: não quero me intrometer, mas gostaria muitíssimo de conferir aquele quarto amanhã. Não é que eu desconfie de você, meu caro, mas eu tenho uma vontade invulgar de ver com meus próprios olhos. Não me diga não. Tome mais um gole de conhaque e fume um Villar y Villar, mas não me diga, não me diga não!

— É claro que você pode vir e ver. É provável que encontre muitas coisas que deixei passar — disse o outro, sem mudar o tom e aceitando a hospitalidade ofertada.

— Parker, *acushla**, você é a glória da Scotland Yard. Eu olho para você e Sugg me parece um mito, uma fábula, um menino imbecil que brotou do cérebro de um poeta fantasioso às altas horas. Sugg é perfeito demais para ser possível. O que ele pensa do corpo, a propósito?

— Sugg diz — respondeu Parker com exatidão — que o corpo morreu de um golpe na nuca. Foi o que o médico lhe disse. Disse que está morto há um ou dois dias. Também foi o médico que disse. Disse que é o corpo de um judeu bem de vida por volta dos seus cinquenta anos. Isso, qualquer um diria. Ele disse que é ridículo supor que tenha entrado pela janela sem que ninguém soubesse de nada. Ele disse que ao que tudo indica entrou pela porta da frente e foi assassinado dentro da casa. Ele prendeu a empregada porque ela é baixinha e frágil e incapaz de derrubar um judeu alto e robusto com um atiçador. Ele prenderia Thipps, mas Thipps passou o dia de ontem e o anterior em Manchester, e só voltou no fim da noite passada... aliás, ele queria prender Thipps até eu lembrar que, se o corpo estava lá, morto, há um ou dois dias, o diminuto Thipps não poderia tê-lo executado às 22h30 da noite passada. Mas ele vai prendê-lo amanhã como cúmplice. E a senhorinha do tricô também, imagino eu.

— Bom, fico contente que o baixinho tenha um álibi — disse lorde Peter —, mas se vai atar sua fé à palidez, rigidez e todas as outras peculiaridades cadavéricas, deve-se preparar para uma criatura cética na promotoria que vai pisotear as provas médicas. Lembra da argumentação de Impey Biggs

---

* Um termo carinhoso irlandês, que significa "Ó pulso do meu coração". [*N.T.*]

no caso da casa de chá em Chelsea? Seis malditos doutores se contradizendo na cadeira de depoente e o velho Impey fazendo farta elocução sobre os casos anormais de Glaister e Dixon Mann até os olhos do júri se revirarem! "Você se dispõe a jurar, dr. Fulano, que a instalação do *rigor mortis* sugere a hora da morte sem possibilidade de erro?" "Até onde se estende minha experiência, na maioria das vezes, sim", diz o médico, todo empertigado. "Ah!", diz Biggs, "mas estamos em um Tribunal, doutor, não numa eleição parlamentar. Não podemos prosseguir sem a opinião minoritária. A lei, dr. Fulano, respeita o direito à minoria, viva ou morta." Um asno ri, o velho Biggs estufa o peito e fica imponente. "Senhores, isto não é motivo de riso. Meu cliente, um cavalheiro justo e honroso, está sendo julgado e pode ter que pagar com a própria vida. Com a vida, senhores. É a função da promotoria demonstrar sua culpa, se assim puder, sem nesga de dúvida. Portanto, dr. Fulano, eu lhe pergunto mais uma vez: teria como jurar, de forma solene, sem uma nesga de dúvida, que esta mulher infeliz encontrou a morte nem antes nem depois da noite de quinta-feira? Uma probabilidade? Não somos jesuítas, senhores, somos ingleses retos e claríssimos. Não se pode pedir a um júri nascido na Grã--Bretanha que puna um homem apenas pela autoridade da probabilidade." Aplausos.

— Mas o cliente de Biggs foi condenado do mesmo jeito — disse Parker.

— Claro que foi. Mas foi absolvido do mesmo modo, e o que você acabou de dizer é uma calúnia. — Wimsey foi caminhando até a estante e tirou um volume de *Jurisprudência Médica*. — "*Rigor mortis*... só pode ser declarado de maneira bastante genérica... muitos fatores determinam o resultado." Cautela bruta. "Na média, contudo, o enrijecer terá iniciado... pescoço e mandíbula... cinco a seis horas após a morte"... Humm... "e há grande probabilidade, no grosso dos casos, de se encerrar ao fim de 36 horas. Sob certas circunstâncias, contudo, pode ser anormalmente antecipado ou anormalmente protelado!" Como auxílio, não é, Parker? "Brown-Séquard afirma... três minutos e meio após a morte... Em alguns casos, apenas após o lapso de dezesseis horas da morte... presente até 21 dias depois." Senhor! "Fatores para alteração: idade, estrutura muscular, moléstias febris... ou onde a temperatura ambiente for alta..." e assim por diante e tudo mais. Tudo e qualquer coisa. Deixe para lá. Você pode argumentar o quanto quiser com Sugg. *Ele* não vai mudar de ideia. — Lorde Peter jogou o livro longe. — Voltemos aos fatos. O que *você* concluiu a respeito do corpo?

— Bem — disse o detetive —, não muito. Eu, de verdade, fiquei confuso. Diria que foi um homem de posses, mas trabalhador, e que sua fortuna lhe havia recém-chegado.

— Ah, você notou os calos nas mãos. Achei que não fosse deixar passar.

— Os dois pés estavam cheios de bolhas. Ele usava sapato apertado.

— E caminhou muito naqueles sapatos — disse lorde Peter — para ficar com aquelas bolhas. Não lhe pareceu estranho, para uma pessoa evidentemente abastada?

— Ora, não sei. As bolhas eram de dois ou três dias. Quem sabe ele se perdeu pelos subúrbios em uma noite recente... O último trem partiu, não havia táxi... e ele teve que caminhar até em casa.

— É possível.

— Havia manchas vermelhas nas costas e em uma perna que eu não consegui atribuir a nada.

— Eu vi.

— E o que concluiu?

— Conto-lhe depois. Prossiga.

— Ele tinha hipermetropia. O que é estranho para um homem no auge da vida; os óculos pareciam de um idoso. A propósito, eles tinham uma corrente muito bonita e notável, de elos chatos, com um desenho entalhado. Ocorreu-me que podíamos identificá-lo por ali.

— Acabei de colocar um classificado no *Times* a respeito do pincenê — disse lorde Peter. — Prossiga.

— Ele tinha esses óculos há algum tempo. Foram consertados duas vezes.

— Belíssimo, Parker, belíssimo. Percebe a importância?

— Não exatamente... por quê?

— Deixe estar. Prossiga.

— Ao que parece, era um homem taciturno, de péssimo temperamento. As unhas estavam lixadas até a carne, como se ele tivesse o hábito de roer, e os dedos também estavam mordidos. Ele fumava cigarro em grande quantidade, sem piteira. Era cuidadoso com a aparência.

— Você chegou a analisar o aposento? Eu não tive oportunidade.

— Não consegui encontrar muita coisa em termos de pegadas. Sugg e companhia já haviam pisoteado tudo, sem falar no baixinho Thipps e na empregada. Mas notei uma mancha muito clara logo atrás da cabeceira da banheira, como se algo úmido houvesse ficado ali. Mal se poderia chamar de impressão.

— Choveu muito forte na noite passada.

— Sim, percebeu que a fuligem no peitoril mal estava marcada?

— Percebi — disse lorde Peter — e examinei com atenção com este amiguinho, mas não consegui entender nada além de que alguma coisa havia se apoiado no peitoril. — Ele puxou seu monóculo e entregou a Parker.

— Minha nossa, que lente potente.

— É mesmo — lorde Peter — e utilíssima quando se quer ao mesmo tempo dar uma boa olhada no que for e ficar com aparência de janota. Só não cabe usá-la a todo momento. Se as pessoas o veem de rosto inteiro, elas dizem: "Meu caro! Como você deve ser ruim dessa vista!". Ainda assim, é útil.

— Sugg e eu analisamos o chão atrás do prédio — prosseguiu Parker —, mas não havia um vestígio sequer.

— Interessante. Tentaram o telhado?

— Não.

— Iremos lá amanhã. A calha fica a poucos passos do alto da janela. Medi com minha bengala; o *vade mecum* do patrulheiro diletante, como eu digo. Ela tem marcação de polegadas. É um instrumento que vem a calhar, às vezes. Há uma espada por dentro e uma bússola no castão. Mandei fazer sob medida. Algo mais?

— Infelizmente, não. Quero ouvir sua versão, Wimsey.

— Bom, creio que você conseguiu a maioria dos pontos. Há apenas uma ou duas pequenas contradições. Por exemplo: temos um homem que usa um pincenê caro, folheado a ouro, e o usa há tempo suficiente para tê-lo consertado duas vezes. Mas os dentes não estão apenas descolorados, e sim deteriorados, com jeito de que ele nunca os escovou na vida. Há quatro molares faltando de um lado, três do outro e um dente frontal quebrado ao meio. É um homem que cuida da aparência, como depõem os cabelos e as mãos. O que me diz disso?

— Ah, esses homens que cresceram às próprias custas, de origem humilde, não dão muita bola para os dentes e têm pavor de dentistas.

— É verdade; mas um dos molares tinha a ponta quebrada com tanta força que deixou uma marca na língua. Não há nada mais doloroso. Vai me dizer que um homem aguentaria tanto se tivesse como pagar para afilar os dentes?

— Bom, pessoas são peculiares. Já vi criados suportarem agonias para não ter que passar pelo capacho de um dentista. Como você enxergou isso, Wimsey?

— Olhei por dentro com uma lanterninha — disse lorde Peter. — Ferramenta muito conveniente. Do tamanho de uma caixa de fósforos. Bom... ouso dizer que está tudo certo, mas queria chamar sua atenção. Segunda questão: este senhor com cabelo cheirando a violeta-de-parma e mãos bem cuidadas e tudo mais nunca lavou as orelhas por dentro. Estavam cheias de cera. Nojentas.

— Aí você me pegou, Wimsey; eu não notei. Mas, mesmo assim... burro velho não aprende.

— Certíssimo! Foi ao que eu atribuí. Terceira questão: esse senhor de unhas feitas e brilhantina e tudo mais sofre de pulgas.

— Por Júpiter, tem razão! Picadas de pulga. Nunca me ocorreu.

— Não tenho dúvida, meu caro. Eram marcas apagadas e antigas, mas sem dúvida de pulgas.

— Está claro, agora que você diz. Ainda assim, pode acontecer com qualquer um. Eu vi uma gigante no melhor hotel de Lincoln na semana retrasada. Espero que tenha mordido o hóspede seguinte!

— São todas coisas que *podem* acontecer a qualquer pessoa... em separado. Quarta questão: esse senhor, que usa violeta-de-parma no cabelo etc. etc., lava o corpo com um sabonete potente de ácido carbólico. Tão forte que o cheiro perdura até cerca de 24 horas depois.

— Ácido carbólico para livrar-se das pulgas.

— A seu favor, Parker, digo que você tem resposta para tudo. Quinta questão: esse senhor bem-vestido, com unhas bem cuidadas, embora roídas, tem unhas do pé imundas, escuras, como se não fossem cortadas há anos.

— Em consonância, diante dos hábitos indicados.

— Sim, eu sei, mas que hábitos! Agora, a sexta e última questão: esse senhor, com hábitos intermitentemente finos, chega no meio de uma noite de borrasca, ao que parece entra pela janela, quando já está morto há 24 horas, e deita-se com tranquilidade na banheira de sr. Thipps, inadequadamente usando apenas um pincenê. Nem um fio de cabelo fora do lugar. O cabelo foi cortado há tão pouco tempo que há vários cabelinhos no pescoço e nas laterais da banheira... e ele barbeou-se há tão pouco tempo que há um risco de espuma seca na bochecha dele...

— Wimsey!

— Só um minuto... e *espuma seca na boca.*

Bunter levantou-se e apareceu de repente ao cotovelo do detetive, o típico criado respeitoso em todo o porte.

— Um pouco mais de conhaque, senhor? — perguntou.

— Wimsey — disse Parker —, você está me dando arrepios. — Ele esvaziou o copo... ficou olhando como se surpreso em encontrá-lo vazio, soltou-o, levantou, caminhou até a estante, virou-se, ficou de costas para ela e falou: — Veja cá, Wimsey. Você andou lendo histórias de detetive, está falando absurdos.

— Não, não li — disse lorde Peter, com calma. — Mas é um incidente boníssimo para uma história de detetive, que tal? Bunter, vamos escrever uma e você a ilustra com fotografias.

— Espuma na... Que besteira! — disse Parker. — Era outra coisa... uma descoloração...

— Não — disse lorde Peter. — Havia pelos também. Pelos grossos. Ele tinha barba.

Ele tirou o relógio do bolso e puxou vários pelinhos compridos e duros, que haviam prendido entre o estojo interno e o externo.

Parker os revirou uma ou duas vezes nos dedos, olhou-os perto da luz, examinou-os com uma lente, entregou-os ao impassível Bunter e disse:

— Está querendo me dizer, Wimsey, que um homem vivo iria — ele riu com aspereza — fazer a barba com a boca aberta, depois seria morto com a boca cheia de pelos? Está louco.

— Não é o que eu lhe digo — disse lorde Peter. — Vocês da polícia são todos iguais. Só têm uma ideia no crânio. Bendito seja eu se descobrir como chegam a ser selecionados para o serviço. Ele foi barbeado depois de morto. Bonito, não? Um servicinho anormalmente alegre para o barbeiro, que tal? Venha, homem, sente-se e não se comporte como um asno dando coices pela sala. Acontecem coisas piores na guerra. É só um livro de bolso dos piores. Mas vou lhe dizer, Parker: estamos diante de um criminoso que é *o* criminoso. Um artista e patife de verdade, de imaginação. Serviço completo, artístico, bem-acabado. Estou gostando, Parker.

3

Lorde Peter terminou uma sonata Scarlatti e sentou-se, pensativo, olhando para as mãos. Os dedos eram compridos e fortes, com juntas grossas, chatas, as pontas quadradas. Quando estava tocando, os olhos de cinza intenso abrandavam e a boca comprida e indefinida, em compensação, se enrijecia. Em nenhum momento ele teve pretensões de boa aparência e a todo momento ele era corrompido pelo queixo comprido e estreito, além de uma testa larga acentuada pela brandura escovada do seu cabelo claro. Os jornais do Partido Trabalhista, que suavizavam o queixo, desenhavam-no com a caricatura típica do aristocrata.

— Que instrumento maravilhoso — disse Parker.

— Não é de todo mal — disse lorde Peter —, mas Scarlatti exige o cravo. O piano é muito moderno. Só saem sons exagerados. Não serve à nossa função, Parker. Conseguiu chegar a alguma conclusão?

— O homem na banheira — disse Parker, metódico — *não* era um homem de posses que cuidava da aparência. Era um homem trabalhador, desempregado, mas que perdera o emprego havia pouco. Ele vinha vagando à procura de um trabalho quando se deparou com seu fim. Alguém o matou, lavou, perfumou e barbeou para disfarçá-lo, depois o colocou na banheira de Thipps sem deixar vestígio. Conclusão: o assassino foi um homem forte, já que o matou com um único golpe na nuca; foi um homem de mente fria e intelecto magistral, já que fez todo esse terror sem deixar marcas; um homem de fortuna e refino, já que tinha todos os recursos de higiene e elegância à mão; e um homem de imaginação bizarra, quase perversa, como se demonstra em dois retoques horripilantes: deixar o corpo na banheira e adorná-lo com um pincenê.

— É um poeta do crime — disse lorde Peter. — A propósito, sua relutância com o pincenê está resolvida. É óbvio que nunca pertenceu àquele corpo.

— O que só gera um novo enigma. Não se pode supor que o assassino o tenha deixado de maneira prestativa, como pista para a própria identidade.

— Isso nós mal podemos supor. Creio que este homem tem o que falta a muitos criminosos: senso de humor.

— Um humor deveras macabro.

— É verdade. Mas um homem que se permite o humor, qualquer que seja, em tais circunstâncias é uma figura temível. Queria saber o que ele fez com o corpo entre o assassinato e o depósito *chez* Thipps. Depois, temos mais perguntas. Como ele chegou lá? E por quê? Ele foi trazido pela porta, como sugere nosso amado Sugg? Ou pela janela, como pensamos, dada aquela mancha no peitoril que mal depõe alguma coisa? O assassino teve cúmplices? O baixinho Thipps estaria envolvido? Ou a criada? Não me disponho a excluir a ideia apenas porque Sugg se inclina à mesma. Até idiotas, vez por outra, falam a verdade sem querer. Se não, por que Thipps foi escolhido para um trote tão abominável? Alguém teria uma rixa com Thipps? Quem são as pessoas dos outros apartamentos? Temos que descobrir. Thipps toca piano à meia-noite no andar de cima? Prejudica a reputação das escadas ao trazer moças de pouco respeito à casa dele? Haverá arquitetos malsucedidos que querem seu sangue? Maldição, Parker, tem que haver motivação em algum lugar. Não pode haver crime sem motivação, como bem sabe.

— Um louco... — sugeriu Parker em tom duvidoso.

— Com um método danado na loucura dele. Ele não cometeu um deslize... Nem um sequer, a não ser que deixar pelos na boca do cadáver possa ser chamado de deslize. Bom, de qualquer maneira, não é Levy. Nisso você está certo. Vou dizer, meu velho: nem seu homem nem o meu deixaram muitas pistas, não é? E parece que também não há motivações batendo à porta. Além disso, faltam dois trajes completos no trabalho da noite passada. Sir Reuben sai por aí sem usar sequer uma folha de figueira e um indivíduo misterioso aparece com um pincenê, que é inútil para fins de decoro. Aos diabos! Se ao menos eu tivesse uma desculpa para assumir este caso de forma oficial...

O telefone trinou. O silencioso Bunter, que havia sido quase esquecido pelos outros dois, deu leves passos até atender.

— É uma senhora de idade, milorde — disse ele. — Creio que seja surda. Não consigo fazer com que me escute, mas ela pede para falar com vossa senhoria.

Lorde Peter pegou o gancho e berrou um "Alô!" que poderia ter rachado ebonite. Ficou alguns minutos na escuta com um sorriso de incrédulo, que gradualmente alargou-se até um esgar de prazer. Ao final, berrou "Tudo bem! Tudo bem!" várias vezes e desligou.

— Por Júpiter! — proclamou ele, radiante. — Que figura generosa! Era a sra. Thipps. Surda como uma porta. Nunca tinha usado o telefone. Mas é determinada. Uma Napoleão, perfeita. O incomparável Sugg fez uma descoberta e prendeu nosso baixinho Thipps. A senhorinha ficou abandonada no apartamento. O último berro que Thipps lhe deu: "Avise Lorde Peter Wimsey". Ela não se deixou abalar. Digladiou com a lista telefônica. Acordou a Central. Não aceitou nãos (pois não consegue ouvi-los), conseguiu a ligação e perguntou se eu faria o que me for possível. Diz que se sentiria segura nas mãos de um cavalheiro. Ah, Parker, Parker! Eu podia dar um beijo nessa mulher. Ah, se podia, como fala Thipps. Mas vou escrever para ela. Não, deixe estar, Parker, vamos até lá. Bunter, pegue sua máquina infernal e o magnésio. Vamos fazer uma parceria: juntamos os dois casos e resolvemos juntos. Você verá meu corpo hoje à noite, Parker, e amanhã eu procuro o seu judeu errante. Eu me sinto tão feliz que vou explodir. Ó, Sugg, Sugg, como és sugguíssimo! Bunter, meus sapatos. Creio eu, Parker, que os seus tenham solas de borracha. Não? Tsc, tsc, você não pode sair assim. Empresto-lhe um par. Luvas? Aqui. Minha bengala, minha lanterna, meu carbono, fórceps, faca, comprimidos. Tudo à mão?

— É claro, milorde.

— Ah, Bunter, não faça cara de ofendido. Eu não quis lhe fazer mal. Eu acredito em você, confio em você. Quanto dinheiro eu tenho? Basta. Já conheci um homem, Parker, que deixou um envenenador de renome mundial escorrer pelos dedos porque a máquina do metrô só aceitava moedas. Havia uma fila na bilheteria, o homem na barreira o deteve, e enquanto estavam discutindo quanto a aceitar uma nota de cinco libras (que era tudo que ele tinha) por um trajeto de dois *pence* até Baker Street, o criminoso havia saltado em um circular e a seguir se soube que estava em Constantinopla, disfarçado como um velho clérigo da Igreja Anglicana em viagem com a sobrinha. Estamos todos prontos? Partir!

Eles saíram pela porta depois que Bunter teve o cuidado de desligar as luzes da casa.

Ao emergirem do brilho fugidio de Piccadilly, Wimsey parou com uma pequena exclamação.

— Só um segundo — disse ele. — Pensei numa coisa. Se Sugg estiver lá, ele vai criar encrenca. Eu preciso despistá-lo.

Ele correu de volta, e os outros dois homens aproveitaram seus minutos de ausência para conseguir um táxi.

Inspetor Sugg e um subordinado Cérbero estavam de guarda em Queen Caroline Mansions, número 59, e não mostravam qualquer boa vontade para admitir investigadores que não fossem oficiais. Parker, é claro, eles não poderiam recusar, mas lorde Peter viu-se defrontado com uma postura ranzinza e o que lorde Beaconsfield havia descrito como inércia magistral. Lorde Peter insistiu que havia sido admitido pela sra. Thipps em nome do filho, mas foi em vão.

— Admitido! — disse o inspetor Sugg, bufando. — *Ela* é que será admitida no sanatório, caso não se cuide. É de se considerar se não estava envolvida. Mas, como é surda, não serve para nada.

— Veja bem, inspetor — disse lorde Peter —, de que adianta ser o tacanho obstrutor? É melhor deixar-me entrar... O senhor sabe que, ao fim e ao cabo, eu vou entrar. Aos diabos. Não é como se eu estivesse tirando o pão da boca de seus filhos. Ninguém me pagou para encontrar as esmeraldas de lorde Attenbury em vez do senhor.

— É meu dever manter o público do lado de fora — disse o inspetor Sugg, soturno —, e o público ficará do lado de fora.

— Nunca falei nada a respeito de deixar o público de fora — disse lorde Peter, tranquilo, sentando-se na escada para debulhar o assunto de modo confortável —, embora eu não tenha dúvida de que ser furtivo seja boa estratégia, por princípio, mas não com exagero. A regra de ouro, Sugg, como diz Aristóteles, é a que não faz de você o asno de ouro. Já foi um asno, Sugg? Eu, sim. Precisaria de um jardim de rosas inteiro para me curar, Sugg... "Você é meu jardim de lindas rosas, minha rosa, minha única rosa, é você..."*

— Não vou ficar conversando com o senhor por aqui nem mais um minuto — disse Sugg, ofendido. — Já está ruim o

---

* Do original: "You are my garden of beautiful roses / My own rose, my one rose, that's you...". De "The Garden of Roses", gravada por Harry Macdonough and the Haydn Quartet, em 1910. [*N.T.*]

bastante... Ah, telefone maldito. Cawthorn, vá ver o que é, se a velha megera deixar você entrar no quarto. Ela se tranca e começa a gritar — disse o inspetor. — Já daria para um homem desistir do crime e começar a capinar.

O policial voltou:

— É da Scotland Yard, senhor — disse ele, tossindo e pedindo desculpas. — O chefe diz que se deve dar toda conveniência a Lorde Peter Wimsey, senhor. Humm! — Ele se afastou com os olhos vidrados, não querendo se comprometer.

— Mentira — disse lorde Peter, alegre. — O chefe é grande amigo de minha mãe. Não tem como, Sugg, não adianta fugir da aposta quando se tem uma *full house*. Eu vou encher essa casa.

Ele entrou com seu séquito.

O corpo havia sido removido algumas horas antes. Depois que o banheiro e todo o apartamento haviam sido explorados pelo olho nu e pela câmera do competente Bunter, ficou evidente que o problema real na casa era a velha sra. Thipps. O filho e a criada haviam sido levados, e parecia que eles não tinham amigos na cidade, fora alguns parceiros de negócios de Thipps, cujos endereços a senhorinha não sabia. Os outros apartamentos do prédio eram ocupados, respectivamente, por: uma família de sete pessoas, no momento em viagem de inverno; um coronel indiano idoso de modos ferozes, que morava sozinho com um criado indiano; e uma família de altíssimo respeito no terceiro andar, que estava indignada até o último grau com o rebuliço sobre suas cabeças. O marido, aliás, quando recorreu a lorde Peter, demonstrou certa fraqueza humana, mas sra. Appledore, que apareceu de repente com um roupão acolchoado, livrou-o dos embaraços nos quais ele havia começado a se enredar.

— Sinto muito — disse ela. — Infelizmente não podemos envolver-nos de modo algum. É uma questão muito desagradável, senhor... sinto dizer que não guardei seu nome, e achamos melhor não nos envolvermos com a polícia. É claro que *se* os Thipps forem inocentes... e tenho toda esperança de que sejam... é uma infelicidade para eles, mas devo dizer que as circunstâncias me parecem muito suspeitas, assim como parecem ao Theophilus, e eu não gostaria que circulasse que demos qualquer apoio a assassinos. É possível até que nos considerem cúmplices. É evidente que o senhor é jovem, senhor...

— É o Lorde Peter Wimsey, minha cara — disse Theophilus, em tom moderado.

Ela ficou indiferente.

— Ah, sim — disse ela. — Creio que o senhor é parente distante do meu finado primo, o Bispo de Carisbrooke. O coitado! Estava sempre levando golpe de impostores; morreu sem aprender a lição. Imagino que se pareça com ele, lorde Peter.

— Duvido muito — disse lorde Peter. — Até onde sei ele é apenas um parente distante, mas é sábio o filho que reconhece o próprio pai. Parabenizo-a, minha cara, por puxar ao outro lado da família. Perdoe-me por uma intromissão dessas, no meio da noite. Porém, como a senhora diz, está tudo em família e decerto lhe sou muito agradecido por me permitir admirar esta formosura que está vestindo. E não se preocupe, sr. Appledore. Creio que o melhor que posso fazer é carregar a senhorinha até minha mãe para que não os incomode mais, senão pode acontecer de um belo dia vocês serem vencidos pela compaixão cristã. E não há nada como a compaixão cristã para incomodar o aconchego doméstico de um homem. Boa noite, senhor. Boa noite, senhora. Esplêndido da sua parte me deixarem aparecer assim.

— Ora! — disse a sra. Appledore, enquanto a porta se fechou para lorde Peter.

Então:

— "Agradeço aos céus e à graça, que ao meu nascer sorriram!" — disse lorde Peter. — E que me ensinaram a ser impertinente e cruel quando eu bem entendo. Ranheta!

Às duas da manhã Lorde Peter Wimsey chegava no carro de um amigo à Casa da Viúva, no Castelo de Denver, em companhia de uma senhorinha surda e idosa e uma valise vetusta.

— Muito bom recebê-la, querida — disse a Duquesa Viúva, em tom plácido. Era uma mulherzinha pequena, rechonchuda, com cabelos brancos perfeitos e mãos formosas. De feição ela era tão diferente do segundo filho quanto era parecida no caráter; os olhos escuros cintilavam com alegria e a postura e os movimentos eram marcados por decisão objetiva e veloz. Ela vestia uma manta charmosa da Liberty's e sentou-se para assistir lorde Peter comer embutidos e queijo como se sua chegada, em circunstâncias e companhia tão incongruentes, fosse a coisa mais ordinária possível. O que, no caso dele, era, de fato.

— Levou a senhorinha até o quarto? — perguntou lorde Peter.

— Sim, querido, levei. Que idosa impressionante, não é mesmo? É muito corajosa. Ela me disse que nunca havia andado em um veículo com motor. Mas diz que você é um rapaz muito gentil, muito querido... Com a atenção que lhe dispensa, você a lembra do próprio filho. Pobre sr. Thipps... o que levou seu amigo inspetor a pensar que ele poderia ter assassinado alguém?

— Meu amigo inspetor... não, estou satisfeito, obrigado, mãe... está decidido a provar que o intruso na banheira de Thipps é Sir Reuben Levy, que desapareceu misteriosamente da própria casa na noite passada. A linha de raciocínio dele é a seguinte: perdemos um cavalheiro de meia-idade sem roupa em Park Lane; encontramos um cavalheiro de meia-idade sem roupa em Battersea. Portanto, eles são exatamente a mesma pessoa. *Quod erat demonstrandum*, e nosso baixinho Thipps vê o sol nascer *quadratum*.

— Você é muito elíptico, querido — disse a duquesa em tom doce. — Por que sr. Thipps deveria ser preso, mesmo que seja a mesma pessoa?

— Sugg precisa prender alguém — disse lorde Peter —, mas apareceu uma pequena prova que apoia em muito a teoria de Sugg, embora eu saiba que ela não tem futuro, pelas provas que tenho diante dos meus olhos. Na noite passada, por volta das 21h15, uma jovem estava caminhando por Battersea Park Road por motivos que só cabem à própria, quando viu um cavalheiro de casaco de pele e cartola perambulando sob um guarda-chuva, conferindo os nomes das ruas. Ele parecia um tanto perdido e, portanto, não sendo ela moça acanhada, se é que me entende, ela foi até o senhor e disse: "Boa noite". "Poderia me dizer, por favor", disse o estranho misterioso, "se esta rua leva a Prince of Wales Road?" Ela disse que sim e perguntou também, a seu modo jocoso, o que ele estava fazendo e tudo mais, embora ela não tenha sido de todo explícita quanto a esse trecho da conversa, pois estava abrindo o coração para Sugg, se é que me entende, e ele é remunerado por este grande país para ter ideais puros e elevados, que tal? Enfim, o sujeito disse que não poderia dar atenção à moça naquele momento porque tinha um compromisso. "Tenho uma reunião com um homem, minha cara", foi como ela disse que ele se expressou, e ele subiu Alexandra Avenue na direção de Prince of Wales Road. Ela estava olhando para ele, ainda muito surpresa, quando chegou uma amiga, que disse: "Não vale a pena perder tempo com esse. É Levy. Eu conheço de quando morava no West End e as meninas o chamavam de o Incorruptível Verde-Mar". O nome da amiga foi suprimido devido às repercussões da história, mas a moça atesta o que ela disse. Ela não deu maior consideração ao assunto até o leiteiro, hoje pela manhã, lhe trazer notícias dos rebuliços em Queen

Caroline Mansions; então ela deu meia-volta e, apesar de, por regra, não gostar da polícia, perguntou ao homem na porta se o cavalheiro falecido tinha barba e óculos. Responderam que tinha óculos, mas barba não, e ela disse, incauta: "Ah, então não foi ele". E o homem disse: "Não foi quem?" e a pegou pela gola. E essa foi a história da nossa moça. Sugg ficou contente, é claro, e prendeu Thipps com base nisso.

— Nossa — disse a duquesa. — Espero que a pobrezinha não se encrenque.

— Creio que não vá — disse lorde Peter. — Thipps é quem vai ficar com a corda no pescoço. Além disso, ele fez uma besteira. Soube disso por Sugg também, embora ele não quisesse liberar a informação. Parece que Thipps fez confusão quanto ao trem que pegou para voltar de Manchester. Primeiro disse que chegou em casa às 22h30. Então eles botaram Gladys Horrocks contra a parede, e ela deixou escapar que ele só tinha voltado depois das 23h45. Então Thipps, ao ser convidado a explicar a discrepância, gaguejou, se atrapalhou e disse, primeiro, que havia perdido o trem. Então Sugg foi investigar em St. Pancras e descobriu que Thipps havia deixado uma bolsa no guarda-volumes da estação às 22 horas. Thipps, mais uma vez convidado a explicar, gaguejou ainda mais e disse que passou horas caminhando... que encontrou um amigo... não pôde dizer quem foi... depois disse que não encontrou um amigo... não soube dizer o que fez do seu tempo... não explicou por que não voltou para buscar a mala... não soube dizer a que horas havia chegado em casa... e não explicou por que tem um hematoma na testa. Aliás, não consegue se explicar em relação a nada. Gladys Horrocks foi interrogada de novo. Diz, dessa vez, que Thipps chegou às 22h30. Depois admite que não o ouviu entrar. Não soube dizer por que não ouviu. Não soube dizer por que havia dito no início que *havia* ouvido. Debulhou-se em lágrimas. Se contradisse. A desconfiança de todos aflorou. Sol quadrado para os dois.

— Pelo que me conta, querido — disse a duquesa — tudo me parece muito confuso e nada decoroso. O pobre sr. Thipps ficaria incomodadíssimo com qualquer situação indecorosa.

— Eu queria saber o que ele fez — disse lorde Peter, pensativo. — Não acho que ele tenha cometido um homicídio. Além disso, eu acredito que o camarada estava morto há um ou dois dias, embora os laudos médicos não me inspirem muita confiança. É um probleminha intrigante.

— Muito interessante, querido. Mas que triste quanto ao pobre sir Reuben. Tenho que escrever a lady Levy; nós éramos muito próximas, sabe, querido, em Hampshire, quando ela era uma garotinha. Christine Ford era como ela se chamava, e lembro tão bem as complicações que ela sofreu por casar-se com um judeu. Foi antes de ele fazer dinheiro, é claro, com petróleo na América. A família queria que ela se casasse com Julian Freke, que depois teve muito êxito e que tinha ligação com a família, mas ela se apaixonou por este sr. Levy e fugiu para se casar. Ele era muito bonito na época, entende, querido, a seu modo estrangeiro, mas não tinha recursos e os Ford não gostavam de sua religião. É claro que hoje em dia somos todos judeus e eles não dariam tanta importância se ele fingisse ser outra coisa, como aquele sr. Simons que conhecemos na casa da sra. Porchester, que sempre diz que ganhou o nariz na Renascença italiana e afirma que é descendente de La Bella Simonetta... que tolice, querido... como se alguém fosse acreditar; tenho certeza de que há judeus que são ótimas pessoas. Da minha parte, eu preferia que eles acreditassem, embora é claro que deva ser muito inconveniente, com o fato de não haver trabalho aos sábados e de fazerem circuncisão nos pobres bebezinhos e de tudo depender da lua nova e daquela carne esquisita que eles comem, com um nome que parece gíria, e de não poderem comer bacon no café. Ainda assim, foi o que aconteceu, e foi muito melhor a moça casar-se com o sujeito se tinha afeição de fato por ele, embora eu acredite que o jovem Freke lhe fosse muito afeiçoado. Ainda são muito amigos. Não que tenha havido um noivado de fato, só um acordo com o pai dela, mas ele nunca se casou, sabe, e mora sozinho naquela casa gigante colada no hospital, embora hoje seja muito rico e renomado, e eu conheço tanta gente que tentou se aproximar dele... Lady Mainwaring, que o queria para sua mais velha, por exemplo, embora eu lembre de ter dito na época que não havia como querer que um médico fosse ludibriado por uma silhueta que era puro estofo... eles têm muitas chances de julgar, sabe, querido.

— Lady Levy parece ter o talento de fazer as pessoas se afeiçoarem — disse Peter. — Veja só o incorruptível verde-mar Levy.

— É a pura verdade, querido; era uma moça muito agradável, e dizem que a filha é igual. Eu perdi o contato quando ela se casou, e você sabe que seu pai não gostava muito de gente de negócios, mas o que eu sei é que todo mundo sempre disse que eram um casal modelo. Aliás, era o provérbio que se repetia: que sir Reuben era tão amado cá dentro quanto era odiado lá fora. Eu não estou falando de países estrangeiros, sabe, querido... é apenas o jeito proverbial de dizer as coisas... como em "um santo da porta para fora e um diabo da porta para dentro"... mas ao contrário, lembrando o *Progresso do peregrino*.

— Sim — disse Peter. — Eu ousaria dizer que o velho ganhou um ou dois inimigos.

— Dezenas, querido... que lugar terrível, o mundo dos negócios, não é? Um é Ismael do outro... mas não creio que sir Reuben gostaria de ser chamado assim, não é? Não significa ilegítimo, ou que não é um judeu correto? Eu sempre me confundi com as personagens do Antigo Testamento.

Lorde Peter riu e bocejou.

— Acho que vou me retirar por algumas horas — disse ele. — Tenho que estar de volta à cidade às oito. Parker vem para o desjejum.

A duquesa conferiu o relógio, que marcava cinco minutos para as três.

— Mando subir o café às 6h30, querido — disse ela. — Espero que fique confortável. Eu falei para colocarem pelo menos uma bolsa de água quente na cama; esses lençóis de linho são um gelo; você pode tirar se incomodar.

4

— Então, Parker, é o que temos — disse lorde Peter, empurrando a xícara de café para o lado e acendendo o cachimbo pós-desjejum. — Você pode até pensar que nos guia a alguma coisa, embora não me pareça que tenha avanço em relação a minha questão com o banheiro. Você fez algo mais nesse sentido depois que eu saí?

— Não; mas hoje de manhã fui ao telhado.

— Ah, seu danado! Que diabrete que não para, você! Vou lhe dizer, Parker, que esse esquema cooperativo é fora do padrão. É muito mais fácil fazer o trabalho de outro do que o seu. Dá aquela sensação agradável de interferir e de mandar, combinada à gloriosa emoção de que outro camarada está fazendo o trabalho que devia ser seu. Uma mão lava a outra, que tal? E encontrou alguma coisa?

— Não muito. Fui atrás de pegadas, claro, mas naturalmente, com tanta chuva, não havia nem sinal. É claro que, se estivéssemos em uma história de detetive, teria havido uma chuvarada muito conveniente uma hora antes do crime e teríamos uma linda coleção de pegadas que só poderiam ter aparecido entre as duas e as três da manhã. Como estamos na vida real e no novembro londrino, seria como querer impressões digitais nas Cataratas do Niágara. Vasculhei os telhados por inteiro e cheguei à deliciosa conclusão de que qualquer bendita pessoa em qualquer bendito apartamento naquela bendita viela podia ser o culpado. Todas as escadas dão para o teto e as telhas são planas; dá para caminhar como se fosse por Shaftesbury Avenue. Ainda assim, tenho provas de que o corpo andou por lá.

— Quais seriam?

Parker tirou a caderneta do bolso e extraiu alguns retalhos, que dispôs para o amigo.

— Um ficou na calha logo acima da janela do banheiro de Thipps, outro numa rachadura do parapeito de pedra logo acima e o resto veio da chaminé de trás, pois ficaram presos em uma escora de ferro. O que você me diz?

Lorde Peter analisou-os com atenção pela lupa.

— Interessante — disse ele. — Interessantíssimo. Você revelou as chapas, Bunter? — complementou, conforme o discreto assistente chegava com a correspondência.

— Sim, milorde.

— Percebeu alguma coisa?

— Não sei se posso chamar de alguma coisa, milorde — disse Bunter, em tom de dúvida. — Vou buscar as ampliações.

— Busque — disse lorde Peter. — Olá! Aqui está nosso anúncio classificado sobre a corrente de ouro no *Times*. Ficou muito bom: "Corresponda-se, telefone ou compareça a Piccadilly, número 110A". Talvez fosse mais seguro deixar um número de caixa postal, embora eu sempre considere que, quanto mais você for franco com os outros, mais consegue enganá-los; o mundo moderno não está acostumado a uma mão estendida e ao coração sincero, que tal?

— Mas você não acha que o camarada que deixou aquela corrente no corpo vai se entregar vindo aqui para saber mais, acha?

— Não acho, seu pateta — disse lorde Peter, com a educação da aristocracia genuína. — Por isso que eu tentei contato com o joalheiro que vendeu a corrente. Viu? — Ele apontou para o anúncio. — Não é uma corrente antiga. Nem está gasta. Ah, obrigado, Bunter. Agora veja, Parker: estas são as impressões digitais que você notou ontem no caixilho da janela e na outra ponta da banheira. Eu as havia deixado passar; dou-lhe crédito total pela descoberta. Rastejo, me arrasto pelo chão, me chamo de Watson e você não precisa dizer o que ia dizer, pois admito tudo. Agora devemos... Opa, opa, opa!

Os três ficaram olhando as fotografias.

— O criminoso — disse lorde Peter, com amargura — escalou os telhados na chuva e, claro, ficou com fuligem nos dedos. Ele dispôs o corpo na banheira e limpou todos os vestígios de si, com duas exceções, que ele fez a gentileza de nos deixar para fazermos nosso trabalho. Por conta de uma mancha no piso, sabemos que ele usava galochas e, por este conjunto admirável de impressões digitais na beira da banheira, que ele tinha o número usual de dedos e usava luvas de borracha. Este é o nosso homem... Levai daqui esta louca, cavalheiros.

Ele deixou as ampliações de lado e voltou a examinar os restos de tecido na mão. De repente soltou um assobio.

— Você sabe o que são, Parker?

— Parecem desfiados de algodão cru... Um lençol, quem sabe. Ou uma corda improvisada.

— Sim — disse lorde Peter. — Sim. Pode ser um engano... pode ser um engano *nosso*. Fico pensando... Diga-me: você acha que estas fibras têm comprimento e resistência para enforcar um homem?

Ele ficou em silêncio, os olhos compridos estreitando-se até parecerem fendas por trás da fumaça do cachimbo.

— O que o senhor sugere para esta manhã? — perguntou Parker.

— Bem — disse lorde Peter —, me parece que é hora de eu lhe dar uma mão. Vamos até Park Lane e vejamos o que Sir Reuben Levy estava aprontando na cama na noite passada.

— E agora, sra. Pemming, se puder fazer a gentileza de me alcançar uma coberta — disse sr. Bunter, descendo à cozinha — e me permitir pendurar um lençol sobre a parte inferior da janela e puxar o biombo para cá, para... para eliminar todos os reflexos, se me entende, podemos trabalhar.

A cozinheira de Sir Reuben Levy, com um olho voltado para a aparência distinta e bem apessoada de sr. Bunter, apressou-se a fazer tudo que era solicitado. O visitante colocou sobre a mesa um cesto contendo uma garrafa d'água, uma escova de cabelos com verso prateado, um par de botas, um pequeno cilindro de linóleo e as *Cartas de um comerciante empreendedor ao filho,* encadernadas em couro de cabra estilo marroquino. Ele puxou um guarda-chuva de debaixo do braço e acrescentou ao conjunto. Então apresentou uma máquina fotográfica portentosa e a deixou nas proximidades do fogão; depois, abrindo um jornal sobre a superfície clara e limpa da mesa, ele começou a puxar as mangas e colocou um par de luvas cirúrgicas. O secretário de Sir Reuben Levy, que entrou naquele momento e encontrou Bunter assim ocupado, empurrou a ajudante de cozinha, que estava em posição de primeira fila, para o lado e inspecionou o aparato com olhar crítico. O sr. Bunter fez um aceno vivaz para o secretário e tirou a rolha de um pequeno frasco com pó cinza.

— Que sujeito esquisito seu patrão, não é? — disse o secretário, indiferente aos procedimentos.

— Deveras singular, de fato — disse sr. Bunter. — Agora, minha cara — complementou ele, insinuante, à copeira —, eu pediria à senhorita que derramasse um pouco deste pó cinza na beira do frasco enquanto eu seguro... e a mesma coisa nesta bota... aqui, no topo... obrigado, senhorita... como se chama? Price? Ah, mas a senhorita tem outro nome além de Price, não tem? Mabel, sim? É um nome do meu agrado... muito bem, a senhorita tem mão firme, srta. Mabel... viu só? São as marcas dos dedos... três aqui, duas aqui e algumas manchas

UM CORPO NA BANHEIRA 59

em outros pontos. Não vá tocar nelas, minha cara, pois podem se apagar. Vamos deixá-las postas aqui até que possamos bater as chapas. A seguir, vamos examinar a escova de cabelo. Quem sabe, sra. Pemming, a senhorita poderia erguê-la com cuidado pelas cerdas?

— Pelas cerdas, sr. Bunter?

— Se puder, sra. Pemming. E deixe-a aqui. Agora, Miss Mabel, mais uma demonstração das suas competências, se puder fazer o obséquio. Não... vamos tentar negro de fumo desta vez. Perfeito. Eu não faria melhor. Ah! Que belas impressões. Sem manchas desta vez. Vossa senhoria achará interessante. Agora, a caderneta... não, esta, eu mesmo pego... com estas luvas, entende, pelas beiradas... Sou um criminoso cuidadoso, sra. Pemming, e não quero deixar rastros. Pode passar o pó em toda a capa, Miss Mabel; agora, deste lado... isto, é assim que se faz. Várias impressões e nenhuma mancha. Tudo conforme o plano. Ah, por favor, sr. Graves, não toque... Se o senhor tocar, meu emprego está em risco.

— Você faz esse tipo de serviço com frequência? — questionou sr. Graves, como se de uma posição de superioridade.

— Alguma — respondeu sr. Bunter, com um lamento calculado para tocar o coração de sr. Graves e desatar sua autoconfiança. — Se puder fazer a gentileza de segurar este pedacinho de linóleo, sra. Pemming, eu seguro esta ponta enquanto Miss Mabel opera. Sim, sr. Graves, a vida é dura, ser criado de dia e ficar na câmara escura à noite... O chá da manhã pode ser a qualquer momento entre 6h30 e onze, e investigações criminais podem acontecer a qualquer hora. Esses ricos que não têm mais o que fazer, e as ideias que eles põem na cabeça... É uma maravilha.

— Não sei como você aguenta — disse sr. Graves. — Aqui não há nada disso. Uma vida doméstica, tranquila e ordeira, sr. Bunter, tem suas vantagens. Refeições nas horas normais;

famílias decorosas, de respeito, que vêm jantar... nada de mulheres maquiadas... e nada de criadagem à noite, isso eu posso *ressaltar*. Eu, por regra, não tolero hebreus, Sr. Bunter, e é evidente que entendo que o senhor possa considerar vantajoso estar em uma família de nobres. Mas, hoje em dia, é algo a que se dá menos consideração, e eu diria que, no caso de um empreendedor como sir Reuben, ninguém poderia chamá-lo de vulgar. Minha senhora, além disso, é do interior. Já foi srta. Ford, dos Ford de Hampshire, e os dois são muito ponderados.

— Concordo com o senhor, sr. Graves. Vossa senhoria e eu nunca aceitamos a tacanhice. Sim, minha cara, é a marca de um pé, é o linóleo em frente à pia. Um judeu bom pode ser homem bom, como eu sempre digo. E horas normais e hábitos ponderados dizem muito a seu favor. Muito simples nos gostos, sir Reuben, não é? Para um homem tão rico, eu digo.

— Muito simples, de fato — disse a cozinheira —, as refeições que ele e minha senhora fazem quando estão a sós com a srta. Rachel... bom, aí está: se me entende, sr. Bunter, não fossem os jantares, que sempre são bons quando há convidados, esta casa seria um desperdício dos meus talentos e da minha formação.

O sr. Bunter somou o cabo do guarda-chuva ao conjunto e começou a fixar um lençol sobre a janela com o auxílio da servente.

— Admirável — disse ele. — Agora, se eu puder colocar esta coberta sobre a mesa e outra sobre este cavalete de toalhas... ou algo parecido que sirva de fundo... você é muito gentil, sra. Pemming... Ah! Queria eu que sua senhoria nunca precisasse da criadagem à noite. Muitas vezes fiquei de pé até as três ou quatro horas, e me levantei de novo para chamá-lo cedo para sair a fazer suas sherlockagens do outro lado do país. E a lama que ele deixa nas roupas e nas botas!

— Estou certo de que é uma desonra, sr. Bunter — disse a sra. Pemming, calorosa. — Vil, eu diria. Na minha opinião, o trabalho policial não é ocupação apropriada para um cavalheiro, quanto mais um lorde.

— E ele torna tudo mais difícil — disse sr. Bunter, sacrificando com nobreza o caráter do patrão e das próprias opiniões por boa causa. — As botas ficam jogadas num canto, as roupas atiradas pelo chão...

— É o normal com esses homens que nascem em berço de ouro — disse sr. Graves. — Já sir Reuben nunca perdeu os bons costumes, à moda antiga. As roupas bem dobradas. As botas ficam no vestir, para eu poder recolhê-las pela manhã. Tudo é facilitado.

— Ele as esqueceu na noite retrasada, porém.

— As roupas, não as botas. Ele sempre tem consideração pelos outros, sir Reuben. Ah! Espero que nada lhe tenha acontecido.

— De fato, pobre cavalheiro — a cozinheira entrou na conversa —, e isso que estão dizendo, que ele teria saído sorreit... sorraitero... sorrateiro para fazer o que não devia... Olha, nunca que ia acreditar vindo dele, sr. Bunter. Juro até meu último suspiro.

— Ah! — disse sr. Bunter, ajustando as lâmpadas de arco voltaico e conectando-as à luz elétrica mais próxima. — E é mais do que muitos podemos dizer dos que nos dão o soldo.

— Um metro e setenta e oito — disse lorde Peter — e nem um centímetro a mais. — Ele espiou em dúvida a depressão sobre a roupa de cama e a mediu pela segunda vez com seu *vade mecum* de patrulheiro diletante. Parker anotou essa especificidade em uma caderneta chique.

— Eu creio — disse ele — que um homem de 1,88 metro *poderia* deixar uma depressão de 1,78 metro caso se encolhesse.

— Você tem algum sangue escocês, Parker? — perguntou seu colega, em tom amargo.

— Não que eu saiba — respondeu Parker. — Por quê?

— Porque de todos os diabretes precavidos, avarentos, ponderados e sangue-frio que eu conheço — disse lorde Peter — você é o mais precavido, avarento, ponderado e sangue-frio. Aqui estou eu, suando os miolos para trazer um incidente surpreendente à sua investigaçãozinha policial infame e sem graça, e você se recusa a demonstrar uma faísca de entusiasmo.

— Bom, não adianta se precipitar nas conclusões.

— Precipitar? Você não está nem engatinhando à vista de uma conclusão. Eu creio que se você pegasse a gata com a cabeça no jarro de leite, você diria que é concebível que o jarro estivesse vazio quando ela chegou.

— Mas seria concebível, não seria?

— Maldito seja — disse lorde Peter. Ele atarraxou o monóculo ao olho, curvou-se sobre o travesseiro, respirando forte e com força pelo nariz. — Alcance-me as pinças — ele disse em seguida. — Pelos céus, homem, não sopre assim, poderia ser uma baleia.

Ele apanhou um objeto quase invisível dos lençóis.

— O que é isso? — perguntou Parker.

— É um pelo — disse lorde Peter, inflexível, os olhos cada vez mais firmes. — Vamos dar uma olhada nos chapéus de Levy, vamos? E você poderia dar um telefonema àquele camarada com nome de cemitério, sim?

O sr. Graves, quando convocado, encontrou lorde Peter Wimsey de cócoras no chão do quarto de vestir, diante de uma fileira de chapéus dispostos de cabeça para baixo.

— Aí está o senhor — disse o nobre, alegrado. — Então, Graves, este é um concurso de adivinhação. Uma espécie de jogo do copo, mas com chapéus. Aqui temos nove chapéus, incluindo três cartolas. O senhor confirma que todos estes chapéus pertencem a Sir Reuben Levy? Sim? Ótimo. Pois eu tenho três suposições em relação a qual chapéu ele usou na noite em que sumiu e, se eu acertar, eu ganho; se não, o senhor ganha. Viu? Pronto? Vamos. Imagino que o senhor saiba a resposta, a propósito.

— Devo entender que vossa senhoria está perguntando que chapéu sir Reuben usava quando saiu na noite de segunda-feira, vossa senhoria?

— Não, o senhor não entendeu nada — disse lorde Peter. — Estou perguntando se o senhor *sabe*. Não me diga, pois eu vou adivinhar.

— Eu sei, sim, vossa senhoria — disse sr. Graves, em tom reprobatório.

— Bem — disse lorde Peter —, como ele foi jantar no Ritz, ele estava de cartola. Aqui temos três cartolas. Em três chutes, eu estaria fadado a acertar, não é? Não me parece jogo limpo. Vou dar apenas um chute. Foi esta.

Ele apontou o cartola mais próximo à janela.

— Estou certo, Graves? Levei o prêmio?

— Sim, foi *esta* a cartola, milorde — disse sr. Graves, sem qualquer sinal de empolgação.

— Obrigado — disse lorde Peter. — É tudo que eu queria saber. Peça a Bunter para vir aqui, sim?

O sr. Bunter se aproximou com ares de ofendido e com o cabelo, em geral alisado, desmazelado pela capa de focalização.

— Ah, aí está você, Bunter — disse lorde Peter. — Veja cá...

— Aqui estou, milorde — disse sr. Bunter, com respeitosa reprovação. — Mas, se me permite, é no andar de baixo que eu deveria estar. São tantas moças... elas vão deixar dedos nas provas, milorde.

— Eu lhe peço misericórdia — disse lorde Peter —, mas já tive uma discussão incorrigível com sr. Parker e perturbei o estimado Graves, e quero que me diga quais impressões digitais encontrou. Não ficarei contente até que me fale, então não seja áspero comigo, Bunter.

— Bom, milorde, vossa senhoria sabe que eu ainda não as fotografei, mas não vou negar que têm uma aparência interessante, milorde. A caderneta que estava na mesa de cabeceira, milorde, tem apenas marcas de um conjunto de dedos. Há uma pequena cicatriz no dedão direito que as torna de fácil identificação. A escova de cabelo, do mesmo modo, milorde, tem o mesmo conjunto de impressões. O guarda-chuva, o copo da escova de dentes e as botas têm dois conjuntos: a mão com o dedão da cicatriz, que imagino que seja de sir Reuben, milorde, e um conjunto de manchas sobrepostas, se assim posso dizer, milorde, que podem ou não ser as mesmas mãos das luvas de borracha. Eu poderia lhe dizer melhor depois de revelar as fotos e medi-las, milorde. O linóleo em frente à pia é de fato muito gratificante, milorde, se me permite dizer. Além das marcas nas botas de sir Reuben que vossa senhoria ressaltou, temos a marca do pé descalço de um homem. Um pé bem menor, milorde. Eu diria não mais do que uma meia de 25 centímetros, se me perguntar.

O rosto de lorde Peter ficou irradiado por uma luz fraca, quase sacra.

— Um deslize — falou baixo. — Um deslize pequeno, mas que não lhe convém. Quando o linóleo foi lavado pela última vez, Bunter?

— Na segunda-feira de manhã, milorde. Foi a servente que lavou e lembrou de comentar. O único comentário que ela fez até agora, e foi certeiro. As outras empregadas...

Suas feições expressaram desgosto.

— O que eu disse, Parker? Um e setenta e oito, nem um centímetro a mais. E ele nem ousou usar a escova de cabelo.

Perfeito. Mas ele *tinha* que arriscar a cartola. Você sabe que um *gentleman* não pode andar na chuva, tarde da noite, sem um chapéu, Parker. Veja! O que me diz? Dois conjuntos de impressões em tudo, fora o livro e a escova, dois pares de pés no linóleo e dois tipos de cabelo no chapéu!

Ele ergueu a cartola à luz e extraiu a evidência com pinças.

— Pense nisso, Parker... lembrar da escova de cabelo e esquecer o chapéu... lembrar o tempo todo dos dedos e, no entanto, dar um passo descuidado no linóleo, que deixa rastro. Aqui estão, veja, cabelo preto e cabelo castanho... cabelo preto no chapéu-coco e no panamá, preto e castanho na cartola da noite passada. E então, só para ter certeza de que estamos no caminho certo, apenas um cabelo castanho-avermelhado no travesseiro, neste travesseiro aqui, Peter, que não está no lugar certo. Quase me traz lágrimas aos olhos.

— O senhor quer dizer que...? — perguntou o detetive com a fala arrastada.

— O que quero dizer — falou lorde Peter — é que não foi Sir Reuben Levy que a cozinheira viu na noite passada ao pé da porta. Estou dizendo que foi outro homem, talvez com alguns centímetros a menos, que veio aqui, usando as roupas de Levy, e entrou pela porta da frente com a chave dele. Ah, foi arguto e ardiloso esse diabrete, Parker. Estava com as botas de Levy e vestido até a pele apenas com roupas de Levy. Ele estava usando luvas de borracha, que nunca tirou, e fez de tudo para pensarmos que Levy havia dormido aqui na noite passada. Ele correu risco e venceu. Ele subiu as escadas, despiu-se, chegou a escovar os dentes, embora não tenha usado a escova de cabelos por temer que fosse deixar os cabelos avermelhados. Ele teve que adivinhar o que Levy fazia com as botas e as roupas; um chute foi certo e o outro errado, como vimos. A cama deveria parecer como se alguém tivesse dormido nela. Assim, ele sobe e deita-se com o pijama da própria vítima. Depois, em algum momento da madrugada, é provável que na calada entre duas e três da manhã, ele levanta-se, veste as próprias roupas, que trouxe em uma sacola, e desce devagar ao andar de baixo. Se alguém acordasse, ele estaria perdido, mas ele é um homem ousado e arrisca. Ele sabe que, por regra, as pessoas não acordam. E, de fato, não acordaram. Ele abriu a porta para a rua, que deixou aferrolhada quando entrou... ele ficou atento a qualquer passante ou policial de ronda. Ele saiu. Ele puxou a porta lentamente pela chave. Ele saiu andando a passo rápido, usando os sapatos com sola de borracha... ele é o tipo de criminoso que não se sente completo sem solas de borracha. Em alguns minutos, estava em Hyde Park Corner. E depois...

Ele fez uma pausa e complementou:

— Ele fez tudo isso e, a não ser que não tivesse nada a perder, ele tinha tudo a perder. Ou Sir Reuben Levy foi surrupiado como parte de algum trote bobo, ou o homem de cabelo avermelhado porta a culpa do homicídio na alma.

— Minha nossa! — exclamou o detetive. — Como você é dramático.

Lorde Peter passou a mão demoradamente sobre o cabelo.

— Meu amigo genuíno — balbuciou em uma voz sobrecarregada de emoção —, você me lembra as cantigas de ninar da juventude. O dever sagrado da petulância:

"Havia um velho em Whitehaven
Que dançou a quadrilha com um corvo
Mas eles disseram: Que absurdo
Dar corda a este pássaro
Então espancaram o velho de Whitehaven."

---

* Do original: "There was and old man of Whitehaven/ Who danced a quadrille with a raven,/ But they said: It's absurd/ To encourage this bird/ So they smashed that old man of Whitehaven". Poema de *Book of Nonsense* (1846), de Edward Lear. [*N.T.*]

"Esta é a postura correta, Parker. Temos aqui um pobre coitado desaparecido, que piada, alguém que não faria mal a uma mosca, o que só deixa tudo mais engraçado. Sabe, Parker, não estou mais tão interessado no caso, afinal."

— Qual, este ou o seu?

— Ambos. Que tal, Peter: vamos para casa, almoçar e depois ir ao Coliseum?

— Pode ir se quiser — respondeu o detetive. — Você esqueceu que este é meu ganha-pão.

— E eu não tenho esta desculpa — disse lorde Peter. — Bom, qual é o próximo passo? O que você faria no meu lugar?

— Eu faria o bom e velho trabalho braçal — disse Parker. — Eu não confiaria em nada do que Sugg já fez e conseguiria o histórico familiar de cada inquilino de cada apartamento em Queen Caroline Mansions. Eu inspecionaria todos os quartos de despejo e acessos ao telhado e eu os instigaria a diálogos e de repente traria as palavras "corpo" e "pincenê", e veria se elas se encolhem, como dizem estes psico-sei-la-o-quês modernos.

— É o que você faria, é? — disse lorde Peter com um sorriso. — Bom, nós trocamos de casos, como sabe, então você que vá e faça. Eu vou espairecer no Wyndham's.

Parker fez uma carranca.

— Bem — disse ele —, não imaginei que você fosse fazer nada, então é melhor mesmo que eu faça. Você só será um profissional quando aprender a trabalhar, Wimsey. Que tal um almoço?

— Já tenho convite — disse lorde Peter com magnificência. — Eu vou agora mesmo e me troco no clube. Não posso almoçar com Freddy Arbuthnot com essas calças; Bunter!

— Sim, milorde.

— Junte tudo se estiver pronto e vá até o clube para lavar meu rosto e mãos.

— Tenho trabalho aqui por mais duas horas, milorde. Não tenho como fazer com menos de trinta minutos de exposição. A corrente não é das mais fortes.

— Viu como eu sou maltratado pelo meu próprio criado, Parker? Bom, vou ter que aguentar. Até!

Ele desceu as escadas assobiando.

O diligente sr. Parker, após um resmungo, acomodou-se para uma busca sistemática pelos documentos de Sir Reuben Levy com assistência de um prato de sanduíches de presunto e uma garrafa de cerveja Bass.

Lorde Peter e o Honorável Freddy Arbuthnot, que juntos pareciam um anúncio de calças masculinas, chegaram à sala de jantar do Wyndham's.

— Há tempos não o via — disse o Honorável Freddy. — O que anda fazendo da vida?

— Ah, ando fazendo bagunça — disse lorde Peter, lânguido.

— *Velouté* ou *consommé*, senhor? — questionou o garçom ao Honorável Freddy.

— Qual você vai querer, Wimsey? — disse o cavalheiro, transferindo o encargo da escolha ao convidado. — Ambos são intragáveis.

— Bom, dá menos trabalho sorver o *consommé* da colher — disse lorde Peter.

— *Consommé* — disse o Honorável Freddy.

— *Consommé* polonês — concordou o garçom. — Muito bom, senhor.

A conversa arrastou-se até que o Honorável Freddy encontrou uma espinha em um filé de linguado e mandou chamar o garçom-chefe para explicar aquela presença. Resolvida a questão, lorde Peter encontrou a energia para dizer:

— Sinto muito em saber do seu pai, meu velho.

— Ah, sim, pobre coitado — disse o Honorável Freddy. — Dizem que não vai durar muito. O quê? Ah! O Montrachet '08. Não tem nada de bom para beber neste lugar — complementou, melancólico.

Depois desse insulto calculado a uma safra nobre, deu-se mais uma pausa, até que lorde Peter disse:

— Como anda a Bolsa?

— Podre — disse o Honorável Freddy.

Ele se serviu de *salmis* de caça.

— Posso ajudar em alguma coisa? — perguntou lorde Peter.

— Ah, não, obrigado... Muito decoroso da sua parte, mas em algum momento vai melhorar.

— Este *salmis* não é ruim — disse lorde Peter.

— Já comi piores — admitiu o amigo.

— E os argentinos? — questionou lorde Peter. — Veja, garçom, tem restos da rolha na minha taça.

— De rolha? — berrou o Honorável Freddy, com algo que se aproximava de animação. — Você ainda vai receber uma chamada, garçom. É incrível que um sujeito que é pago para fazer um serviço só não consiga tirar a rolha da garrafa. O que você ia dizendo? Argentinos? Já foram para o inferno. Com essa sumida do velho Levy, o mercado perdeu o chão.

— Não me diga — disse lorde Peter. — E o que você diria que aconteceu com o velho?

— Ah, se eu soubesse — disse o Honorável Freddy. — Levou uma pancada dos ursos na cabeça, imagino eu.

— Talvez tenha fugido por conta própria — sugeriu lorde Peter. — Vida dupla, sabe. São uns frívolos esses homens de negócios.

— Ah, não — disse o Honorável Freddy, um pouco eriçado. — Não, calme lá, Wimsey, eu não diria uma coisa dessas. Ele é um sujeito decente, de família, e a filha dele é encantadora. Além disso, ele é corretíssimo. Ele era rápido em criticar, mas não desapontava ninguém. O velho Anderson está chateadíssimo.

— Quem é Anderson?

— Um camarada que tem terrenos aqui. Ele é sócio do clube. Ele ia encontrar Levy na terça-feira. Tem medo de que essa gente da ferrovia vá entrar agora, aí vai. Tudo. Pelos. Ares.

— Quem está trazendo o povo da ferrovia para cá? — questionou lorde Peter.

— Um ianque patife, John P. Milligan. Ele tem opção de compra, ou diz que tem. Não dá para confiar nesses brutos.

— Anderson não pode esperar?

— Anderson não é Levy. Não tem as patacas. Além disso, ele é só um. Levy dá conta de todo o espectro: se quisesse, ele podia levantar um boicote contra essa ferrovia bestial de Milligan. É aí que ele tem força, entende?

— Creio que conheci esse tal de Milligan por aí — disse lorde Peter, pensativo. — Não é um brutamontes de cabelo e barba escuros?

— Você está pensando em outra pessoa — disse o Honorável Freddy. — Milligan não é mais alto do que eu, a não ser que você chame 1,68 metro de brutamontes. E ele é careca, ainda por cima.

Lorde Peter ficou pensando naquilo enquanto comia gorgonzola. Depois disse:

— Não sabia que Levy tinha uma filha encantadora.

— Ah, tem — disse o Honorável Freddy, com indiferença elaborada. — Conheci ela e a mãe no ano passado, no exterior. Foi assim que eu conheci o velho. Ele tem sido muito decoroso. Deixou-me entrar nessa negociata argentina ainda no início, sabia?

— Bom — disse lorde Peter —, tem coisas piores. Dinheiro é dinheiro, não é? E lady Levy é uma redenção. Pelo menos minha mãe conhecia a família dela.

— Ah, *ela* é de bem — disse o Honorável Freddy — e o velho, hoje em dia, não é de se jogar fora. Ele é trabalhador, claro, mas não finge ser qualquer outra coisa. Não se gaba. Pega o ônibus 96 toda manhã para ir ao trabalho. "Não consigo me acostumar com táxis, meu garoto", diz ele. "Eu tinha que economizar cada meio pêni quando era moço e não posso sair da linha agora." Se bem que, quando sai com a família, nada é bom o bastante. Rachel, a filha, sempre ri com as mesquinharias do velho.

— Imagino que tenham avisado lady Levy — disse lorde Peter.

— Imagino que sim — concordou o outro. — É bom eu aparecer e expressar minhas condolências ou algo do tipo, que tal? Não ficaria bem se não fizesse, não acha? Mas seria muito esquisito. O que eu vou dizer?

— Não acho que importa muito o que você dirá — disse lorde Peter, prestativo. — Eu perguntaria se posso ajudar em algo.

— Obrigado — disse o amigo do peito. — É o que farei. Um jovem vigoroso. Conte comigo. Sempre a seu dispor. Pode me ligar a qualquer hora do dia ou da noite. Essa é a linha de raciocínio, não acha?

— É a ideia — disse lorde Peter.

O sr. John P. Milligan, o representante de Londres da Transportes e Ferrovias Milligan, estava ditando códigos de telégrafo para a secretária no escritório dele em Lombard Street quando lhe foi trazido um cartão que dizia apenas:

Lorde Peter Wimsey
Marlborough Club

O sr. Milligan ficou incomodado com a interrupção, mas, tal como muitos de sua nação, se ele tinha um ponto fraco, era a aristocracia britânica. Ele adiou por alguns minutos a eliminação de uma fazenda modesta mas promissora do mapa e orientou que o visitante fosse conduzido ao andar de cima.

— Boa tarde — disse o nobre, adentrando com cordialidade —, é de uma generosidade incomum o senhor deixar que eu apareça e desperdice seu tempo desse jeito. Farei o possível para não me demorar, embora eu não seja dos melhores em cortar rodeios. Meu irmão nunca me deixaria ser representante do condado, sabe? Disse que eu ficaria devaneando e ninguém iria entender o que eu falo.

— Muito prazer, lorde Wimsey — disse o sr. Milligan. — Quer se sentar?

— Obrigado — disse lorde Peter —, mas eu não sou membro da Câmara, como sabe. Meu irmão Denver que é. Meu nome é Peter. Sempre achei um nome bobo, tão coisa da terrinha e cheio de virtudes caseiras e coisa e tal. Mas meus padrinhos e madrinhas no batismo é que são os responsáveis, creio eu, ao menos de forma oficial... o que é um fardo, sabe, pois não foram eles que escolheram. Mas sempre temos um Peter, em homenagem ao terceiro duque, que traiu cinco reis de algum lugar por conta da Guerra das Rosas e, pensando bem, não é nada de que se orgulhar. Bom, a pessoa faz o que pode.

O sr. Milligan, engenhosamente levado à posição desvantajosa que acompanha a ignorância, fez uma manobra para ganhar posição e ofereceu um Corona duplo.

— Obrigadíssimo — disse lorde Peter —, mas o senhor não devia me tentar a ficar a tarde inteira de papo. Por Júpiter, sr. Milligan, se o senhor oferece poltronas aconchegantes e charutos como esse, como é que as pessoas não vêm morar no seu escritório? — Ele complementou, mentalmente: "Queria muito lhe arrancar essas botas de bico fino. Como é que vou adivinhar o tamanho de seus pés? E essa cabeça que parece uma batata? É de fazer a pessoa praguejar".

— Pois me diga, lorde Peter — disse sr. Milligan. — Em que posso lhe ajudar?

— Bom, pois veja só — disse lorde Peter. — Queria mesmo saber se o senhor podia. É muita audácia da minha parte, mas o fato é que foi minha mãe que me enviou, se me entende. Mulher maravilhosa, mas não sabe o que significam as demandas no tempo de um homem ocupado como o senhor. Não entendemos de labuta, como o senhor deve saber, sr. Milligan.

— Ora, não fale assim — disse sr. Milligan. — Seria um encanto fazer o que fosse necessário para atender a duquesa.

Ele teve um receio momentâneo na dúvida quanto à mãe de um duque também ser duquesa, mas respirou com alívio quando lorde Peter prosseguiu:

— Obrigado. É gentilíssimo da sua parte. Bom, então, é o seguinte. Minha mãe, uma mulher muito enérgica e generosa, sabe o senhor, está pensando em montar um bazar beneficente em Denver no inverno, para auxiliar o teto da igreja, entende. É uma situação muito triste, sr. Milligan... São antiguidades, vitrais, anjos no telhado e tudo mais... Tudo caindo aos pedaços, a entrando e assim por diante... O vigário pegou reumatismo no culto por conta da friagem que passava no altar. O senhor sabe como são essas coisas. Eles têm um homem lá começando os trabalhos... um pobre sujeito chamado Thipps. Mora com a mãe idosa em Battersea... Criaturinha vulgar, mas muito bom em tetos decorados, anjos e essas coisas, pelo que me contam.

Neste momento, lorde Peter observava o interlocutor com atenção, mas ao ver que a ladainha não rendia nele qualquer reação mais surpreendente do que o interesse educado tingido de leve perplexidade, ele abandonou a linha de ataque e prosseguiu:

— Ora, me desculpe, desculpe muitíssimo... infelizmente, estou sendo de uma prolixidade bruta. O fato é que minha mãe está armando este bazar e achou que seria interessantíssimo ter como atração algumas palestras... como pequenas conversas, sabe... da parte de empresários eminentes de todas as nações. Aquele toque "Como eu cheguei lá", sabe? "Uma Pitada de Petróleo com o King Querosene", "Consciência no Bolso e Chocolate na Xícara" e assim por diante. O público ficaria interessadíssimo. Perceba que todas as amigas de minha mãe vão comparecer e nós não temos dinheiro... não o que o senhor chamaria de dinheiro, no caso... Creio que nossas rendas não pagariam nem sua conta telefônica, não é? Mas gostaríamos muitíssimo de ouvir das pessoas que sabem fazer dinheiro. Dá-nos uma sensação de exaltação, se me entende. Bom, enfim, minha mãe ficaria felicíssima e grata ao senhor, sr. Milligan, se pudesse comparecer e dar algumas palavrinhas como nosso representante da América. Não levaria mais do que dez minutos, sabe, porque as pessoas de lá não entendem muito além de caça e tiro, e a turma da minha mãe não consegue manter a atenção por mais de dez minutos, mas gostaríamos muito que aparecesse e ficasse um ou dois dias e nos desse alguns breves comentários sobre o todo-poderoso dólar.

— Ora, sim — disse sr. Milligan. — Eu gostaria muito, lorde Peter. A duquesa foi muito gentil em sugerir meu nome. É muito triste que essas belas e finas antiguidades comecem a deteriorar. Será um grande prazer. O senhor aceitaria, quem sabe, a gentileza de um pequeno donativo ao Fundo de Restauro?

Aquele desvio inesperado quase fez lorde Peter botar-se de pé. Explorar, a partir de uma mentira engenhosa, um senhor hospitaleiro que você tem como suspeito de um homicídio peculiarmente vil e, durante os trâmites, aceitar dele um grande cheque com fins beneficentes, tem algo de impalatável até para o mais calejado dos agentes do Serviço Secreto. Lorde Peter contemporizou:

— É muito generoso da sua parte — disse. — Tenho certeza de que ficariam enormemente gratos. Mas é melhor não deixar comigo, sabe? Pode ser que eu gaste ou perca. Infelizmente, não sou muito confiável. O vigário é a pessoa certa: o reverendo Constantine Throgmorton, do Presbitério de São João na Porta Latina, Duke's Denver, se quiser enviar.

— Enviarei — disse sr. Milligan. — Poderia preencher para mil libras, Scoot, caso me escape?

O secretário, um jovem com cabelos cor de areia, queixo comprido e sem sobrancelhas, fez o que lhe foi solicitado em silêncio. Lorde Peter voltou os olhos da cabeça calva de sr. Milligan para os cabelos ruivos do secretário, fortaleceu o coração e tentou mais uma vez.

— Bom, tenho gratidão sem fim ao senhor, sr. Milligan, assim como terá minha mãe quando eu lhe contar. Eu lhe aviso da data do bazar. Ainda não está decidida e, como deve saber, tenho outros empresários a visitar. Pensei em convidar alguém para representar a imprensa britânica, sabe, e um amigo me prometeu um financista alemão eminente. É muito interessante se não houver muito rancor oculto no país, e é bom eu achar um outro para dar o ponto de vista hebraico. Pensei em convidar Levy, sabe, mas ele desapareceu de modo muito inconveniente.

— Sim — disse Milligan —, foi uma coisa muito curiosa. Embora eu não me importe em dizer, lorde Peter, que é conveniente para mim, sim. Ele tinha mão firme no meu consórcio da ferrovia, mesmo que eu não tenha nada contra ele pessoalmente. E caso ele apareça depois que eu concluir um pequeno acordo que eu estou montando, darei com prazer a mão direita das boas-vindas.

Uma imagem passou pela mente de lorde Peter, de sir Reuben sendo mantido em algum lugar, preso, até o fim daquela crise financeira. Era uma altíssima probabilidade, e muito mais aceitável do que sua conjectura prévia; também fechava melhor com a impressão que ele formava a respeito de sr. Milligan.

— Bom, é um caso estranho — disse lorde Peter. — Mas eu diria que ele teve seus motivos. É melhor não se indagar quanto às motivações dos outros, que tal? Especialmente depois que um amigo da polícia que tem ligação com o caso me disse que o velho figurão tingiu o cabelo antes de partir.

Pelo canto do olho, lorde Peter viu o secretário de cabelos ruivos somar cinco colunas de números ao mesmo tempo e anotar a resposta.

— Tingiu o cabelo, é isso mesmo? — questionou sr. Milligan.

— Tingiu de ruivo — confirmou lorde Peter. O secretário ergueu o olhar. — O esquisito é que eles não conseguem achar o frasco da tintura. Tem algo de suspeito nisso, que tal?

O interesse do secretário ao que parecia evaporou. Ele inseriu uma folha em branco no livro de registro com folhas soltas e trouxe à frente uma fileira de dígitos da página precedente.

— Ouso dizer que não foi nada — disse lorde Peter, levantando-se para ir embora. — Bom, é gentilíssimo da sua parte se incomodar comigo assim, sr. Milligan; minha mãe ficará satisfeitíssima. Ela corresponder-se-á quanto à data.

— Fico encantado — disse sr. Milligan. — E muito contente em conhecer vossa senhoria.

O sr. Scoot ergueu-se em silêncio para abrir a porta, desenroscando uma perna fina de extensão portentosa, até então ocultada pela mesa. Com um suspiro mental, lorde Peter estimou que ele teria 1,93 metro.

— Uma pena que eu não possa colocar a cabeça de Scoot nos ombros de Milligan — disse lorde Peter, ao emergir no turbilhão da cidade. — E o que minha mãe dirá?

5

O sr. Parker era solteiro e ocupava um apartamento do período georgiano, embora inconveniente, no número 12A da Great Ormond Street, pelo qual pagava uma libra por semana. Seus empenhos pela causa civilizatória eram recompensados não por um dote de anéis de diamante da parte de imperatrizes nem por cheques munificentes de primeiros-ministros gratos, mas por um salário modesto, embora suficiente, que saía dos bolsos dos contribuintes britânicos. Ele acordou, após um longo dia de trabalho árduo e inconclusivo, com o cheiro de mingau queimado. Pela janela do quarto, higienicamente aberta acima e abaixo, uma neblina brutal entrava aos poucos e a visão de uma calça grossa de inverno, jogada às pressas sobre uma poltrona na noite anterior, o afligiu com uma sensação do sórdido absurdo da forma humana. O telefone soou e ele arrastou-se desgraçadamente da cama à sala de estar, onde a sra. Munns, que o atendia como diarista, estava pondo a mesa, fungando enquanto trabalhava.

Era sr. Bunter ao telefone.

— Sua senhoria diz que ficaria muito contente caso seja da sua conveniência comparecer para o desjejum, senhor.

Nem se o cheiro de rins e bacon houvesse soprado pelos cabos telefônicos sr. Parker poderia ter sensação mais vivaz de consolo.

— Diga à sua senhoria que o encontrarei em meia hora — disse ele, agradecido, e ao projetar-se ao banheiro, que também era a cozinha, ele informou à sra. Munns, que estava preparando chá de uma chaleira recém-fervida, que ele iria tomar o café da manhã fora de casa.

— Pode levar o mingau para a família — complementou ele, com crueldade, e arrancou o roupão de maneira tão determinada que a sra. Munns só conseguiu sair correndo e bufando.

O ônibus 19 o deixou em Piccadilly apenas quinze minutos mais tarde do que sua impulsividade otimista o levara a calcular, e sr. Bunter lhe serviu uma refeição triunfal, um café incomparável e o *Daily Mail* frente a uma lareira ardendo com lenhas e carvão. Uma voz distante que cantava o *"et iterum venturus est"* da Missa em Si Menor de Bach proclamava que, para o proprietário do apartamento, o asseio e o sagrado se encontravam ao menos uma vez por dia, e, em instantes, lorde Peter entrou, úmido e cheirando a verbena, com um roupão de banho estampado de forma animada com pavões de uma variedade que não existe na natureza.

— Bom dia, meu caro — disse o cavalheiro. — Que clima brutal, não é? Muito gentil da sua parte enfrentá-lo para vir, pois tenho uma carta que precisava lhe mostrar e faltou-me energia para ir até sua casa. Bunter e eu passamos a noite examinando-a.

— O que há na carta? — perguntou Parker.

— Nunca fale de negócios com a boca cheia — disse lorde Peter, em tom reprobatório. — Coma um pouco da geleia de laranja e depois lhe apresento meu Dante; foi entregue na noite passada. O que devo ler hoje de manhã, Bunter?

— A coleção de lorde Erith irá a leilão, milorde. Há uma coluna a respeito no *Morning Post*. Creio que vossa senhoria deveria conferir esta crítica do novo livro de Sir Julian Freke, *As bases fisiológicas da consciência*, no *Times Literary Supplement*. Depois, um roubo bastante singular no *Chronicle,* milorde, e um ataque às famílias nobres no *Herald*... muito mal escrito, se me permite dizer, mas não sem o humor involuntário que vossa senhoria há de apreciar.

— Tudo bem, quero este e o assalto — disse sua senhoria.

— Já passei os olhos pelos outros jornais — continuou sr. Bunter, apontando uma pilha espantosa — e marquei as leituras para vossa senhoria pós desjejum.

— Ah, por favor, nem insinue sobre o que são — disse lorde Peter. — Assim você tira meu apetite.

Instalou-se o silêncio, afora o crocante das torradas e o farfalhar do jornal.

— Vi que eles adiaram a audiência de inquérito — disse Parker em seguida.

— Não há nada mais a fazer — disse lorde Peter. — Mas lady Levy chegou na noite passada e esta manhã terá que ir e *não* identificar o corpo, apenas para satisfazer Sugg.

— Já era hora — disse sr. Parker.

O silêncio abateu-se de novo.

— Não tive tanta consideração pelo assalto, Bunter — disse lorde Peter. — Competente, é claro, mas sem imaginação. Eu quero que o criminoso tenha imaginação. Onde está o *Morning Post*?

Após mais silêncio, lorde Peter disse:

— Pode pedir o catálogo; talvez este Apolônio de Rodes[*] valha uma olhada. Não, que raios me partam se eu for me deliciar nesta resenha, mas pode colocar o livro na lista da biblioteca se quiser. O livro de sir Julian sobre criminalidade foi divertido, até onde era possível, mas o camarada tem uma ideia fixa. Ele acha que Deus é uma secreção do fígado... e tudo bem, em certo sentido, mas não há por que insistir no assunto. Não há que não se possa provar se a sua perspectiva for limitada. Veja Sugg, por exemplo.

---

[*] Apolônio de Rodes. Edição de Lorenzo de Alopa. Florença. 1496. A animação concomitante à solução do Mistério de Battersea não impediu lorde Peter de garantir esta obra rara ao deixar a Córsega. [*N.A.*]

— Peço desculpas — disse Parker. — Não estava prestando atenção. Vi que o peso argentino está se acalmando.

— Milligan — disse lorde Peter.

— O petróleo anda mal. Levy fez uma diferença. Aquele leve estouro dos peruanos que veio logo antes de ele sumir perdeu a chama de novo. Queria saber se ele estava envolvido. Você sabe de algo?

— Ah, uma iniciativa fracassada da qual não se ouvia falar há anos. Ressuscitou de repente na semana passada. Notei por acaso, porque minha mãe conseguiu entrar apenas com umas centenas de ações, há muito tempo. Nunca rendeu um dividendo. Já degringolou de novo.

Wimsey deixou o prato de lado e acendeu um cachimbo.

— Como já terminei, não me importo de trabalhar um pouco — disse ele. — Como foi ontem, Parker?

— Não fui — respondeu Parker. — Investiguei os apartamentos de cima a baixo, com minha própria aparência e dois disfarces. Passei-me por medidor da companhia de gás e cobrador do Lar dos Cãezinhos Perdidos. Não consegui saber de nada, fora uma criada no apartamento de cima, na ponta de Battersea Bridge Road, que disse que houve uma noite em que achou ter ouvido um baque no telhado. Quando perguntei qual noite, ela não soube dizer ao certo. Perguntei se teria sido na segunda-feira, ela achou muito provável. Quando questionei se podia ter sido o vento forte na noite de sábado que soprou o tubo da chaminé, ela não soube dizer, mas que podia ter sido. Quando perguntei se ela tinha certeza de que o barulho havia sido no telhado e não dentro do apartamento, disse ter certeza e que encontrou um porta-retrato caído na manhã seguinte. Muito sugestionável, a moça. Vi seus amigos, o sr. e a sra. Appledore, que me receberam com frieza, mas não conseguiram fazer uma queixa concisa quanto a Thipps, a não ser que a mãe fala errado e que uma vez ele apareceu sem ser convidado, de posse de um panfleto antivivissecção. O coronel indiano no primeiro andar foi espalhafatoso, mas inesperadamente simpático. Ele me deu um curry indiano de jantar e uísque do bom. Mas é tal como um ermitão, e tudo que tinha a contribuir comigo era que não suportava a sra. Appledore.

— Não conseguiu nada na casa?

— Apenas o diário particular de Levy. Trouxe comigo. Aqui está. Não informa muita coisa, porém. Está cheio de registros como: "Tom e Annie vieram jantar"; e "Aniversário de minha cara esposa; dei-lhe um anel de opala"; "Sr. Arbuthnot veio para o chá; quer casar-se com Rachel, mas eu gostaria de alguém mais estável para minha fortuna". Ainda assim, achei que mostraria quem veio à casa e assim por diante. É evidente que ele escrevia à noite. Não há registro da segunda-feira.

— Imagino que será útil — disse lorde Peter, virando as páginas. — Pobre tolo. Pois veja que agora não tenho certeza de que foi morto.

Ele detalhou seu dia de trabalho a sr. Parker.

— Arbuthnot? — disse Parker. — Seria o Arbuthnot do diário?

— Creio que sim. Eu o procurei porque sei que ele gosta de perder tempo na Bolsa de Valores. Quanto a Milligan, de *aparência* ele é boa pessoa, mas creio que seja implacável nos negócios, e nunca se sabe. Depois, temos o secretário ruivo... um homem que é uma calculadora, com a cara que lembra um peixe, e que fica dizendo nada com nada. Deve ser descendente do boneco de piche.* Milligan tem ótima motivação, de qualquer modo, para suspender Levy por alguns dias. Além disso, temos o novo homem.

---

* Uma referência a "The Wonderful Tar Baby Story", do escritor Joel Chandler Harris (1845-1908). Br'er Fox prende Br'er Rabbit construindo uma boneca com um pedaço de alcatrão e a veste com roupas. Br'er Rabbit encontra o Tar-Baby e fala com ele, e, quando ele continua "dizendo nada", o ataca e fica preso. Ele escapa implorando a Br'er Fox para fazer qualquer coisa com ele, mas não jogá-lo no canteiro de espinhos. Fox o faz, e Br'er Rabbit escapa. [*N.T.*]

— Qual novo homem?

— Ah, é a carta sobre a qual eu lhe comentei. Onde eu deixei? Aqui está. Bom papel de pergaminho, estampa do escritório do advogado em Salisbury e carimbo correspondente do correio. Escrita com muita precisão, com pena fina, por um empresário idoso de hábitos antiquados.

Parker pegou a carta e leu:

CRIMPLESHAM E WICKS,
Advogados,
MILFORD HILL, SALISBURY
17 de novembro de 192-

Senhor,

Em referência a seu anúncio classificado de hoje na coluna do *Times*, tendo a crer que os óculos e corrente em questão possam ser os que perdi na L. B. & S. C. Electric Railway enquanto visitava Londres na última segunda-feira. Parti pela estação Victoria no trem das 17h45 e só percebi que os havia perdido ao chegar em Balham. Esta especificação e receita dos óculos pelo optometrista, que anexo, devem bastar de imediato como identificação e garantia de boa-fé. Se os óculos se provarem meus, ficarei muito agradecido ao senhor se fizer a gentileza de enviá-los por carta registrada, pois a corrente foi presente de minha filha e é um dos bens pelos quais tenho mais apreço.

Agradeço em antecedência pela gentileza e lamento pelo trabalho que lhe darei.

Atenciosamente,

THOS. CRIMPLESHAM.

Lorde Peter Wimsey,
Piccadilly, número 110A, W.
(Anexo)

— Nossa — disse Parker —, isso é o que eu chamaria de inesperado.

— Ou é um equívoco extraordinário — disse lorde Peter —, ou sr. Crimplesham é um vilão dos mais ousados e ardilosos. Ou, é claro, existe a possibilidade de que sejam os óculos errados. Talvez, inclusive, consigamos um desfecho quanto a essa questão. Imagino que os óculos estejam na Scotland Yard. Queria que você telefonasse e pedisse para enviar uma descrição de optometrista dos mesmos. E pode perguntar também se é o grau é comum.

— Está certo — disse Parker antes de tirar o telefone do gancho.

— E agora — disse o amigo, depois da mensagem transmitida — entre na biblioteca só um minuto.

Na mesa da biblioteca, lorde Peter havia espalhado uma série de ampliações em brometo, algumas secas, algumas úmidas e algumas semiapagadas.

— Estas pequenas são as originais das fotos de que estávamos falando — disse lorde Peter —, e estas grandes são ampliações, todas feitas com a exata mesma escala. Esta aqui é a pegada no linóleo; a deixaremos a sós de momento. Estas impressões digitais podem ser divididas em cinco lotes. Eu as numerei nas ampliações, viu? E fiz uma lista:

"A. As impressões digitais do próprio Levy, tiradas do livrinho de cabeceira e sua escova de cabelo. Esta e esta. Não há como se enganar quanto à cicatriz no dedão.

"B. As manchas deixadas pelos dedos em luva do homem que dormiu no quarto de Levy na segunda-feira à noite. Elas aparecem claramente na garrafa de água e nas botas, sobrepostas às de Levy. São muito nítidas nas botas. O que surpreende para mãos em luvas, por isso deduzi que as luvas eram de borracha e pouco antes haviam estado na água.

"Aqui temos outra questão interessante. Levy caminhou na chuva na segunda-feira à noite, como sabemos, e estas marcas escuras são respingos de lama. Você percebe que elas ficam *sobre* as digitais de Levy em todos os casos. Agora veja: nesta bota esquerda encontramos a marca do dedão do estranho *sobre* a lama no couro, acima do calcanhar. Lugar esquisito para encontrar uma impressão de dedão numa bota, não é? Se Levy tirou as próprias botas, no caso. Mas é o lugar onde se encontrariam as impressões se alguém houvesse tirado as botas à força. Mais uma vez, a maioria das marcas de dedos do estranho ficam *sobre* os respingos de lama, mas aqui há um respingo que fica mais uma vez acima delas. O que me leva a inferir que o estranho voltou a Park Lane, usando as botas de Levy, vindo de táxi, trem ou carro, mas em algum momento teve que caminhar. O bastante para pisar em uma poça ou levar um respingo nas botas. O que me diz?"

— Muito bonito — disse Parker. — Um tanto complexo, todavia, e as marcas não são tudo que eu queria de uma impressão digital.

— Bom, eu não vou enfatizar essa parte. Mas se encaixa na ideia anterior. Agora vamos nos voltar a:

"C. As impressões que meu vilão fez o obséquio de deixar na outra beirada da banheira de Thipps, onde você viu, e eu devia ser açoitado por não ter visto. A mão esquerda, você há de notar, a base da palma e os dedos, mas não as pontas, o que sugere que ele se apoiou para ajustar alguma coisa na parte de baixo, quem sabe o pincenê. Com luvas, veja, mas sem mostrar qualquer saliência ou costura que seja. Eu vou dizer e você há de concordar: borracha. É isso. Agora veja:

"D e E vieram de um cartão de visitas meu. Tem essa coisa no canto, marcada com F, mas isto você pode desconsiderar; no documento original, é uma marca viscosa que ficou do dedão de um jovem que tirou o cartão de mim, não antes de retirar um resto de chiclete dos dentes com o dedo para me dizer que sr. Milligan podia estar ou não ocupado. D e E são marcas de dedão de sr. Milligan e de seu secretário ruivo.

Não fica claro qual seria qual, mas vi o jovem com o chiclete entregar o cartão ao secretário, e quando entrei no escritório sacrossanto vi John P. Milligan parado com ele na mão, então é um ou o outro. De momento, saber qual é qual é irrelevante para nossos propósitos. Surrupiei o cartão da mesa quando estava de saída.

"Então, Parker, é isso que tem deixado Bunter e eu acordados até altas horas. Eu medi e medi de todos os ângulos e de trás para a frente até ficar tonto da cabeça, fiquei olhando até ficar cego, mas raios me partam, ainda não me decidi. Pergunta 1: C é igual a B? Pergunta 2: D ou E é igual a B? Não há nada em que se basear fora tamanho e formato, e as marcas são muito fracas. O que acha?"

Parker negou balançando a cabeça, em dúvida.

— Eu creio que E possa sair de consideração — disse ele. — Parece um dedão comprido e estreito demais. Mas acho que há uma semelhança garantida entre o tamanho de B na garrafa de água e de C na banheira. E não vejo motivo para D não ser igual a B, mas há pouco para determinar.

— Seu parecer leigo e minhas medidas trouxeram-nos ambos à mesma conclusão... se é que se pode chamar de conclusão — falou lorde Peter com amargura.

— Outra coisa — disse Parker. — Por que raios deveríamos tentar ligar B a C? O fato de você e eu sermos amigos não nos leva a concluir, necessariamente, que os dois casos pelos quais nos interessamos tenham uma conexão orgânica. Por que deveriam? A única pessoa que acha que eles têm é Sugg, e ele não é de se fiar. Seria diferente se houvesse alguma verdade na sugestão de que o homem na banheira era Levy, mas sabemos com certeza que não era. É ridículo supor que o mesmo homem tenha se envolvido em dois crimes distintos por completo na mesma noite, um em Battersea e o outro em Park Lane.

— Eu sei — disse lorde Peter —, mas não podemos esquecer que Levy *estava* em Battersea, e agora que sabemos que ele não voltou para casa à meia-noite, como supúnhamos, não temos motivo para crer que ele tenha sequer saído de Battersea.

— É verdade. Mas há outros lugares em Battersea além do banheiro de Thipps. E ele *não estava* no banheiro de Thipps. Aliás, pensando agora, é o único lugar no universo onde sabemos com certeza que ele não estava. Então, qual é a relação com o banheiro de Thipps?

— Eu não sei — disse lorde Peter. — Bom, talvez hoje consigamos algo melhor em que nos basear.

Ele recostou-se na cadeira e fumou pensativo por algum tempo, olhando os jornais que Bunter havia assinalado para ele.

— Botaram você nos holofotes — disse ele. — Graças aos Céus, Sugg me odeia demais para me dar fama. Que Correspondência Sentimental imbecil! "Querida Pipsy... volte logo para seu distraído Popsey"... e aquele jovem de sempre que precisa de auxílio financeiro, e a admoestação de "Lembrai teu Criador nos dias da tua juventude". Opa! É a campainha. Ah, é nossa resposta da Scotland Yard.

A nota da Scotland Yard anexava uma receita de optometrista idêntica à enviada por sr. Crimplesham e acrescentava que ela era incomum devido ao reforço peculiar nas lentes e da diferença marcante entre a visão nos dois olhos.

— É suficiente — disse Parker.

— Sim — disse lorde Peter. — Então a Possibilidade nº 3 levou uma chapuletada. Resta a Possibilidade nº 1: Acidente ou Equívoco, e a nº 2: Vilania Proposital, do tipo ousado e calculista. Do tipo, aliás, característico do autor ou autores dos nossos dois problemas. Seguindo os métodos inculcados pela universidade da qual tenho a honra de fazer parte, agora analisaremos com afinco as diversas sugestões que a Possibilidade nº 2 nos oferece. Esta Possibilidade ainda pode ser subdividida em duas ou mais hipóteses. Na Hipótese 1, fortemente defendida por meu distinto colega, o professor

Snupshed, o criminoso, que podemos designar como X, não é idêntico a Crimplesham, mas usa o nome de Crimplesham como escudo ou égide. Esta hipótese ainda pode ser subdividida em duas alternativas. Alternativa A: Crimplesham é cúmplice inocente e involuntário, e X é seu empregado. X escreve em nome de Crimplesham, no papel timbrado de Crimplesham, e consegue que o objeto em pauta, os óculos, seja despachado ao endereço de Crimplesham. Ele está em condições de interceptar a encomenda antes que esta chegue a Crimplesham. Supõe-se que X seja arrumadeira, contínuo, assistente, secretário ou carregador de Crimplesham. Isso abre um campo de investigação amplo. O método de investigação seria interrogar Crimplesham e descobrir se ele enviou a carta e, se não, quem tem acesso a sua correspondência. Alternativa B: Crimplesham está sob influência ou a mando de X e foi coagido a escrever a carta por motivo de *(a)* suborno, *(b)* embuste ou *(c)* ameaça. X, neste caso, pode ser um parente ou amigo persuasivo, ou quem sabe um credor, chantagista ou assassino; Crimplesham, por outro lado, é obviamente venal ou tolo. O método de investigação neste caso, sugiro provisoriamente, é mais uma vez o de interrogar Crimplesham, apresentar os fatos do caso com veemência e assegurar-lhe, com a maior intimidação possível, que ele está sujeito a um período prolongado de servidão penal por cumplicidade em crime de homicídio. *Aham!* Com a plena confiança de que os cavalheiros me acompanharam até aqui, passaremos à consideração da Hipótese nº 2, à qual em particular me disponho e segundo a qual X é igual a Crimplesham.

"Neste caso, Crimplesham, que seria, nas palavras de um clássico inglês, homem-de-uma-sagacidade-e-recursos--infinitos*, deduz de maneira correta que a última pessoa

---

* Como o peixinho descreveu o marinheiro naufragado na história "Como a baleia arranjou a sua garganta", em *Histórias assim*, de Rudyard Kipling (1865-1936). [*N.T.*]

que esperaríamos encontrar respondendo aos nossos classificados seria o criminoso em si. Assim, ele arrisca um blefe ousado. Ele conjura uma ocasião na qual os óculos podem ter sido facilmente perdidos ou roubados, depois os solicita. Se afrontado, ninguém ficará mais pasmo do que ele em descobrir onde foram encontrados. Ele vai apresentar testemunhas para provar que deixou a estação Victoria às 17h45 e saiu do trem em Balham no horário marcado, e lá passou a noite de segunda-feira em claro jogando xadrez com um cavalheiro de reputação ilibada em Balham. Neste caso, o método de investigação seria fazer pressão no cavalheiro de reputação ilibada e, caso ele seja um cavalheiro solteiro com uma governanta surda, não será fácil impugnar o álibi, já que, fora dos livrinhos de detetive, poucos inspetores de trem e condutores de ônibus têm lembrança exata de todos os passageiros que passam entre Balham e Londres em uma noite da semana.

"Por fim, cavalheiros, serei franco ao ressaltar que o ponto fraco em todas essas hipóteses é de que nenhuma oferece explicação quanto ao porquê de o artigo incriminador ter sido deixado à vista no corpo."

O sr. Parker escutou a exposição acadêmica com paciência louvável.

— Não seria X — sugeriu ele — um inimigo de Crimplesham, que maquinou para lançar suspeitas sobre ele?

— É possível. Neste caso, seria fácil descobri-lo, já que com certeza mora próximo a Crimplesham e seus óculos, e Crimplesham, temendo pela vida, seria um aliado de valor para a promotoria.

— E quanto à primeira possibilidade de todas, a de equívoco ou acidente?

— Ora! Para fins de discussão, não é nada, porque não nos fornece dado algum.

— De qualquer modo — disse Parker —, a rota óbvia parece ser ir a Salisbury.

— Parece que sim — disse lorde Peter.

— Pois bem — disse o detetive. — Irá você, irei eu ou iremos nós dois?

— Tem que ser eu — disse lorde Peter —, e por dois motivos. Primeiro, porque se, por Possibilidade nº 2, Hipótese 1, Alternativa A, Crimplesham é um bode expiatório, a pessoa que pôs o anúncio nos classificados é a pessoa certa a quem entregar o objeto. Segundo, porque, se vamos adotar a Hipótese 2, não devemos desconsiderar a possibilidade sinistra de que Crimplesham-X esteja montando uma armadilha para livrar-se da pessoa que teve a imprudência de divulgar na imprensa o interesse pela solução do mistério de Battersea Park.

— Parece argumento para nós dois irmos — objetou o detetive.

— Longe disso — disse lorde Peter. — Por que cair nas mãos de Crimplesham-X entregando a ele os únicos dois homens em Londres com as provas, por assim dizer, e eu diria também a inteligência, para vinculá-lo ao corpo de Battersea?

— Mas se disséssemos à Scotland Yard aonde vamos e ambos fôssemos raptados — disse sr. Parker —, seria uma evidência forte e conjeturável da culpa de Crimplesham. E, caso ele não viesse a ser enforcado por assassinar o homem na banheira, pelo menos ele seria enforcado por nos assassinar.

— Bem — disse lorde Peter —, se ele matasse apenas a mim, ainda iria à forca. Que bem faria desperdiçar um jovem confiável e bom partido como o senhor? Além disso, e quanto ao velho Levy? Se você ficar incapacitado, acha que alguém mais vai encontrá-lo?

— Mas poderíamos assustar Crimplesham ameaçando-o com a Yard.

— Bom, às favas. Se chegar a tanto, *eu* posso assustá-lo ameaçando-o com *você*. O que, dado que você tem a prova que tem, vem muito mais à questão. Então, supondo que vamos dar com os burros na água, você terá perdido tempo quando poderia ter avançado com o caso. Há várias tarefas a cumprir.

— Bem — disse Parker, silenciado, mas relutante —, por que eu não posso ir, neste caso?

— Que disparate! — disse lorde Peter. — Eu fui contratado pela idosa sra. Thipps, por quem nutro o maior respeito, para tratar deste caso, e é apenas por cortesia que permito que você tenha qualquer envolvimento.

O sr. Parker resmungou.

— Poderia levar Bunter, pelo menos? — perguntou.

— Em deferência a seus sentimentos — respondeu lorde Peter —, levarei Bunter, embora ele tenha muitíssimo mais préstimo tirando fotos ou reorganizando meu guarda-roupa. Quando há um trem bom para Salisbury, Bunter?

— Há um trem excelente às 10h50, milorde.

— Por gentileza, faça os preparativos para o pegarmos — disse lorde Peter, tirando o robe e arrastando-o até o quarto. — E Parker... se não tem nada mais a fazer, entre em contato com o secretário de Levy e faça uma consulta quanto à questiúncula do petróleo peruano.

Para uma leitura leve no trem, lorde Peter levou consigo o diário de Sir Reuben Levy. Era um documento simplório e, à luz dos últimos fatos, patético. O grande guerreiro da Bolsa de Valores, que com um aceno faria o investidor carrancudo dançar e o arrivista impetuoso comer da sua mão, cujo sopro devastava distritos inteiros com a inanição ou varria potentados financeiros de seus assentos, revelava-se, na vida privada, um ser gentil, caseiro, inocente, orgulhoso de si e das posses que tinha, confiante, generoso e um tanto sem graça. Os parcos gastos eram devidamente registrados lado a lado com presentes extravagantes para esposa e filha. Apareciam pequenos incidentes da rotina caseira, tais como: "Um homem veio consertar o telhado da estufa" ou "O novo mordomo (Simpson) chegou, recomendado pelos Goldberg. Creio que será satisfatório". Todas as visitas e eventos eram registrados de modo correto, desde um almoço magnânimo com lorde Dewsbury, o ministro de Estado, e dr. Jabez K. Wort, o plenipotenciário norte-americano, mais uma série de jantares diplomáticos com financistas eminentes, até reuniões íntimas com pessoas designadas pelo primeiro nome ou por apelidos. Por volta de maio, há menção aos nervos de lady Levy e, nos meses subsequentes, há mais referências ao assunto. Em setembro, afirmou-se que "Freke veio atender minha querida esposa e recomendou descanso total e mudança de ares. Ela pensa em viajar com Rachel". O nome do famoso especialista em nervos surgia como convidado de jantar ou almoço mais ou menos uma vez por mês, e ocorreu à mente de lorde Peter que Freke seria boa pessoa para consultar a respeito do próprio Levy. "Às vezes as pessoas contam coisas ao médico", murmurou consigo. "E, por Júpiter, se Levy foi apenas dar uma passada na casa de Freke na segunda-feira à noite, o incidente de Battersea está quase descartado, não?" Ele anotou que devia consultar sir Julian e seguiu adiante. Em 18 de setembro, lady Levy e a filha haviam partido para o sul da França. Então, de repente, sob a data de 5 de outubro, lorde Peter descobriu o que estava procurando: "Jantar com Goldberg, Skriner e Milligan".

Havia provas de que Milligan havia estado naquela casa. Havia acontecido um jantar formal — um encontro dos dois duelistas apertando as mãos antes da luta. Skriner era um *marchand* bem conhecido; lorde Peter imaginou uma incursão ao andar de cima após o jantar para ver os dois quadros de Corot na sala de estar e o retrato da filha mais velha, que havia falecido aos dezesseis. Era de Augustus John e ficava pendurado no quarto. O nome do secretário ruivo não era citado em lugar algum, a não ser que a inicial S., que aparecia em outro registro, se referisse a ele. Ao longo de setembro e outubro, Anderson (do Wyndham's) havia sido visita frequente.

Lorde Peter balançou a cabeça diante do diário e voltou-se à ponderação sobre o mistério de Battersea Park. Enquanto no caso Levy era fácil fornecer uma motivação para o crime, se é que fora um crime, e a dificuldade estava em descobrir o método de execução e o paradeiro da vítima, no outro caso o obstáculo-mor à investigação era a ausência total de qualquer motivação imaginável. Era estranho que, embora os jornais houvessem levado notícias do caso de uma ponta do país a outra e a descrição do corpo houvesse sido enviada a todas as delegacias do país, até o momento ninguém houvesse se pronunciado para identificar o misterioso ocupante da banheira de sr. Thipps. Era fato que a descrição, que falava do queixo barbeado com exatidão, do cabelo com corte elegante e do pincenê, era deveras enganosa, mas, por outro lado, a polícia conseguira descobrir o número de molares faltantes, e a altura, compleição e outros dados que estavam colocados de forma correta, assim como a suposta data em que a morte havia ocorrido. Parecia, contudo, que o homem havia derretido da sociedade sem deixar lacuna, ou ao menos uma ondulação. Associar um motivo ao assassinato de uma pessoa sem parentesco ou antecedentes, sequer roupas, é como tentar visualizar a quarta dimensão: um exercício admirável para a imaginação, mas árduo e inconclusivo. Mesmo que o interrogatório do dia viesse a desvelar manchas no passado ou presente de sr. Crimplesham, como elas seriam levantadas em conexão com uma pessoa ao que parecia sem passado, ou cujo presente era confinado aos limites de uma banheira e ao necrotério da polícia?

— Bunter — disse lorde Peter —, peço que no futuro você me contenha de mirar dois coelhos ao mesmo tempo. Estes casos estão virando um fardo a meu estado físico. Um coelho não tem de onde vir e o outro não tem para onde fugir. É como um *delirium tremens* mental, Bunter. Quando este caso acabar, eu vou virar o ser cauteloso que repudia a seção policial e me restringir à dieta emoliente das obras do finado Charles Garvice.

Foi a proximidade relativa a Milford Hill que induziu lorde Peter a almoçar no Minster Hotel em vez do White Hart ou outra estalagem de localização mais pitoresca. Não foi um almoço premeditado para alegrar a mente; tal como em todas as cidades em torno de uma catedral, a atmosfera da diocese invade cada canto e recanto de Salisbury, e não há comida na cidade que não tenha o leve sabor de hinários. Enquanto ele estava sentado, triste, consumindo aquela substância pálida e impassível que os ingleses chamam de "queijo" apenas (pois há queijos que atendem por nomes, tais com stilton, camembert, gruyère, wensleydale ou gorgonzola, mas "queijo" é queijo e igual em qualquer lugar), ele perguntou ao garçom a localização do escritório de sr. Crimplesham.

O garçom o orientou a uma casa subindo a rua do lado oposto, acrescentando:

— Mas qualquer um há de lhe dizer, senhor: sr. Crimplesham é muito conhecido na redondeza.

— É bom advogado, creio eu? — disse lorde Peter.

— Ah, sim, senhor — disse o garçom. — Não há nada melhor do que confiar-se a sr. Crimplesham, senhor. Há quem diga que ele é antiquado, mas eu preferia que meus negócios ficassem a cargo de sr. Crimplesham do que de qualquer desses jovens avoados. Só que sr. Crimplesham vai se aposentar em breve, senhor, disso não duvido, pois deve estar perto dos oitenta, senhor, no mínimo. Mas teremos o jovem sr. Wicks para dar continuidade ao escritório, e é um jovem cavalheiro muito gentil e confiável.

— O sr. Crimplesham é tão velho assim? — disse lorde Peter. — Nossa! Ele deve ser muito ativo para a idade. Um amigo veio à cidade para tratar de negócios com ele na semana passada.

— Ativíssimo, senhor — concordou o garçom. — Mesmo com a ferida de caça, o senhor ficaria surpreso. Mas é isso, senhor: eu muitas vezes acho que quando um homem passa de certa idade, quanto mais velho fica, mais se fortalece; e as mulheres também, até mais, talvez.

— É provável — disse lorde Peter, convocando e descartando a imagem mental de um cavalheiro de oitenta anos com uma ferida na perna, carregando um cadáver sobre o telhado de um apartamento de Battersea à meia-noite. — "Ele é forte, senhor, é forte o velho Joey Bagstock, forte e astuto que nem o diabo"* — complementou, irrefletido.

— É mesmo, senhor? — disse o garçom. — Eu não teria como saber.

— Peço desculpas — disse lorde Peter. — Eu estava citando poesia. Bobo da minha parte. Peguei esse hábito quando pequeno e não consigo me livrar.

— Não, senhor — disse o garçom, embolsando uma gorjeta generosa. — Muito obrigado, senhor. O senhor encontrará a casa com facilidade. Pouco antes de Penny-farthing Street, senhor, passando umas duas ruas, do lado direito.

— Temo que Crimplesham-X esteja eliminado — disse lorde Peter. — Sinto muitíssimo; era uma figura deveras sinistra na minha imaginação. Ainda assim, pode ser o cérebro por trás das mãos. A aranha sazonada que se acomoda, invisível, no centro da teia vibrante. Como você bem sabe, Bunter.

---

* Citação de *Dombey e filho*, de Charles Dickens [*N.T.*]

— Sim, milorde — disse Bunter. Eles estavam subindo a rua juntos.

— O escritório fica logo ali — prosseguiu lorde Peter. — Eu acho, Bunter, que você pode entrar nesta lojinha e comprar um jornal de esportes. Se eu não sair do covil do vilão em... três quartos de hora, digamos, você pode tomar as medidas que sua perspicuidade sugerir.

O sr. Bunter entrou na loja conforme orientado e lorde Peter atravessou a rua para soar com determinação a campainha do advogado.

— Creio que a verdade, toda a verdade, e nada além da verdade seja meu ofício — murmurou.

Quando a porta foi aberta por um funcionário, ele entregou seu cartão sem titubeio.

Lorde Peter foi conduzido de imediato a um escritório com aparência reservada, que havia sido mobiliado notavelmente nos primeiros anos do reinado da rainha Vitória e nunca mais renovado. Um cavalheiro magro e de aparência franzina levantou-se com rapidez da poltrona quando ele entrou e veio mancando até encontrá-lo.

— Meu caro senhor — exclamou o advogado. — Foi gentilíssimo da sua parte vir em pessoa! Aliás, tenho vergonha de ter lhe dado tanto trabalho. Espero que esteja de passagem e que meus óculos não tenham lhe causado grande inconveniência. Por favor, sente-se, lorde Peter. — Ele encarou o jovem com expressão de gratidão por sobre um pincenê, sem dúvida companhia daquele que agora adornava um dossiê na Scotland Yard.

Lorde Peter sentou-se. O advogado sentou-se. Lorde Peter pegou um peso de papel de vidro da mesa e sentiu-o na mão, pensativo. Sem prestar atenção, observou o conjunto admirável de impressões digitais que estava deixando. Devolveu o peso com exatidão ao centro perfeito da pilha de cartas.

— Está tudo bem — disse lorde Peter. — Eu estava aqui a negócios. Fico muito contente de lhe prestar este serviço. É muito inconveniente perder os óculos, sr. Crimplesham.

— Sim — disse o advogado —, eu lhe garanto que me sinto perdido sem. Tenho estes, mas eles não se encaixam tão bem no nariz. Além disso, aquela corrente me é de grande valor sentimental. Fiquei aflito ao chegar a Balham e descobrir que os havia perdido. Tentei averiguar na ferrovia, mas foi em vão. Temi que houvessem sido roubados. Havia uma multidão na estação Victoria e o vagão ficou lotado até Balham. O senhor os encontrou no trem?

— Bom, não — disse lorde Peter. — Eu os encontrei em um lugar deveras inesperado. O senhor se importaria de me dizer se reconheceu algum de seus colegas de viagem naquela ocasião?

O advogado o encarou.

— Nem uma alma sequer — respondeu. — Por que pergunta?

— Bem — disse lorde Peter. — Eu achei que talvez... a pessoa com quem eu os encontrei os tivesse pegado por troça.

O advogado fez cara de confuso.

— A pessoa disse que era minha conhecida? — questionou ele. — Eu não conheço quase ninguém em Londres, fora o amigo de Balham com quem estava hospedado, dr. Philpots, e ficaria surpreso ao extremo se ele me aplicasse uma peça. Ele sabe muito bem da minha aflição por ter perdido os óculos. Meu compromisso era participar de um encontro de acionistas no Meldicott's Bank, mas os outros presentes me eram todos desconhecidos, e não consigo imaginar que algum deles tomaria tais liberdades. De qualquer modo — complementou —, dado que os óculos estão aqui, não vou questionar em profundidade como foram restabelecidos. Fico muito obsequiado por ter se dado ao trabalho.

Lorde Peter hesitou.

— Peço que perdoe minha curiosidade aparente — disse ele —, mas tenho que fazer outra pergunta. Infelizmente ela soará deveras melodramática, mas é a seguinte: o senhor está ciente de possuir um inimigo? Qualquer pessoa, no caso, que se beneficiaria de seu, humm, falecimento ou sua desonra?

O sr. Crimplesham sentou-se, imóvel, com surpresa e reprovação pétreas.

— Posso questionar o sentido desta pergunta tão incomum? — questionou, rígido.

— Bom — disse lorde Peter —, as circunstâncias são um tanto incomuns. O senhor há de recordar que meu anúncio nos classificados foi endereçado ao joalheiro que vendeu a corrente.

— Aquilo me surpreendeu quando li — disse sr. Crimplesham —, mas começo a pensar que seu anúncio e seu comportamento são do mesmo tom.

— E são — disse lorde Peter. — Aliás, eu não esperava que o proprietário dos óculos respondesse a meu anúncio. sr. Crimplesham, o senhor com certeza leu o que os jornais têm a dizer sobre o mistério de Battersea Park. Seus óculos são os que foram encontrados no corpo e no momento estão de posse da Scotland Yard, como o senhor pode confirmar aqui.

Ele deixou a especificação dos óculos e a nota oficial diante de Crimplesham.

— Pelos céus! — exclamou o advogado. Ele olhou para o papel e depois estreitou o olhar para lorde Peter. — O senhor tem alguma ligação com a polícia? — questionou.

— Não oficialmente — disse lorde Peter. — Estou investigando o assunto de modo privado, a serviço de uma das partes.

O sr. Crimplesham pôs-se de pé.

— Meu caro homem — disse —, esta tentativa é deveras impudente, e chantagem é uma agressão sujeita a sanções penais. Recomendo que deixe meu escritório antes que se comprometa. — Ele soou a campainha.

— Tive receio de que o senhor fosse pensar assim — disse lorde Peter. — Parece que devia ter deixado a função a cargo do meu amigo, o detetive Parker, afinal. — Ele deixou o cartão de Parker na mesa, ao lado da especificação, e complementou: — Caso o senhor deseje voltar a falar comigo, sr. Crimplesham, antes de amanhã pela manhã, o senhor me encontrará no Minster Hotel.

O sr. Crimplesham recusou-se a dar outra resposta fora instruir o funcionário que entrou na sala a "mostrar a saída àquela pessoa".

Na porta, lorde Peter esbarrou em um jovem alto que estava entrando e que o encarou com reconhecimento e surpresa. O rosto, contudo, não despertou qualquer memória na mente de lorde Peter. O nobre, desconcertado, chamou Bunter no jornaleiro, e os dois partiram ao hotel para fazer uma chamada interurbana a Parker.

Enquanto isso, no escritório, as reflexões do indignado sr. Crimplesham eram interrompidas pela entrada de seu sócio minoritário.

— Ora — disse o último —, alguém fez algo de perverso, enfim? O que traz um amador da criminalidade tão distinto a esta porta ajuizada?

— Fui vítima de uma tentativa vulgar de chantagem — disse o advogado — e um indivíduo se passou por Lorde Peter Wimsey.

— Mas aquele *é* Lorde Peter Wimsey — disse sr. Wicks. — Não há engano. Eu o vi depor no caso da esmeralda em Attenbury. Ele é uma figurinha importante, eu diria, e vai pescar com o diretor da Scotland Yard.

— Minha nossa — disse sr. Crimplesham.

O destino providenciou que os nervos de sr. Crimplesham passassem por um teste naquela tarde. Quando, escoltado por sr. Wicks, ele chegou ao Minster Hotel, foi informado pelo porteiro de que Lorde Peter Wimsey havia saído a pé, comentando que pensava em comparecer à oração vespertina.

— Mas o criado dele está, senhor — complementou —, caso queira deixar mensagem.

O sr. Wicks pensou que, de modo geral, seria bom deixar um recado. O sr. Bunter, ao ser interpelado, estava sentado em frente ao telefone, esperando a conexão interurbana. Quando sr. Wicks dirigiu-se a ele, o telefone soou, e sr. Bunter, desculpando-se, tomou o gancho.

— Alô! — disse. — Seria sr. Parker? Ah, obrigado. Telefonista? Telefonista? Desculpe, poderia me passar a Scotland Yard? Peço desculpas pela demora, cavalheiros... Telefonista! Certo... Scotland Yard... Alô? É da Scotland Yard? O inspetor Parker se encontra? Posso falar com o sr. Parker? Encerro em um instante, cavalheiros. Alô! É o senhor, sr. Parker? Lorde Peter ficaria muito grato caso o senhor pudesse comparecer a Salisbury. Ah, não, senhor, a saúde dele está excelente, senhor. Só deu uma saída para ouvir a oração vespertina, senhor. Ah, não, creio que amanhã de manhã seria excelente, senhor. Obrigado, senhor.

6

Na verdade, *havia sido* inconveniente para sr. Parker sair de Londres. Ele tivera que conversar com lady Levy no fim da manhã e, em seguida, os planos para aquele dia haviam saído dos eixos e sua movimentação foi retardada pela descoberta de que a audiência de inquérito em torno do visitante incógnito de sr. Thipps fora adiada para aquela tarde, já que nada de muito concreto resultava das investigações do inspetor Sugg. Júri e depoentes haviam sido convocados, portanto, para as quinze horas. O sr. Parker poderia ter perdido o evento de todo, não tivesse esbarrado com Sugg naquela manhã na Scotland Yard e extraído a informação do colega tal como se extrai um dente que não quer sair. Inspetor Sugg considerava o sr. Parker deveras intrometido; no mais, ele era unha e carne com Lorde Peter Wimsey, e o inspetor Sugg não tinha nem palavras para o nível de intromissão de lorde Peter. Quando questionado de forma direta, contudo, Sugg não tinha como negar que haveria uma audiência de inquérito naquela tarde, tampouco podia impedir que o sr. Parker exercesse o direito inalienável de todo cidadão britânico de fazer-se presente. Pouco antes das quinze horas, portanto, sr. Parker estava em seu assento, divertindo-se ao assistir o empenho dos que se insinuavam, subornavam ou até recorriam à intimidação para conseguir um lugar adequado depois que a sala lotou. O legista, doutor de hábitos exatos e aspecto nada imaginativo, chegou com pontualidade às quinze horas e, olhando a plateia reunida com ar de irritação, ordenou que todas as janelas fossem abertas, assim deixando uma corrente da neblina úmida cair sobre as cabeças dos desafortunados naquele lado da sala. Isso causou comoção e algumas expressões de contrariedade, às quais o médico respondeu com toda severidade, dizendo que, com a volta da gripe, uma sala sem ventilação era armadilha letal; que qualquer um que se opusesse a janelas abertas podia recorrer à remediação patente de deixar o tribunal; e, no mais, que se houvesse qualquer perturbação, ele mesmo iria embora. Ele então colocou um tablete de Formamint na boca, e após as preliminares usuais, passou à convocação das catorze pessoas corretas e cumpridoras da lei e as fez jurar que iriam depor e fazer apresentação genuína de quaisquer questões relativas à morte do cavalheiro de pincenê e de dar veredito genuíno conforme as provas, juradas a Deus. Quando a exortação de uma jurada — uma senhorinha de óculos que tinha uma doçaria e que parecia com vontade de estar de volta à loja dela, foi de forma sumária destroçada pelo legista, o júri partiu à conferência do cadáver. O sr. Parker olhou à volta mais uma vez e identificou o infeliz sr. Thipps e Gladys, sua criada, sendo levados a uma sala contígua sob a guarda inflexível da polícia. Eles logo foram acompanhados por uma senhora lúgubre de gorro e capa. Com ela, usando um maravilhoso casaco de pele e uma touca de motorista de estrutura fascinante, vinha a Duquesa Viúva de Denver, seus olhos velozes e escuros correndo de um lado a outro na sala. No instante seguinte, eles se fixaram em Sr. Parker, que havia comparecido diversas vezes à Casa de Viúva, e ela lhe fez um aceno antes de se dirigir a um policial. Não tardou até uma trilha abrir-se magicamente pelo aperto, e sr. Parker viu-se acomodado à primeira fileira logo atrás da duquesa, que o cumprimentou com encanto e disse:

— O que aconteceu com o pobre Peter?

Parker começou a explicar, e o legista olhou na direção deles com expressão de irritado. Alguém subiu e sussurrou

UM CORPO NA BANHEIRA

em seu ouvido, momento em que ele tossiu e tomou outro Formamint.

— Chegamos de carro — disse a duquesa. — É tão cansativo... As estradas entre Denver e Gunbury St. Walters tão ruins... E eu ia receber convidados para o almoço... Tive que adiar... Não podia deixar a senhorinha vir sozinha, não é? A propósito, aconteceu algo tão esquisito com o Fundo de Restauro da Igreja: o vigário... Ah, querido, olhe, estão voltando; eu lhe conto depois... Mas veja só a cara de choque daquela mulher, e a menina de tweed tentando fazer cara de quem vê cavalheiros despidos todos os dias... Não, não é o que eu quis dizer... Quis dizer cadáveres nus, é claro... Mas hoje em dia as pessoas se acham tão elizabetanas... Que homenzinho horrível o legista, não é? Ele está me disparando punhais com o olhar... Acha que ele vai se atrever a me tirar do tribunal ou me prender por seja lá o que for?

A primeira parte das provas não foi de grande interesse a sr. Parker. O desgraçado sr. Thipps, que havia pegado uma gripe no cárcere, depôs com a voz grossa e embargada que descobriu o corpo quando entrou no banheiro para tomar banho às oito horas. Ele teve um choque tão grande que teve que sentar-se e mandar a empregada trazer um conhaque. Ele nunca havia visto o falecido. Ele não tinha ideia de como o homem havia chegado ali.

Sim, ele havia estado em Manchester no dia anterior. Ele havia chegado em St. Pancras às 22 horas. Havia deixado a mala no guarda-volumes. Naquele momento, sr. Thipps ficou muito vermelho, frustrado e confuso, e olhou com nervosismo para todo o tribunal.

— Então, sr. Thipps — disse o legista, veloz —, temos que esclarecer muito bem sua movimentação. O senhor há de entender a importância. O senhor decidiu dar seu depoimento, o que não precisava, mas, ao fazê-lo, é melhor que seja claro.

— Sim — disse sr. Thipps, sem muita convicção.

— O senhor acautelou o depoente quanto a seus direitos, policial? — questionou o legista, virando-se bruscamente para o inspetor Sugg.

O inspetor respondeu que havia dito a sr. Thipps que tudo que ele dissesse poderia ser usado contra ele no tribunal. O Sr. Thipps ficou pálido e, com a voz lamuriosa, disse que não tinha intenção de fazer nada errado.

O comentário rendeu alguma comoção, e o legista ficou ainda mais ácido.

— Alguém representa sr. Thipps? — perguntou ele, irritado. — Não? O senhor não explicou que ele podia... que ele *devia* ter representação? Não? Ora, inspetor! O senhor não sabe, sr. Thipps, que tem direito a representação jurídica?

O sr. Thipps agarrou-se às costas da cadeira para se apoiar e disse "não" em voz mal audível.

— É incrível — disse o legista — que as ditas pessoas educadas sejam tão ignorantes quanto aos trâmites judiciais do próprio país. Isso nos deixa em posição bastante incômoda. Eu questiono, inspetor, se eu deveria autorizar o prisioneiro, sr. Thipps, a dar qualquer depoimento que seja. Ele está em posição delicada.

A transpiração brotava da testa de sr. Thipps.

— Com amigos assim... — cochichou a duquesa com Parker. — Se essa criatura viciada em remédio para tosse houvesse instruído abertamente essas catorze pessoas... e que caras de rudes elas têm... tão características, penso eu, da classe média baixa... lembram cabeças de ovelha ou bezerro, quando fervidas... a proclamarem que este pobre homem cometeu homicídio doloso, ele não poderia ter sido mais claro.

— Ele não pode deixar que o homem se incrimine — disse Parker.

— Ora! — disse a duquesa. — Como o homem iria se incriminar quando nunca cometeu nada? Vocês, homens, só pensam na sua burocracia.

Enquanto isso, sr. Thipps, limpando a testa com um lenço, havia encontrado a coragem. Com um arremedo de dignidade, levantou-se como uma lebre acuada.

— Eu prefiro falar — disse —, embora seja muito desagradável para um homem na minha posição. Mas eu não teria como me imaginar, nem por um segundo, cometendo esse crime horrível. Eu lhes garanto, cavalheiros, que *não ia suportar*. Não. Prefiro contar a verdade, embora lamente que ela me deixe deveras... bom, vou contar.

— O senhor entende plenamente a gravidade de fazer tal declaração, sr. Thipps — disse o legista.

— Bastante — disse sr. Thipps. — Está tudo bem... eu... posso tomar um gole de água?

— Não tenha pressa — disse o legista, ao mesmo tempo desprovendo o comentário de qualquer convicção com uma olhadela impaciente ao relógio de pulso.

— Obrigado, senhor — disse o sr. Thipps. — Bom, então é verdade que cheguei a St. Pancras às 22 horas. Mas havia um homem no vagão comigo. Ele havia embarcado em Leicester. Não o reconheci de início, mas por acaso era um velho colega de escola.

— Qual era o nome desse cavalheiro? — questionou o legista, com o lápis a postos.

O sr. Thipps encolheu-se visivelmente.

— Infelizmente não posso lhe dizer — falou. — Veja bem... No caso, vocês *verão* por quê... Ele ficaria em maus lençóis e isso eu não posso... Não, eu não teria como, nem se minha vida dependesse disso. Não! — complementou, conforme a pertinência sinistra da última frase se assentou. — Eu não conseguiria mesmo.

— Ora, ora — disse o legista.

A duquesa curvou-se para Parker de novo.

— Estou começando a admirar o homenzinho — disse.

O sr. Thipps retomou.

— Quando chegamos a St. Pancras, eu estava indo para casa, mas meu amigo disse que não. Não nos víamos há muito tempo e tínhamos... tínhamos que aproveitar a noite, foi a expressão que ele usou. Infelizmente fui fraco e deixei que ele me persuadisse a acompanhá-lo até um de seus antros. Uso a palavra com a devida cautela — reforçou o sr. Thipps — e garanto ao senhor que, se soubesse de antemão aonde íamos, eu nunca poria os pés naquele lugar.

"Deixei minha mala no guarda-volumes, pois ele não queria que ficássemos atravancados com aquele peso, entramos em um táxi e fomos até a esquina da Tottenham Court Road com Oxford Street. Depois caminhamos um pouco e entramos em uma rua lateral (não me lembro qual), onde havia uma porta aberta, com luz vindo de dentro. Havia um homem no balcão, meu amigo comprou ingressos e ouvi o homem lhe dizer algo sobre 'seu amigo', referindo-se a mim, e meu amigo disse: 'Ah, sim, ele já esteve aqui, não é, Alf?', que é como me chamavam na escola, embora eu lhe assegure, senhor — aqui o sr. Thipps ficou muito sério —, eu nunca estivera ali e nada neste mundo me convenceria a voltar.

"Bem, descemos para uma sala abaixo, onde havia bebidas, sendo que meu amigo tomou várias e me fez tomar uma ou duas... embora eu seja abstêmio por regra... E ele conversou com outros homens e moças que estavam por lá... uma gente muito vulgar, pensei, embora eu não fosse dizer, mesmo que algumas moças até fossem bonitas. Uma delas sentou-se no joelho do meu amigo e o chamou de lerdo, e disse para ele ir... Então fomos a outro aposento, onde havia várias pessoas dançando essas músicas do momento. Meu amigo entrou, dançou, e eu fiquei sentado em um sofá. Uma das moças veio até mim e perguntou se eu não dançava, e eu disse que não, então ela perguntou se eu não lhe pagaria um drinque. 'Então vai me pagar uma bebida, querido', foi o que ela disse, e eu respondi: 'Não passou da hora?', e ela respondeu que não tinha importância. Então pedi o drinque... um gim com licor, no caso... porque eu não queria dizer não. A moça, ao que parecia, esperava aquilo de mim e eu senti que não seria de bom tom recusar quando ela pediu. Mas ia contra minha consciência... uma moça tão jovem... E depois ela botou o braço pelo meu pescoço e me deu um beijo como se fosse ela que estivesse pagando uma bebida para mim... E aquilo tocou meu coração — disse sr. Thipps, um tanto ambíguo, mas com uma ênfase incomum.

Neste momento, alguém no fundo disse "Eita!" e ouviu-se uma estalada de lábios.

— Retirem a pessoa que fez esse ruído indevido — disse o legista, indignadíssimo. — Prossiga, por favor, sr. Thipps.

— Bem — disse sr. Thipps —, por volta de 00h30, pelo que lembro, as coisas começaram a ficar mais agitadas, e eu estava procurando meu amigo para dar boa-noite, pois não queria ficar mais, como vocês hão de entender, quando eu o vi com uma das moças, e me pareceu que eles estavam se dando muito bem, se é que me entendem, meu amigo abaixando as alças do ombro da moça e ela rindo... e assim por diante — disse sr. Thipps, com voz apressada. — Então pensei em sair à francesa. Foi quando ouvi um tumulto e um grito... E antes de eu descobrir o que se passava, havia meia dúzia de policiais ali dentro, as luzes se apagaram, todos começaram a correr e gritar... Uma coisa horrenda. Fui derrubado na multidão e bati minha cabeça com força numa cadeira... Foi assim que fiquei com o machucado que vocês me perguntavam... E eu estava com medo sério de que nunca ia sair de lá e tudo viria à tona, e talvez minha fotografia saísse nos jornais... Foi quando alguém me pegou pelo braço... acho que foi a moça a quem eu tinha dado o gim... e ela disse: "Por aqui", e me empurrou por um corredor que saía em algum lugar dos fundos. Então eu corri algumas ruas e me vi em Goodge Street, e lá peguei um táxi e fui para casa. Vi a notícia da batida nos jornais e que meu amigo havia fugido, e, como isso não era o tipo de coisa que eu gostaria que viesse a público, e como eu não queria que ele ficasse em maus lençóis, eu não disse nada. Mas essa é a verdade.

— Bem, sr. Thipps — disse o legista —, creio que temos como comprovar boa parte dessa história. O nome de seu amigo...

— Não — disse sr. Thipps, firme. — Em hipótese alguma.

— Muito bem — disse o legista. — Agora, pode nos dizer em que horário chegou em casa?

— Por volta de 1h30, eu diria. Mas, na verdade, eu estava tão transtornado que...

— Sim, entendo. E foi direto para a cama?

— Sim, mas antes comi um sanduíche e tomei um copo de leite. Achei que ia me acalmar por dentro, por assim dizer — complementou o depoente, em tom de desculpas —, por não ser acostumado a álcool tão tarde da noite e de estômago vazio, como se diz.

— De fato. Alguém esperou pelo senhor?

— Ninguém.

— Quanto tempo o senhor levou para chegar na cama, no total?

O sr. Thipps achou que devia ter sido meia hora.

— O senhor foi ao banheiro antes de deitar-se?

— Não.

— E não ouviu nada durante a noite?

— Não. Eu caí no sono muito rápido. Estava muito agitado, então tomei uma pequena dosagem para dormir, e por estar tão cansado, e com o leite e a dosagem, desabei no mesmo instante e só acordei quando Gladys me chamou.

Outros questionamentos pouco suscitaram de sr. Thipps. Sim, a janela do banheiro estava aberta quando ele entrou pela manhã, disso ele tinha certeza, e ele havia falado de forma muito incisiva com a moça a respeito de deixar a janela fechada. Ele estava disposto a responder quaisquer perguntas; ele ficaria contente... muito contente em ver esse assunto peneirado até o fim.

Gladys Horrocks afirmou que era empregada de sr. Thipps havia três meses. Os patrões anteriores deram referências de seu caráter. Ela tinha o dever de fazer todos os preparativos do apartamento à noite, depois de deixar a sra. Thipps na cama às 22 horas. Sim, ela lembrava de ter cumprido a ronda na noite de segunda-feira. Ela havia conferido todos os quartos. Ela lembrava-se de ter fechado a janela do banheiro naquela noite? Não, ela não tinha como jurar que havia fechado, não naquela noite em específico, mas quando sr. Thipps a chamou pela manhã, com certeza *estava* aberta. Ela não havia entrado no banheiro antes de sr. Thipps. Bom, sim, havia acontecido de ela ter deixado a janela aberta outras vezes, quando alguém havia tomado banho à noite e deixado a persiana fechada. A sra. Thipps havia tomado banho na segunda-feira à noite. A segunda-feira era uma de suas noites de banho. Ela tinha muito receio de não ter fechado a janela na segunda-feira à noite, queria que lhe cortassem a cabeça de tão esquecida que era.

Aqui a depoente debulhou-se em lágrimas e recebeu um copo de água, enquanto o legista refrescava-se com um terceiro tablete de Formamint.

Recuperando-se, a depoente afirmou que era certo que havia conferido todos os quartos antes de ir para a cama. Não, era impossível um corpo ficar escondido no apartamento sem que ela visse. Ela havia passado a noite inteira na cozinha e mal havia espaço para guardar a porcelana, quanto mais um corpo. A velha sra. Thipps ficou na sala de estar. Sim, ela tinha certeza de que havia passado pela sala de jantar. Como? Porque ela havia deixado o leite e os sanduíches de sr. Thipps para quando chegasse. Não havia nada naquela sala. Ela jurava que não. Tampouco no próprio quarto, ou no saguão. Ela havia procurado no armário do quarto e na despensa? Bom, não, não poderia dizer que sim, ela não estava acostumada a vasculhar as casas dos outros atrás de esqueletos. Então um homem poderia ter se escondido no guarda-roupa ou no armário da despensa? Ela acreditava que era possível.

Em resposta a uma jurada: sim, ela estava saindo com um moço. Seu nome era Williams, Bill Williams. Sim, William Williams, se insistissem. Ele era vidraceiro, de ofício. Bom, sim, ele passava no apartamento às vezes. Bom, ela achava que se podia dizer que ele tinha familiaridade com o apartamento. Ela já havia... não, não havia, e se achasse que uma pergunta dessas seria feita a uma moça de respeito, ela não teria se oferecido para depor. O vigário de St. Mary's poderia atestar seu caráter e o de sr. Williams. A última vez que sr. Williams estivera no apartamento havia sido há uma quinzena.

Bom, não, não havia sido exatamente a última vez que ela havia visto sr. Williams. Bom, sim, a última vez havia sido na segunda-feira... é, sim, na noite de segunda. Bom, se era para contar a verdade, ela contaria. Sim, o policial havia lhe advertido, mas não havia problema algum, e era melhor perder status do que ir à forca, embora fosse uma vergonha uma moça não poder se divertir um pouco sem que um cadáver repugnante aparecesse pela janela e lhe causasse problemas. Depois de botar a sra. Thipps na cama, ela deu uma saída de fininho para ir ao Baile dos Encanadores e Vidraceiros no pub. O sr. Williams a encontrou lá e a trouxe de volta para casa. Ele podia depor em relação a onde ela estava e não haveria problema. Ela saiu antes do fim do baile. Devia ser por volta das duas horas quando voltou. Ela havia pegado as chaves do apartamento na gaveta da sra. Thipps quando ela estava desatenta. Ela havia pedido licença para ir, mas não obteve, pois sr. Thipps estaria ausente naquela noite. Ela estava arrependida e lamentosa por ter se comportado daquele jeito e tinha certeza de que por isso estava sendo castigada. Ela não havia ouvido nada de suspeito quando entrou. Ela havia ido direto para a cama, sem conferir algo mais no apartamento. Ela preferia ter morrido.

Não, o sr. e a sra. Thipps não recebiam visitas com nenhuma frequência. Eram bem isolados. Ela havia encontrado a porta da frente aferrolhada naquela manhã, como de costume. Ela nunca desejaria mal algum a sr. Thipps. Obrigado, srta. Horrocks. Georgiana Thipps é chamada a depor, e o legista pede para acenderem o gás.

O interrogatório da sra. Thipps foi mais entretenimento do que esclarecimento, visto que rendeu um episódio excelente do jogo chamado "perguntas furiosas e respostas tortas". Depois de quinze minutos de sofrimento, tanto na voz quanto no temperamento, o legista desistiu do esforço, deixando a última palavra à senhorinha.

— Não precisa tentar me intimidar, meu jovem — falou a octogenária com ânimo —, sentado aí e prejudicando seu estômago com essas jujubas.

Naquele momento um moço ergueu-se na corte e exigiu depor. Depois de explicar que era William Williams, vidraceiro, ele fez o juramento e corroborou o depoimento de Gladys Horrocks em relação à presença dela no pub na segunda-feira à noite. Eles haviam voltado ao apartamento antes das duas horas, acreditava ele, mas com certeza depois de 1h30. Ele lamentava por ter convencido a srta. Horrocks a sair com ele quando não devia. Em nenhuma das visitas ele observou algo suspeito em Prince of Wales Road.

O inspetor Sugg depôs ter sido convocado por volta de 8h30 da manhã de terça-feira. Ele havia considerado a conduta da criada suspeita e a prendera. Conforme informações posteriores que o levaram a suspeitar que o falecido podia ter sido assassinado naquela noite, ele prendera sr. Thipps. Ele não havia encontrado vestígio de arrombamento no apartamento. Havia marcas na soleira da janela do banheiro que indicavam que alguém havia entrado por ali. Não havia marcas de uma escada ou de pés no quintal; o quintal era pavimentado. Ele havia inspecionado o telhado, mas nada encontrou. Da sua opinião, o corpo havia sido trazido antes ao apartamento e escondido até a noite por alguém que, à madrugada, saiu pela janela do banheiro, com conivência da criada. Naquele caso, por que a criada não deixaria a pessoa sair pela porta? Bom, podia ter sido assim. Ele havia encontrado vestígios de um corpo ou de um homem ou de ambos terem ficado escondidos no apartamento? Ele não encontrou nada para mostrar que eles *não* teriam assim se escondido. Qual foi a prova que o levou a supor que a morte ocorrera naquela noite?

Naquele momento, inspetor Sugg pareceu inquieto e empenhou-se em apoiar-se na dignidade profissional. Ao ser pressionado, contudo, ele admitiu que as provas em questão não haviam resultado em nada.

Um dos jurados: Havia impressões digitais deixadas pelo criminoso?

Algumas impressões digitais foram encontradas no banheiro, mas o criminoso havia usado luvas.

O legista: O senhor tira alguma conclusão deste fato em relação à experiência do criminoso?

Inspetor Sugg: Parece que era um veterano, senhor.

O jurado: Isso condiz com a acusação contra Alfred Thipps, inspetor?

O inspetor ficou em silêncio.

O legista: À luz dos depoimentos que acabou de ouvir, o senhor mantém a acusação contra Alfred Thipps e Gladys Horrocks?

Inspetor Sugg: Eu considero o cenário como um todo altamente suspeito. O depoimento de Thipps não foi corroborado e, quanto à empregada Horrocks, como sabemos que este tal de Williams não está envolvido?

William Williams: Ora, corta essa. Eu posso trazer testemunhas...

O legista: Silêncio, por favor. Fico surpreso, inspetor, que o senhor faça uma sugestão como essa desta maneira. É altamente indevida. A propósito, pode nos dizer se aconteceu uma batida policial na segunda-feira à noite em algum clube noturno na vizinhança de St. Giles Circus?

Inspetor Sugg (emburrado): Creio que tenha acontecido algo similar.

O legista: O senhor há de investigar, não tenho dúvida. Creio ter alguma lembrança de ter visto nos jornais. Obrigado, inspetor, já basta.

Depois de várias testemunhas aparecerem e deporem quanto ao caráter tanto de sr. Thipps quando de Gladys Horrocks, o legista afirmou sua intenção de proceder às provas médicas.

— Sir Julian Freke.

Houve agitação considerável no tribunal conforme o grande especialista veio depor. Ele era não só um homem de distinção, mas uma figura que chamava atenção com os ombros grandes, porte reto e perfil leonino. A conduta ao beijar o Livro que lhe foi apresentado, com o resmungo depreciativo e habitual do assistente do legista, foi de um São Paulo condescendente querendo agradar os supersticiosos coríntios e aceitar suas baboseiras.

— Sempre que o vejo acho tão bonito — sussurrou a duquesa a sr. Parker. — Assim como William Morris, com aquela cabeleira e barba, e aqueles olhos estimulantes... Tão esplêndidos esses homens, sempre dedicados a uma coisa ou outra... Não que eu não pense que o Socialismo é um erro... É claro que funciona para essa gente boa, honesta e feliz que faz arte em tela, no clima sempre perfeito... Estou falando de Morris, se me entende... Mas é tão difícil na vida real. A ciência é diferente. Tenho certeza de que, se eu tivesse essa audácia, eu iria a sir Julian só para ficar olhando nos seus olhos... porque olhos como aqueles fazem a pessoa pensar, e é isso que a maioria das pessoas quer, mas eu nunca tive... a audácia, no caso. Não acha?

— O senhor é Sir Julian Freke — disse o legista — e reside em St. Luke's House, Prince of Wales Road, Battersea, onde exerce a direção geral da ala cirúrgica de St. Luke's Hospital?

Sir Julian assentiu brevemente quanto a essa definição de sua personalidade.

— O senhor foi o primeiro médico a ver o falecido?

— Fui.

— E desde então, já conduziu uma inspeção do cadáver, em colaboração com sr. Grimbold, da Scotland Yard?

— Conduzi.

— Os doutores estão de acordo quanto à causa da morte?

— Em termos gerais, sim.

— Poderia transmitir suas impressões ao júri?

— Eu estava envolvido em trabalhos de pesquisa na sala de dissecção de St. Luke's Hospital por volta das nove horas da segunda-feira quando fui informado de que o inspetor Sugg desejava me ver. Ele me disse que o cadáver de um homem havia sido descoberto sob circunstâncias misteriosas em Queen Caroline Mansions, número 59. Ele me perguntou se poderia ser uma piada cometida por algum dos alunos do hospital. Eu pude assegurar, por inspeção dos registros do hospital, que não havia elemento desaparecido da sala de dissecção.

— Quem seria o encarregado desses corpos?

— William Watts, o assistente da sala de dissecção.

— William Watts está presente? — questionou o legista ao seu assistente.

William Watts estava presente e podia ser convocado caso o legista julgasse necessário.

— Imagino que nenhum cadáver seria entregue no hospital sem seu conhecimento, não é, sir Julian?

— De modo algum.

— Obrigado. Prossiga com seu depoimento.

— O inspetor Sugg, então, me perguntou se eu poderia enviar um médico para conferir o corpo. Falei que eu mesmo iria.

— Por que o senhor foi?

— Confesso minha parcela de curiosidade apenas humana, senhor legista.

Riso de um estudante de Medicina ao fundo da sala.

— Ao chegar no apartamento, encontrei o falecido deitado de barriga para cima na banheira. Eu o examinei e cheguei à conclusão de que a morte havia sido causada por um golpe na nuca, que deslocou a quarta e a quinta vértebras cervicais, levando a uma contusão da coluna vertebral e que provocou hemorragia interna e paralisia parcial do cérebro. Determinei que o falecido estava morto há pelo menos doze horas, talvez mais. Não observei outro sinal de violência de qualquer tipo no corpo. O falecido era um homem forte e bem nutrido, de cinquenta a 55 anos.

— Na sua opinião, o golpe poderia ter sido causado pelo próprio morto?

— De modo algum. Foi feito com um instrumento pesado e rombudo, pelas costas, com muita potência e critério considerável. É impossível que tenha sido obra do próprio.

— Poderia ser resultado de um acidente?

— É possível, é claro.

— Se, por exemplo, o falecido estivesse olhando pela janela e o caixilho houvesse caído com violência sobre ele?

— Não; neste caso haveria sinais de estrangulamento e uma ferida na garganta.

— Mas o falecido poderia ter sido morto por algo pesado que caiu acidentalmente sobre si?

— É possível.

— A morte, na sua opinião, foi instantânea?

— É difícil dizer. Tal golpe poderia muito bem causar a morte instantânea, ou o paciente poderia perdurar algum tempo em condições em parte paralíticas. No caso atual, fico propenso a crer que o falecido teria resistido algumas horas. Baseio minha conclusão nas condições do cérebro reveladas na autopsia. Devo dizer, contudo, que o dr. Grimbold e eu não estamos em acordo total quanto a esta questão.

— Entendo que se fez uma sugestão quanto à identificação do falecido. *O senhor* não está em condições de identificá-lo?

— De modo algum. Eu nunca o vi antes. A sugestão a que o senhor se refere é absurda e nunca devia ter sido feita. Eu não estava ciente de que havia sido feita até esta manhã; houvesse me sido colocada antes, eu saberia como lidar, e gostaria de expressar minha reprovação veemente quanto ao choque e angústia desnecessários que foram impostos a uma dama com a qual tenho a honra de uma amizade.

— Não foi culpa minha, sir Julian; não tive relação; concordo com o senhor que foi uma infelicidade o senhor não ter sido consultado — disse o legista.

Os jornalistas rabiscavam ativamente e os presentes no tribunal questionaram uns aos outros sobre o significado daquilo, enquanto o júri tentou parecer que já sabia.

— Quanto à questão dos óculos encontrados no corpo, sir Julian. Eles dão algum indicativo a um homem da Medicina?

— Eram lentes um tanto quanto incomuns; um oculista poderia dizer com mais determinação, mas digo, da minha parte, que são das que eu esperaria encontrar em um homem mais velho do que o falecido.

— Falando como clínico, alguém que teve muitas oportunidades de observar o corpo humano, o senhor entendeu algo na aparência do falecido em relação a seus hábitos?

— Eu diria que era um homem em circunstâncias confortáveis, mas que havia ganhado dinheiro há pouco tempo. Os dentes estão em estado deplorável e as mãos mostram sinais de trabalho manual recente.

— Um colono australiano, por exemplo, que houvesse ganhado uma boa soma?

— Algo assim; é claro que eu não poderia confirmar.

— É claro que não. Obrigado, sir Julian.

O dr. Grimbold, também convocado, corroborou o distinto colega em cada detalhe, com a exceção, em sua opinião, de que a morte só ocorrera vários dias após o golpe. Era com grande temeridade que ele se aventurava a discordar de Sir Julian Freke, e podia estar errado. Era difícil confirmar, de qualquer modo, e, quando ele viu o corpo, o falecido estava morto, na sua opinião, havia pelo menos 24 horas.

Inspetor Sugg, reconvocado. Ele poderia dizer ao júri que etapas haviam sido tomadas para identificar o falecido?

Enviou-se uma descrição a todas as delegacias, também publicada em todos os jornais. Diante da sugestão proposta por Sir Julian Freke, haviam feito investigações em todos os portos? Sim. E sem resultado? Sem qualquer resultado. Ninguém havia se pronunciado para identificar o corpo? Muitas pessoas; mas ninguém teve sucesso na identificação. Houvera alguma tentativa de investigar a pista apontada pelos óculos? O inspetor Sugg afirmou que, tendo em vista os interesses da Justiça, ele pedia para ser dispensado de responder àquela pergunta. O júri poderia ver os óculos? Os óculos foram entregues ao júri.

William Watts, convocado, confirmou o testemunho de Sir Julian Freke em relação aos corpos na sala de dissecção. Ele explicou o sistema pelo qual eles eram recebidos. Em geral eram fornecidos pelos abrigos e pelos hospitais gratuitos. Ficavam sob seu encargo, apenas. Sir Julian Freke, ou algum de seus cirurgiões, teria as chaves da sala? Não, nem mesmo Sir Julian Freke. As chaves estavam em posse do depoente na segunda-feira à noite? Estavam. De qualquer maneira, a investigação era irrelevante, pois não havia falta de qualquer corpo, nem nunca houvera? Sim, era essa a situação.

O legista então dirigiu-se ao júri, lembrando-lhes com certa aspereza que eles não deviam fofocar em relação a quem o falecido seria ou não seria, mas que dessem o parecer quanto à causa da morte. Ele os lembrou de que eles deviam considerar se, conforme as provas médicas, a morte poderia ser acidental ou de autoria própria, ou se havia sido um assassinato doloso, ou culposo. Se eles considerassem as provas quanto a essa questão insuficientes, eles podiam dar um veredito aberto. De qualquer modo, o veredito deles não lesaria pessoa alguma; se trouxessem "assassinato", todas as provas teriam que passar de novo pelo magistrado. Ele então os dispensou, com a súplica tácita de que fossem rápidos.

Sir Julian Freke, após dar depoimento, havia visto a duquesa e viera cumprimentá-la.

— Não o vejo há eras — disse a dama. — Como vai?

— Muito trabalho — disse o especialista. — Acabei de lançar meu novo livro. Esse tipo de coisa toma tempo. Já viu lady Levy?

— Não, coitada — disse a duquesa. — Cheguei esta manhã mesmo, apenas para isso. O sr. Thipps está na minha casa... Uma das excentricidades de Peter, como sabe. Pobre Christine! Eu devia ir falar com ela. Este é o sr. Parker — complementou —, que está investigando o caso.

— Ah — disse sir Julian, antes de uma pausa. — Pois saiba o senhor — disse em voz baixa a Parker — que fico muito contente em conhecê-lo. Já esteve com lady Levy?

— Eu a vi pela manhã.

— Ela pediu para dar continuidade a esta investigação?

— Sim — disse Parker. — Ela acredita — complementou — que sir Reuben pode estar detido nas mãos de um rival financeiro ou, quem sabe, que algum cafajeste queira seu resgate.

— E essa é a *sua* opinião? — perguntou Sir Julian.

— Eu acho muito provável — disse Parker, com franqueza.

Sir Julian hesitou de novo.

— Gostaria que o senhor viesse comigo assim que encerrarmos por aqui — disse.

— Seria um prazer — disse Parker.

Naquele momento, o júri retornou e tomou os assentos. Houve poucos cochichos. O legista dirigiu-se ao presidente do júri e perguntou se todos concordavam quanto ao veredito.

— Estamos de acordo, senhor legista, que o falecido morreu dos efeitos de um golpe na espinha dorsal, mas em relação a como esse ferimento foi administrado, consideramos que não há provas suficientes.

O sr. Parker e Sir Julian Freke caminhavam juntos pela rua.

— Antes de lady Levy, hoje pela manhã, eu não tinha ideia — disse o médico — de que havia algum indício de vínculo entre esse assunto e o desaparecimento de Sir Reuben. A sugestão em si é de uma monstruosidade completa e só poderia ter brotado da mente daquele policial ridículo. Se eu tivesse ideia do que ele tinha em mente, poderia tê-lo dissuadido e evitado tudo.

— Fiz o possível para tanto — disse Parker — assim que fui convocado ao caso Levy...

— Quem o convocou, se me permite a pergunta? — questionou sir Julian.

— Bom, a família, em primeiro lugar, e depois o tio de sir Reuben, sr. Levy de Portman Square, correspondeu-se comigo para prosseguir com a investigação.

— E lady Levy confirmou essas instruções?

— É claro — disse Parker, com alguma surpresa.

Sir Julian ficou em silêncio por instantes.

— Sinto dizer que eu fui a primeira pessoa a colocar essa ideia na cabeça de Sugg — disse Parker, um tanto penitente. — Quando sir Reuben desapareceu, praticamente meu primeiro passo foi perscrutar todos os acidentes de trânsito e suicídios e assim por diante que haviam acontecido durante o dia, e fui ver esse corpo em Battersea Park por questão de rotina. É claro que vi que era uma combinação ridícula assim que cheguei no local, mas Sugg ficou fixado na ideia... e é verdade que há uma dose de semelhança entre o falecido e os retratos que vi de sir Reuben.

— Uma forte semelhança superficial — disse sir Julian. — A parte superior do rosto não é do tipo incomum, e como sir Reuben usava uma barba grande e não houve oportunidade de comparar bocas e queixos, entendo que a ideia possa ter ocorrido a quem quer que seja. Mas apenas para ser desprezada de imediato. Sinto muito — ele complementou —, pois a questão como um todo tem sido dolorosa para lady Levy. O senhor há de saber, sr. Parker, que sou velho amigo, embora não possa me considerar íntimo, dos Levy.

— Eu havia depreendido algo nesse sentido.

— Sim. Quando eu era jovem... Em resumo, sr. Parker, já tive esperanças de casamento com lady Levy. — sr. Parker deu o suspiro usual de simpatia. — Nunca me casei, como o senhor sabe — prosseguiu sir Julian. — Ainda somos bons amigos. Sempre fiz o que pude para lhe poupar aflições.

— Acredite, sir Julian — disse Parker —, que me compadeço pelo senhor e por lady Levy, e que fiz tudo que pude para dissuadir o inspetor Sugg dessa ideia. Infelizmente, a coincidência de sir Reuben ter sido visto naquela noite em Battersea Park Road...

— Ah, sim — disse sir Julian. — Nossa, já estamos em casa. Talvez o senhor queira entrar um instante, sr. Parker, e tomar um chá, um uísque ou o que lhe aprouver.

UM CORPO NA BANHEIRA

Parker na mesma hora aceitou o convite, sentindo que havia outras coisas a se dizer.

Os dois homens entraram em um saguão quadrado e mobiliado com requinte, com uma lareira do mesmo lado da porta e uma escadaria do lado oposto. A porta da sala de jantar estava aberta à direita, e quando sir Julian tocou a campainha, um criado surgiu na outra ponta do saguão.

— O que o senhor vai beber? — perguntou o médico.

— Depois daquele lugar gelado — disse Parker —, o que eu quero mesmo são litros e litros de chá quente. Se o senhor, como especialista em nervos, consegue entender minha concepção.

— Desde que o senhor me permita um blend criterioso da China — respondeu sir Julian no mesmo tom —, não tenho objeções. Chá na biblioteca, agora mesmo — complementou ao criado, em seguida apontando o caminho escada acima. — Eu não uso os aposentos do andar de baixo, a não ser a sala de jantar — explicou enquanto conduzia o convidado a uma biblioteca pequena, mas alegre, no primeiro andar. — Esta sala leva ao meu quarto e é mais conveniente. Eu só passo parte do tempo aqui, mas é muito propícia para meu trabalho de pesquisa no hospital. E o que faço lá, sobretudo. É fatal para um teórico, sr. Parker, deixar que o trabalho prático fique em segunda mão. A dissecção é base da boa teoria e de todo diagnóstico correto. Deve-se manter a mão e o olho treinados. Este espaço me é muito mais importante do que Harley Street, e um dia vou abandonar meu consultório de vez e acomodar-me aqui para passar o bisturi em meus elementos e escrever meus livros em paz. Há tantas coisas na vida que desperdiçam nosso tempo, sr. Parker.

O sr. Parker aquiesceu.

— É muito frequente — disse sir Julian — que o único tempo que reste para meu trabalho de pesquisa... necessitando, como tal, as observações mais apuradas e as faculdades mais aguçadas... seja à noite, depois de um longo dia de trabalho e à luz artificial. Por mais magnífica que seja a iluminação da sala de dissecção, é sempre mais fatigante ao olhar do que a luz do dia. Sem dúvida o seu trabalho tem que ser feito em condições ainda mais árduas.

— Sim, às vezes — disse Parker —, todavia — complementou — as condições são, por assim dizer, parte do trabalho.

— Deveras, deveras — disse sir Julian. — O senhor quer dizer, por exemplo, que um ladrão não apresenta seus métodos à luz diurna, nem deixa a pegada perfeita na areia úmida para o senhor investigar.

— Por regra, não — disse o detetive. — Mas não tenho dúvida de que muitas das suas doenças têm atuação tão insidiosa quanto a de um ladrão.

— Sim, elas têm — disse sir Julian, rindo —, e é meu orgulho, tal como é o seu, persegui-las pelo bem da sociedade. As neuroses, como o senhor sabe, são criminosas em particular inteligentes... elas irrompem em muitos disfarces como...

— Como Leon Kestrel, o Mestre das Farsas — sugeriu Parker, que lia livrinhos de detetive comprados na banca da estação ferroviária conforme o princípio da folga produtiva.

— Sem dúvida — disse sir Julian, que não o fazia — e eles cobrem os rastros de maneira exemplar. Mas quando, sr. Parker, há a possibilidade de investigar e abrir os mortos, ou, de preferência, o corpo vivo com o bisturi, sempre se acham as pegadas... o pequeno rastro da decadência ou do transtorno que a loucura ou a doença ou a bebida ou outra peste deixou. A dificuldade está em rastrear observando apenas os sintomas aparentes. A histeria, o crime, a religião, o medo, o acanhamento, a consciência ou o quer que seja; tal como se observa um roubo ou um assassinato e se procuram as pegadas do criminoso, eu observo um acesso de histeria ou um arroubo de compaixão e saio à caça da mínima irritação mecânica que os tenha produzido.

UM CORPO NA BANHEIRA

— O senhor acredita que todas estas coisas seriam físicas?

— Sem dúvida. Não ignoro o avanço de outras correntes de pensamento, sr. Parker, mas seus expoentes são acima de tudo charlatões ou aqueles que querem enganar a si. *"Sie haben sich so weit darin eingeheimnisst."** Tanto que, tal como o médium sr. Sludge, eles começam a acreditar nos próprios absurdos. Eu gostaria de poder explorar esses cérebros, sr. Parker; eu lhe mostraria as pequenas falhas e deslizes nas células. Os disparos falhos e os curtos-circuitos dos nervos, que rendem essas concepções e esses livros. No mínimo — complementou, olhando de modo sombrio para a visita —, no mínimo, se eu não puder lhe mostrar hoje, talvez consiga amanhã... ou em questão de um ano... ou antes de morrer.

Ele ficou alguns minutos sentado, fitando a lareira, enquanto a luz vermelha projetava-se na barba fulva e refletia o cintilar dos olhos cativantes.

Parker bebeu o chá em silêncio, olhando para o médico. No geral, contudo, ele continuava com pouco interesse pelas causas de fenômenos nervosos. A mente viajou até lorde Peter, que estava resolvendo a questão do respeitável Crimplesham em Salisbury. Lorde Peter queria que ele fosse junto; isso significava ou que Crimplesham estava mostrando-se relutante ou que era preciso seguir uma pista. Mas Bunter havia dito que podia ser no dia seguinte, então no dia seguinte seria. Afinal, o caso de Battersea não era o caso de Parker; ele já havia perdido tempo valioso participando de uma audiência de inquérito inconclusiva e precisava seguir com seu trabalho de verdade. Ainda havia o secretário de Levy a ver e a pequena questão do petróleo peruano a se conferir. Ele olhou o relógio.

— Sinto dizer que... se me permite... — balbuciou.

Com um susto, sir Julian voltou a notar a realidade.

---

* Em tradução livre do alemão: "As pessoas se fecharam tanto em seus próprios segredos". A citação é de uma carta escrita por Goethe para o músico Carl Friedrich Zelter. [*N.T.*]

— Seu trabalho chama? — perguntou, sorrindo. — Bom, disso eu entendo. Não vou atrasá-lo. Mas eu queria lhe contar uma coisa que tem conexão com sua investigação atual... mas eu mal sei como... não gostaria...

Parker sentou-se de novo, eliminando qualquer indicação de pressa do rosto e postura.

— Ficarei muito grato por qualquer auxílio que o senhor puder me conceder — disse.

— Creio que seja mais da natureza de um obstáculo — disse sir Julian, dando uma risada curta. — É uma situação em que eu creio que aniquilo uma de suas pistas e um lapso de confiança profissional do meu lado. Mas já que, por acidente, certa parte já é de conhecimento, talvez seja melhor que o todo fique à mostra.

O sr. Parker fez um som de incentivo que, entre os leigos, faz as vezes do padre que insinua: "Sim, meu filho?".

— A visita que Sir Reuben Levy fez na segunda-feira à noite foi à minha casa — disse sir Julian.

— Ah, sim? — disse sr. Parker, sem mudar a expressão.

— Ele via motivo para certas desconfianças graves relativas à saúde — disse sir Julian, devagar, como se pesasse o quanto podia revelar, de forma honrosa, a um estranho. — Ele veio a mim, em vez do próprio médico, pois estava particularmente tenso, não querendo que a questão chegasse à esposa. Como eu lhe disse, ele me conhecia bem, e lady Levy havia me consultado em relação a um transtorno nervoso no verão.

— Ele marcou consulta com o senhor? — perguntou Parker.

— Perdão? — disse o outro, distraído.

— Ele marcou uma consulta?

— Uma consulta? Ah, não. Ele apareceu de repente, após o jantar, e eu não o esperava. Eu o recebi e examinei, e ele partiu, eu diria, por volta das 22 horas.

— Posso perguntar o resultado do seu exame?

UM CORPO NA BANHEIRA 125

— Por que o senhor quer saber?

— Pode iluminar... bem, provocar conjecturas quanto à conduta subsequente — disse Parker, com cautela.

Essa história parecia ter pouca coerência diante do restante da situação, e ele perguntou-se se era apenas uma coincidência sir Reuben ter desaparecido na mesma noite em que ele visitou o médico.

— Entendo — disse sir Julian. — Sim. Bom, eu lhe direi, em confidência, que vi motivos sérios para suspeita, mas, até o momento, não há certeza absoluta de algum mal.

— Obrigado. Sir Reuben saiu daqui às 22 horas?

— Sim, ou arredores. À primeira menção, eu não comentei a questão, pois era forte desejo de sir Reuben manter a visita a mim em segredo e não houve dúvida quanto a um acidente na rua ou nada do tipo, já que ele chegou em casa seguro à meia-noite.

— Deveras — disse Parker.

— Teria sido e é quebra de confiança — disse Sir Julian —, e só lhe conto agora porque Sir Reuben foi visto por acidente e porque eu preferia lhe contar em privado a ver o senhor intrometendo-se por aqui e interrogando meus criados, sr. Parker. Perdoe minha franqueza.

— É claro — disse Parker. — Não tenho como defender as condições da minha profissão, sir Julian. Fico muito agradecido por ter me contado. Caso contrário, eu teria perdido tempo valioso com uma pista falsa.

— Tenho certeza de que não preciso lhe pedir que, por sua vez, respeite esta confiança — disse o médico. — Propalar o assunto prejudicaria apenas sir Reuben e traria aflição à esposa, além de não me deixar em opinião favorável com meus pacientes.

— Prometo conservar comigo — disse Parker. — Afora, é claro — complementou com pressa — minha obrigação de informar a meu colega.

— O senhor tem um colega no caso?
— Tenho.
— E que tipo de pessoa ele é?
— Ele será absolutamente discreto, sir Julian.
— Ele é policial?
— O senhor não precisa temer que sua confidência chegue aos registros da Scotland Yard.
— Vejo que o senhor sabe ser discreto, sr. Parker.
— Também temos nossa etiqueta profissional, sir Julian.

Ao retornar a Great Ormond Street, sr. Parker encontrou um telegrama aguardando-o que dizia: "Não se dê ao trabalho de vir. Tudo certo. Volto amanhã. Wimsey".

7

Ao voltar ao apartamento na manhã seguinte, pouco antes da hora do almoço, depois de algumas investigações para confirmar dados em Balham e na vizinhança da estação Victoria, lorde Peter foi recebido à porta por sr. Bunter (que havia ido diretamente de Waterloo para casa), com uma mensagem telefônica e um olhar de ama-seca séria.

— Lady Swaffham telefonou, milorde, e disse que esperava que vossa senhoria não tivesse esquecido que iriam almoçar juntos.

— Eu esqueci, Bunter, e queria esquecer. Confio que disse a lady que sucumbi à encefalite letárgica, favor não enviar flores.

— Lady Swaffham disse, milorde, que contava com o senhor. Ontem ela encontrou a Duquesa de Denver...

— Se minha cunhada estiver, eu não vou, está decidido — disse lorde Peter.

— Perdão, milorde. É a Duquesa Viúva.

— O que ela está fazendo na cidade?

— Imagino que ela tenha vindo para a audiência de inquérito, milorde.

— Ah, sim... e nós perdemos esse evento, Bunter.

— Sim, milorde. Sua Graça está almoçando com lady Swaffham.

— Eu não posso, Bunter. Não posso mesmo. Diga que estou na cama com coqueluche e peça à minha mãe para aparecer depois do almoço.

— Pois, milorde, o sr. Tommy Frayle estará na casa de lady Swaffham, milorde, e sr. Milligan...
— Sr. Quem?
— Sr. John P. Milligan, milorde, e...
— Por Deus, Bunter, por que não me disse antes? Tenho como chegar antes dele? Tudo bem. Estou de saída. Com táxi eu consigo...
— Não com essas calças, milorde — disse sr. Bunter, travando o caminho à porta com firmeza respeitosa.
—Ah, Bunter — implorou o lorde — permita-me... só desta vez. Você não sabe o quanto é importante.
— De forma alguma, milorde. É meu dever.
— Não há problema com as calças, Bunter.
— Não com lady Swaffham, milorde. Além disso, vossa senhoria esquece do homem que esbarrou no senhor com uma lata de leite em Salisbury.

O sr. Bunter apontou o dedo acusatório contra uma mancha gordurosa que transparecia no tecido claro.

— Arrependo-me de ter deixado você chegar a essa posição de serviçal privilegiado da família, Bunter — disse lorde Peter, amargurado e enfiando a bengala no porta guarda-chuvas. — Você não tem concepção dos erros que minha mãe pode estar cometendo.

O sr. Bunter deu um sorriso inflexível e conduziu sua vítima.

Quando o imaculado lorde Peter foi conduzido, um tanto atrasado, à sala de estar de lady Swaffham, a Duquesa Viúva de Denver estava sentada no sofá, envolvida em uma conversa amigável com sr. John P. Milligan, de Chicago.

— Estou *muito* feliz de conhecê-la, duquesa — fora o comentário inicial do financista —, para lhe agradecer por este convite gentilíssimo. Eu lhe asseguro que é uma lisonja pela qual tenho altíssima estima.

A duquesa sorriu para ele enquanto conduzia uma convocação acelerada de todas suas faculdades intelectuais.

— Pois venha, sente-se e converse comigo, sr. Milligan — disse. — Gosto muito de conversar com grandes empresários. Deixe-me ver... o senhor é o magnata das ferrovias ou é o que tem algo com dança das cadeiras? Não com exatidão esse jogo, mas aquele que se jogava com baralho, que tinha a ver com trigo, aveia, que tinha o touro e o urso... ou era um cavalo? Não, era o urso, porque eu lembro que a pessoa sempre tinha que dar um jeito de se livrar do urso e a carta ficava toda amassada, rasgada, coitada, passando de um para o outro, e a pessoa tinha que reconhecer que precisava de um baralho novo... Pode lhe parecer muito bobo, sabendo como é a realidade, e é bastante barulhento, mas é excelente para quebrar o gelo com gente empertigada que não se conhece... sinto muitíssimo que tenha saído de moda.

O sr. Milligan sentou-se.

— Bem — disse. — Acho que é tão interessante para nós, empresários, conhecermos a aristocracia britânica quanto é para os britânicos conhecerem magnatas americanos das estradas de ferro, duquesa. E creio que vou cometer tantas gafes tentando falar do jeito que se fala aqui quanto a senhora faria se tentasse escoar o trigo em Chicago. Veja só: outro dia chamei o seu filho de lorde Wimsey, e ele achou que eu o tinha confundido com o irmão. Senti-me muito desinformado.

Era uma deixa inesperada. A duquesa encaixou-se com cautela.

— Meu garotinho — disse —, fico feliz que se conheceram, sr. Milligan. *Ambos* meus filhos me são de *grande* agrado, sabe, embora, é claro, Gerald seja mais convencional. Mas é a pessoa certa para a Câmara dos Lordes, sabe, e um fazendeiro magnífico. Peter não poderia estar melhor em Denver, embora ele sempre vá aos eventos certos em Londres e às vezes seja muito distraído, o pobrezinho.

— Fiquei muito contente com a proposta de lorde Peter — prosseguiu sr. Milligan —, pela qual sei que a senhora é responsável, e com certeza ficarei feliz em comparecer no dia que a senhora quiser, mesmo crendo que seja uma lisonja grande demais para minha pessoa.

— Ah, ora — disse a duquesa. — Não sei se o senhor seria a melhor pessoa para avaliar, sr. Milligan. Não que eu entenda do mercado — complementou. — Sou bastante antiquada para os dias de hoje, sabe, e não posso fingir que faço mais do que saber reconhecer um homem de bem. Para tudo mais, dependo do meu filho.

A entonação dessa fala foi tão lisonjeadora que sr. Milligan ronronou de modo quase audível e disse:

— Bem, duquesa, creio que seja nisto que uma dama de alma genuína, bela e antiquada tem vantagem em relação a essas jovens tagarelas dos tempos atuais... Não há muitos homens que não ficariam *de bem* com uma dama como esta. E, se não forem criaturas do fundo do poço, conseguem enxergar.

Mas isso não me ajuda em nada, pensou a duquesa.

— Eu penso — disse ela em voz alta — que devia agradecer-lhe em nome do vigário de Duke's Denver por um cheque muitíssimo generoso para o Fundo de Restauro da Igreja que chegou ontem. Ele ficou tão encantado, tão surpreso, aquele pobre homem.

— Ah, não foi nada — disse sr. Milligan. — Não temos essas construções velhas e encrostadas lá na nossa terra, então é um privilégio ter permissão de botar um querosene no buraco da minhoca quando se sabe que um aqui na terrinha está sofrendo da idade. Quando seu rapaz me falou de Duke's Denver, tomei a liberdade de assinar o cheque sem aguardar o bazar.

— Claro, foi muito gentil da sua parte — disse a duquesa. — O senhor vai comparecer ao bazar, então? — prosseguiu, fitando o rosto do magnata de modo cativante.

— Com certeza — disse sr. Milligan, com grande disposição. — Lorde Peter disse que a senhora me confirmaria a data, mas sempre arranjamos tempo para trabalhar pelo bem. É claro que torço que eu possa aproveitar-me do seu gentil convite para uma visita, mas, se eu estiver com pressa, ainda assim darei um jeito de comparecer, cumprir meu papel e voltar.

— Assim espero muito — disse a duquesa. — Verei o que pode ser feito quanto à data... mas não posso prometer, é claro...

— Não, não — disse sr. Milligan, com veemência. — Eu sei como é programar essas coisas. Depois, não sou só eu... temos todos os grandes homens da eminência europeia que seu filho citou a serem consultados.

A duquesa ficou pálida com a ideia de que qualquer um daqueles ilustres fosse aparecer na sala de visitas de alguém, mas naquele momento ela já havia se acomodado e estava começando a se encontrar na partida.

— Não tenho como expressar o quanto lhe somos gratos — disse. — Será um enorme prazer. Mas me diga o que você pensa em palestrar.

— Bem —, principiou sr. Milligan.

De repente todos estavam de pé e ouviu-se uma voz penitente dizer:

— Ora, sinto muito, muitíssimo, sabe... espero que me perdoe, lady Swaffham, que tal? Minha cara, como eu esqueceria um convite seu? Na verdade, tive que me encontrar com um sujeito em Salisbury... absoluta verdade, juro de palavra, e o camarada não queria me soltar. Estou de joelhos no chão à sua frente, lady Swaffham. Devo comer meu almoço quieto ali no canto?

Lady Swaffham graciosamente perdoou o réu.

— Sua querida mãe já chegou — disse.

— Como está, mamãe? — disse lorde Peter, inquieto.

— Como está, querido? — respondeu a duquesa. — Não devia ter aparecido ainda. sr. Milligan estava prestes a me contar do discurso eletrizante que preparou para o bazar quando você chegou e nos interrompeu.

A conversa no almoço voltou-se, naturalmente, para a audiência de inquérito em Battersea, sendo que a duquesa fez uma imitação vivaz da sra. Thipps sendo interrogada pelo legista.

— "A senhora ouviu algo de incomum naquela noite?", diz o homenzinho, curvando-se sobre a senhora, gritando com ela, e com o rosto tão rubro e as orelhas tão projetadas, como um querubim naquele poema de Tennyson... ou seria azul querubim? Talvez seja serafim... Enfim, o senhor sabe a que me refiro: olhos com asinhas na cabeça. E a velha sra. Thipps dizendo: "É claro que sim, sempre nestes oitenta anos". E foi *tal* sensação no tribunal até descobrirem que ela achou que ele tinha perguntado: "A senhora dorme com a luz apagada à noite?", e todos riram. Depois o legista falou alto "mulher danada", e ela ouviu, não sei como, e disse: "Não comece de impropérios, meu jovem, aí sentado na presença da Providência, como se há de dizer, a que ponto chegaram os jovens de hoje...". E ele tem sessenta anos ou perto disso, sabe — contou a duquesa.

Em uma transição natural da conversa, a sra. Tommy Frayle fez referência ao homem que foi enforcado por assassinar três noivas em uma banheira.

— Eu sempre achei tão engenhoso — ela disse, fitando lorde Peter de forma emotiva. — E o senhor sabe que, quando aconteceu, Tommy me obrigou a fazer um seguro de vida, e eu fiquei tão assustada que desisti do meu banho matinal e comecei a tomar à tarde, quando ele estava na Câmara.

— Minha cara — disse lorde Peter em tom reprobatório —, tenho uma lembrança muito clara de que todas essas noivas eram feiosas. Mas foi um plano engenhoso de modo anormal... da primeira vez. Ele não deveria era ter se repetido.

— Os tempos exigem mais originalidade, até dos assassinos — disse lady Swaffham. — Assim como dos dramaturgos. Era muito mais fácil nos tempos de Shakespeare, não era? Sempre com a moça vestida de homem, e até isso vinha de empréstimo de Boccaccio ou Dante ou de outro. Estou certa de que, se eu fosse uma heroína de Shakespeare, no instante em que eu visse um pajem de perna fina eu teria dito: "Pelo amor do Divino! Essa menina de novo!".

— Foi justo o que aconteceu, a propósito — disse lorde Peter. — Veja, lady Swaffham: caso a senhora queira cometer um assassinato, o que tem que impedir é que as pessoas associem as ideias. A maioria das pessoas não associa nada. As ideias apenas rolam de um lado para o outro como ervilhas secas pela bandeja, fazendo muito barulho para ir a lugar nenhum. Mas assim que você deixa as ervilhas enfileiradas num colar, ele passa a ser tão forte que enforca, que tal?

— Nossa! — disse a sra. Tommy Frayle, com um gritinho. — Que bênção que nenhuma das minhas amizades tem uma ideia sequer na cabeça!

— Veja bem — disse lorde Peter, equilibrando um pedaço de pato no garfo e franzindo a testa —, é apenas com Sherlock Holmes e nesse tipo de história que as pessoas pensam com lógica. Em geral, se alguém lhe diz uma coisa que foge ao comum, você só diz "Pelos céus!" ou "Que triste!" e deixa estar, e na metade das vezes esquece, a não ser que depois apareça uma coisa que faça aquilo se assentar. Por exemplo: lady Swaffham, ao chegar eu lhe disse que tinha ido a Salisbury, não é verdade? Mas creio que não tenha lhe marcado; e não creio que ficaria marcado caso a senhora lesse no jornal de amanhã a respeito da trágica descoberta de um advogado assassinado em Salisbury. Mas se eu fosse a Salisbury de novo na próxima semana e um médico de lá fosse encontrado morto um dia depois, a senhora poderia começar a achar que eu sou uma ave de mau agouro para os moradores da cidade; e se eu fosse lá de novo na outra semana, e no dia seguinte a senhora ouvisse que a diocese de Salisbury estava sem bispo, a senhora poderia começar a se perguntar o que tanto me leva ao local, e por que eu nunca havia comentado que tinha amigos naquela cidade, entende, e a senhora poderia considerar uma visita a Salisbury por conta própria e perguntar a todo tipo de gente se por acaso viram um jovem de meias cor de ameixa passeando por Bishop's Palace.

— Ouso dizer que iria — disse lady Swaffham.

— Deveras. E se a senhora descobrisse que o advogado e o médico já haviam feito negócios em Poggleton-on-the-Marsh quando o bispo era vigário por lá, a senhora começaria a lembrar que já me ouviu falar de uma visita a Poggleton-on-the-Marsh há muito tempo, e começaria a procurar nas registros das paróquias da cidade e descobriria que o vigário me casou, usando nome falso, com a viúva de um fazendeiro rico, e que ela morreu de repente de peritonite, conforme o atestado do legista, depois que o advogado me fez um testamento deixando todo o dinheiro dela, e *então* a senhora começaria a pensar que eu teria bons motivos para me livrar de chantagistas promissores como o advogado, o médico e o bispo. Porém, se eu não houvesse disparado esta associação na sua mente ao descartá-los todos no mesmo lugar, a senhora nunca pensaria em Poggleton-on-the-Marsh e nem lembraria que eu estive lá.

— O senhor *esteve* em Poggleton-on-the-Marsh, lorde Peter? — questionou a sra. Tommy, ansiosa.

— Creio que não — disse lorde Peter. — O nome não se alinha com nada em minha mente. Mas algum dia, talvez, quem sabe.

UM CORPO NA BANHEIRA

— Mas se o senhor estivesse investigando um crime — disse lady Swaffham —, o senhor teria de começar pelo comum, creio eu... descobrir o que a pessoa vinha fazendo e quem havia visitado, e procurar um motivo, não teria?

— Ah, sim — disse lorde Peter —, mas a maioria das pessoas teria dezenas de motivos para matar todo tipo de gente inofensiva. Tem muita gente que eu gostaria de assassinar. A senhora não?

— Pilhas — disse lady Swaffham. — Tem aquela desgraçada... Talvez seja melhor eu não dizer, porém, por medo de que o senhor se recorde.

— Bom, eu não diria se fosse a senhora — falou Peter em tom amigável. — Nunca se sabe. Seria um constrangimento brutal se a pessoa morresse amanhã, de uma hora para outra.

— A dificuldade com o caso de Battersea, creio eu — disse sr. Milligan —, está, ao que parece, em ninguém encontrar associação alguma com o cavalheiro na banheira.

— Tão difícil para o pobre inspetor Sugg — disse a duquesa. — Fiquei sentida pelo homem, tendo que subir naquele lugar e responder a tantas perguntas quando não tinha nada a dizer.

Lorde Peter dedicou-se ao pato, tendo ficado um tanto em atraso. Em seguida ele ouviu alguém perguntar à duquesa se ela havia encontrado lady Levy.

— Ela está aflita — disse uma tal de sra. Freemantle —, embora se agarre à esperança de que ele vá aparecer. Imagino que o senhor o conhecia, sr. Milligan. Que o conheça, eu devia dizer, pois tenho esperanças de que ainda está vivo.

A sra. Freemantle era esposa do eminente diretor de uma companhia ferroviária e conhecida pela ignorância do mundo das finanças. Suas gafes nesse sentido animavam as horas do chá das esposas de homens de negócios.

— Bem, eu jantei com ele — disse sr. Milligan, afável. — Creio que ele e eu nos aferramos a um arruinar o outro, sra. Freemantle. Se estivéssemos nos *States* — complementou —, eu ficaria mais propenso a suspeitar de mim mesmo como a pessoa que deixou Reuben em cativeiro. Mas não se faz negócios assim no seu país. Não mesmo, senhora.

— Deve ser empolgante fazer negócios na América — disse lorde Peter.

— É — disse sr. Milligan. — Creio que meus irmãos estejam aproveitando bastante por lá. Eu vou acompanhá-los sem tardar, tão logo consiga alguns contratos para eles do lado de cá.

— Bom, que não parta antes do meu bazar — disse a duquesa.

Lorde Peter passou a tarde em uma caçada infrutífera atrás de sr. Parker. Acabou encontrando-o depois do jantar em Great Ormond Street.

Parker estava sentado em uma poltrona antiga, mas aconchegante, com os pés sobre a moldura da lareira, relaxando a mente com uma edição moderna e comentada da Epístola aos Gálatas. Ele recebeu lorde Peter com prazer tranquilo, mas sem entusiasmo arrebatador, e lhe preparou um drinque de uísque com soda. Peter pegou o livro que o amigo havia soltado e passou os olhos pelas páginas.

— Todos esses homens, de uma forma ou de outra, trabalham com um viés em mente — disse. — Eles encontram aquilo que procuram.

— Ah, encontram — concordou o detetive. — Mas a pessoa aprende a fazer um abatimento. É quase automático. Quando eu estava na faculdade, eu ficava do outro lado... Coneybeare, Robertson, Drews e toda essa gente, sabe, até eu descobrir que eles estavam tão concentrados em procurar um ladrão que ninguém havia visto, que não reconheciam as pegadas da casa, por assim dizer. Então passei dois anos aprendendo a ser acautelado.

— Humm — disse lorde Peter. — Então a teologia deve ser um bom exercício para o cérebro, pois você é, de longe, o diabrete mais cauteloso que eu já vi. Mas por favor, prossiga a leitura. É uma pena eu aparecer e tirar seu lazer.

— Está tudo bem, meu velho — disse Parker.

Os dois homens ficaram um tempo em silêncio, até lorde Peter dizer:

— O senhor gosta do seu emprego?

O detetive ponderou a pergunta e respondeu:

— Sim... sim, gosto. Sei que ele tem utilidade e sou preparado. Eu o executo muito bem... não com inspiração, quem sabe, mas de modo suficiente para ter orgulho. Tem bastante variedade e me obriga a manter a linha, sem afrouxar. E tem futuro. Sim, gosto. Por quê?

— Ah, nada — disse Peter. — Para mim é um hobby, como o senhor sabe. Eu comecei quando estava meio que em um fundo de poço, porque era empolgante e, o pior, porque eu gostava... até certo ponto. Se fosse tudo ficção, eu gostaria de cada pedacinho. Eu amo o início de uma investigação... quando não se conhece nenhuma das pessoas e é tudo empolgante, divertido. Mas quando se trata de perseguir uma pessoa viva e levá-la à forca, mesmo que seja à cadeia, pobre diabo, nisso não encontro desculpa para minha intromissão, já que não é disso que faço meu ganha-pão. E eu sinto que não devia achar divertido. Mas acho.

Parker ponderou o discurso de Peter.

— Entendi o que quer dizer — falou.

— O velho Milligan, por exemplo — disse lorde Peter. — Oficialmente, nada seria mais engraçado do que pegar o velho Milligan com a mão na massa. Mas ele é um sujeito deveras decoroso de se conversar. Minha mãe gosta dele. Ele se afeiçoou a mim. É divertidíssimo aparecer e passar a perna no homem, falando de bazar para ajudar a igreja. Mas quando ele fica faceiro com o que eu digo e tudo mais, me sinto um verme. Imagine que o velho Milligan tivesse cortado a garganta de Levy e jogado-o no Tâmisa. Não é da minha conta.

— É tanto da sua conta quanto de qualquer pessoa — disse Parker. — É tão certo fazer por dinheiro quanto fazer por nada.

— Não, não é — disse Peter, relutante. — Ter que viver é a única desculpa para fazer esse tipo de coisa.

— Ora, mas veja bem — disse Parker. — Se Milligan cortou a garganta do velho Levy por motivo algum que não ficar mais rico, eu não vejo por que ele poderia comprar um passe livre dando mil libras para o telhado da igreja de Duke's Denver, ou por que seria perdoado só por ser vaidoso ou esnobe como uma criança.

— Malvado, você — disse lorde Peter.

— Pode ser, se assim quiser. Até porque ele se afeiçoou a você.

— Não, mas...

— Veja bem, Wimsey... você *acha* que ele assassinou Levy?

— Bom, pode ter sido ele.

— Mas acha que foi ele?

— Não quero crer que tenha sido.

— Porque ele se afeiçoou a você?

— Bom, isso me torna tendencioso...

— Ouso dizer que é um viés legítimo. Você não crê que um assassino insensível se afeiçoaria a você?

— Bom... de todo modo, eu me afeiçoei muito a ele.

— Também ouso dizer que é legítimo. Você o observou e fez uma dedução subconsciente a partir de suas observações, e o resultado é que não acha que tenha sido ele. Ora, por que não? Você tem direito de levar isso em consideração.

— Mas talvez eu esteja errado e tenha sido ele.

— Então por que deixar que sua presunção arrogante quanto a seu poder de avaliar caráter atrapalhe o desmascaramento de um assassinato particularmente frio, de um homem inocente e adorável?

— Eu sei... mas eu sinto que não estou jogando o jogo.

— Veja bem, Peter — disse o outro, com um tom um tanto mais sério. — Imagine que você consiga tirar esse complexo de superioridade intelectual etoniana do seu corpo de uma vez por todas. Não parece haver dúvida de que algo desagradável aconteceu com Sir Reuben Levy. Vamos chamar de assassinato, para reforçar. Se sir Reuben foi assassinado, é um jogo? E é justo tratar como um jogo?

— É disso que eu tenho vergonha, na verdade — disse lorde Peter. — Para mim, já de partida, *é* um jogo, e eu prossigo com alegria, e de repente vejo que alguém vai se ferir e quero sair do jogo.

— Sim, sim, eu sei — disse o detetive. — Mas é porque você está pensando na sua postura. Você quer ser consistente, quer parecer bonito, quer se pavonear como sofisticado num teatro de marionetes ou entrar a passos largos numa tragédia de tristezas e outras coisas humanas. Mas isso é infantil. Se você tem algum dever com a sociedade, no sentido de descobrir a verdade a respeito de assassinatos, você tem que cumprir com a postura que for mais útil. Quer ser elegante e imparcial? Tudo bem, se assim descobrir a verdade. Mas não é algo que tem valor em si, entende? Quer fazer o digno e perseverante... o que isso tem a ver? Quer caçar um assassino apenas pelo esporte, depois apertar a mão dele e dizer "Foi muito bem... Pena que não deu sorte... amanhã você tira a desforra!"? Bom, assim não basta. A vida não é uma partida de futebol. Você quer ser um esportista. Não se pode ser esportista. Você é uma pessoa que tem responsabilidades.

— Acho que você não devia ler tanta teologia — disse lorde Peter. — Ela tem uma influência violenta.

Ele levantou-se e ficou andando em círculos pelo recinto, às vezes olhando para as prateleiras de livros. Então sentou-se de novo, encheu e acendeu o cachimbo, e disse:

— Bom, é melhor eu lhe contar do feroz e calejado Crimplesham.

Lorde Peter detalhou a visita a Salisbury. Assim que se certificou de sua boa-fé, sr. Crimplesham lhe deu todos os detalhes da visita à cidade.

— E eu comprovei tudo — resmungou lorde Peter. — E a não ser que ele tenha corrompido meia Balham, não há dúvida de que passou a noite lá. E a tarde passou, de fato, com as pessoas do banco. E metade dos moradores de Salisbury o viram na segunda-feira antes do almoço. E ninguém além da família ou do jovem Wicks parece ter algo a ganhar com sua morte. Mesmo que o jovem Wicks quisesse dar cabo do idoso, é muito inverossímil que ele venha matar um desconhecido na casa de Thipps para encaixar os óculos de Crimplesham no nariz.

— Onde estava o jovem Wicks na segunda-feira? — perguntou Parker.

— Em um baile organizado pelo regente do coral — disse lorde Peter, desenfreado. — David... O nome dele é David... que dançou frente à arca do Senhor e frente a toda a paróquia.

Houve uma pausa.

— Conte-me da audiência de inquérito — disse lorde Peter.

Parker lhe deu um sumário do que foi apresentado.

— Você acredita que havia alguma maneira de o corpo estar escondido no apartamento? — perguntou. — Eu sei que vasculhamos, mas imagino que possamos ter perdido alguma coisa.

— É possível. Mas Sugg procurou também.

— Ah, Sugg!

— Você está sendo injusto com Sugg — disse lorde Peter. — Se houvesse sinais da cumplicidade de Thipps no crime, Sugg teria encontrado.

— Por quê?

— Por quê? Porque ele estava procurando. Ele é como seus comentaristas dos Gálatas. Ele acha que ou Thipps ou Gladys Horrocks ou o rapaz de Gladys Horrocks foram os assassinos. Assim, encontrou marcas no peitoril da janela por onde o rapaz de Gladys Horrocks pôde ter entrado ou entregado algo a Gladys Horrocks. Ele não encontrou nenhum sinal no telhado porque não estava procurando.

— Mas ele foi ao telhado antes de mim.

— Sim, mas apenas para provar que não havia marcas por lá. Ele raciocina da seguinte forma: o rapaz de Gladys Horrocks é vidraceiro. Vidraceiros sobem em escadas. O rapaz de Gladys Horrocks tinha acesso de pronto a uma escada. Assim, o rapaz de Gladys Horrocks veio com uma escada. Assim, haverá marcas no parapeito, mas não no telhado. Ele não encontra marcas no chão em volta do prédio, mas acha que as teria encontrado se o quintal não fosse pavimentado. De modo similar, ele acha que sr. Thipps pode ter escondido o corpo no armário da despensa ou em outro lugar. Assim, temos certeza de que ele vasculhou o armário da despensa e todos os outros lugares em busca de sinais de ocupação. Se estivessem lá, ele teria encontrado, porque estava procurando. Assim, se ele não os encontrou, é porque não existiam.

— Tudo bem — disse Parker —, pode parar de falar. Eu acredito.

Ele passou a detalhes sobre as provas médicas.

— A propósito — disse lorde Peter —, pulando apenas por um instante ao outro caso, lhe ocorreu que talvez Levy tivesse saído para ver Freke na segunda-feira à noite?

— Ele foi; ele viu — disse Parker, de forma um tanto inesperada, e passou a relatar a conversa que teve com o especialista em nervos.

— Humpf! — exclamou lorde Peter. — Ora, Parker, são casos curiosos, não são? É como se cada linha de investigação se exaurisse. É emocionante até certo ponto e depois não há nada. São como rios que se esgotam em um banco de areia.

— Sim — disse Parker. — E tem mais um que se esgotou esta manhã.

— O que seria?

— Ah, eu estava fazendo pressão no secretário de Levy a respeito dos negócios. Não consegui nada que parecesse importante, afora mais detalhes sobre o peso argentino e assim por diante. Então eu pensei em perguntar no centro da cidade a respeito das ações do petróleo peruano, mas Levy nem havia ouvido falar dessas ações, até onde pude entender. Desencavei uns corretores e encontrei muito mistério e subterfúgio, como sempre se encontra quando alguém está manipulando o mercado, e pelo menos achei um nome lá no fundo. Mas não era o de Levy.

— Não? Era quem?

— Estranhamente, de Freke. Um mistério. Ele comprou várias ações na semana passada, de um jeito um tanto sigiloso, algumas delas no próprio nome, e depois as vendeu em segredo na terça-feira, tirando um lucro modesto... cem, duzentas libras, nada que valesse o empenho, imagina-se.

— Nem imaginaria que ele se envolvesse nesse tipo de aposta.

— Por regra, não se envolve. Isso que é o curioso.

— Bom, nunca se sabe — disse lorde Peter. — As pessoas fazem essas coisas só para se provarem ou para provar aos outros que podiam fazer fortuna se assim quisessem. Eu mesmo fiz, a meu modo.

Ele apagou o cachimbo e levantou-se para ir embora.

UM CORPO NA BANHEIRA

— Vou dizer uma coisa, meu velho — falou de repente, quando Parker estava levando-o à porta. — Não lhe ocorre que a história de Freke não se encaixa nem um pouco com o que Anderson disse de o sujeito estar muito contente no jantar da segunda-feira à noite? Você estaria, se achasse que houvesse conseguido algo assim?

— Não, não estaria — disse Parker. — Porém — complementou com a cautela habitual —, alguns homens fazem troça na sala de espera do dentista. Você, por exemplo.

— Bom, é verdade — disse lorde Peter, antes de descer a escada.

8

Lorde Peter chegou em casa por volta da meia-noite, sentin-do-se desperto e alerta de maneira extraordinária. Havia algo agitando e preocupando seu cérebro; parecia um enxame de abelhas sob a provocação de um graveto. Ele sentia como se estivesse diante de uma charada complexa para a qual já haviam lhe dito a resposta, mas ele havia esquecido e não saía da iminência de lembrar.

— Em algum lugar — disse lorde Peter a si. — Em algum lugar eu tenho as chaves dessas duas coisas. Eu sei que tenho, mas não lembro o que é. Alguém falou. Talvez eu tenha falado. Não consigo lembrar onde, mas sei que tenho. Vá para cama, Bunter, vou ficar um pouco mais de pé. Vou vestir meu roupão.

Diante da lareira, ele sentou-se com o cachimbo na boca e os pavões coloridos à volta. Ele traçou uma linha de investigação e depois traçou a outra... rios que se esgotavam na areia. Eles partiam da consideração de Levy, visto pela última vez às 22 horas em Prince of Wales Road. Eles corriam sobre a imagem do morto grotesco no banheiro de sr. Thipps... corriam pelo telhado e se perdiam. Se perdiam na areia. Rios que se esgotavam na areia... rios correndo pelo subsolo, mais abaixo...

Onde Alfa, o rio sagrado, corria
Por cavernas imensuráveis ao homem
*Até um mar sem sol.**

---

* Do original: *"Where Alph, the sacred river, ran/ Through caverns measureless to man/ Down to a sunless sea"*. Trecho do poema "Kubla Khan", de Samuel Taylor Coleridge. [*N.T.*]

Inclinando a cabeça para baixo, era como se lorde Peter conseguisse ouvir os rios, os marulhos e gorgolejos em algum ponto do escuro. Mas onde? Ele tinha plena certeza de que alguém já havia lhe dito, mas ele havia esquecido.

Ele se levantou, colocou uma tora na lareira e pegou um livro que o infatigável Bunter, na lide diária em meio à empolgação de suas funções especiais, havia trazido do Times Book Club. Aconteceu de ser *As bases fisiológicas da consciência*, de Sir Julian Freke, do qual ele lera uma resenha dois dias antes.

— Este é do tipo que faz a pessoa dormir — disse lorde Peter. — Se eu não conseguir deixar esses problemas no meu subconsciente, amanhã estarei um trapo velho.

Ele abriu o livro devagar e espiou o prefácio sem dar atenção.

Queria saber se é verdade que Levy está doente, pensou, soltando o livro. *Parece improvável. Ainda assim... ah, maldição, não vou pensar nisso.*

Ele leu por algum tempo, decidido.

Não creio que mamãe tenha mantido muito contato com os Levy, foi a sequência de pensamentos a seguir. *Papai sempre odiou gente quem não era de berço e não os aceitava em Denver. E meu velho Gerald mantém a tradição. Queria saber se ela conhecia Freke bem naqueles tempos. Parece que ela e Milligan se entenderam. Confio bastante no juízo de minha mãe. Ela foi formidável quanto àquele negócio do bazar. Eu devia tê-la avisado. Uma vez ela disse uma coisa...*

Ele buscou uma memória esquiva por alguns minutos, até que ela sumiu de vez, dando um tchauzinho para zombar. Ele voltou à leitura.

De imediato, outra ideia cruzou sua mente, despertada pela fotografia de um experimento em cirurgia.

— Se as provas de Freke do tal Watts não fossem tão positivas — disse a si —, eu deveria investigar a questão daqueles fiapos de tecido na chaminé.

Ele ficou pensando, sacudiu a cabeça e leu, mais uma vez determinado.

Mente e matéria eram uma coisa só: este era o tema do fisiologista. A matéria poderia irromper, por assim dizer, em ideias. Haveria como esculpir paixões no cérebro com um bisturi. Haveria como livrar-se da imaginação com drogas e curar uma convenção social antiquada como se fosse uma doença. "O conhecimento do bem e do mal é um fenômeno observável, que acompanha certa condição das células neurais e que é removível." Esta era uma das frases. Depois: "A consciência do homem pode, aliás, ser comparada ao ferrão de uma abelha, que, longe de conduzir ao bem-estar daquela que o tem, não pode ser aplicado, nem em uma única instância, sem ocasionar a morte. O valor da sobrevivência em cada um dos casos é, portanto, puramente social; e se a humanidade chegar a superar a fase atual de desenvolvimento social e chegar à do individualismo superior, como alguns de nossos filósofos aventuraram-se a especular, podemos supor que esse interessante fenômeno mental pode, de maneira gradual, deixar de aparecer; tal como os nervos e os músculos que já controlaram os movimentos de nossas orelhas e escalpos, em todos com exceção de alguns indivíduos retrógrados, ficaram atrofiados e são apenas de interesse ao fisiologista".

Por Júpiter!, pensou lorde Peter. *Mas é a doutrina ideal para um criminoso. Um homem que acredita que nunca iria...*

Então aconteceu... aquilo que ele esperava, mesmo que não de toda consciência. Aconteceu de repente, decididamente, inegável como o nascer do sol. Ele lembrou... não de uma coisa, nem de outra, nem de uma sucessão lógica de coisas, mas de tudo... do todo, perfeito, completo, em todas as dimensões que tinha e de modo instantâneo; como se ele estivesse se descolado do mundo e o visse suspenso no espaço dimensional infinito. Ele não precisava mais raciocinar, nem pensar naquilo. Ele sabia.

Existe um jogo no qual se apresenta um amontoado de letras e se exige que se faça uma palavra delas, assim:

RATUOSSRE

O jeito mais lento de resolver o problema é testar todas as combinações e permutações, desprezando todas as combinações impossíveis, como:

SSRROT

ou

SRSRTU

Outra maneira é ficar observando os elementos descoordenados até que, sem um processo lógico que a mente consciente possa detectar, ou sob um estímulo externo e fortuito, a combinação

TESOURAS

apresenta-se com segurança e tranquilidade. Depois, a pessoa nem precisa dispor as letras em ordem. Está feito.

Da mesma forma, os elementos dispersos de dois enigmas grotescos, jogados a esmo na mente de lorde Peter, resolveram-se, inquestionados dali em diante. Uma protuberância no telhado da casa da ponta; Levy no meio da chuva gelada conversando com uma prostituta em Battersea Park Road; um único fio de cabelo rubro; pedaços de tecido; o inspetor Sugg telefonando para o grande cirurgião na sala de dissecção do hospital; lady Levy tendo um ataque dos nervos; o cheiro de sabão carbólico; a voz da duquesa; "não um noivado de fato, só um acordo com o pai dela"; ações de petróleo peruano; a pele escura, o perfil corpulento e curvado do homem na banheira; dr. Grimbold dando o laudo: "Na minha opinião, a morte só ocorreu vários dias depois do golpe"; luvas de borracha; até mesmo, ao longe, distante, a voz de sr. Appledore: "Ele apareceu, senhor, de posse de um panfleto antivivissecção"; todas essas coisas e várias outras soaram juntas e formaram um único som; soaram juntas como sinos no campanário, com o tenor fundo ressoando em meio ao clamor:

"O saber do bem e do mal é um fenômeno neural, e é removível, removível, removível. O saber do bem e do mal é removível".

Lorde Peter Wimsey não era um jovem que costumava levar-se a sério, mas desta vez ficou francamente chocado. "É impossível", disse sua razão debilitada; "*credo quia impossibile*"*, disse a certeza interior com satisfação impenetrável. "Tudo bem", disse a consciência, de imediato aliando-se à fé cega, "o que você fará a respeito?".

Lorde Peter levantou-se e ficou andando pelo recinto.

— Pelos Céus! — disse. — Pelos Céus! — Ele pegou o *Who's Who*** da prateleirinha acima do telefone e buscou aconchego nas páginas.

FREKE, Sir Julian, Kt. *inv*. 1916; G.C.V.O. *inv*. 1919; K.C.V.O., 1917; K.C.B., 1918; M.D., F.R.C.P., F.R.C.S., dr. en Med. Paris; D. Sci. Cantab.; Cavaleiro da Ordem de São João de Jerusalém; Cirurgião Consultante de St. Luke's Hospital, Battersea.

n. Gryllingham, 16 de março de 1872, *filho único de* Ilmo. Edward Curzon Freke, da Corte de Gryll, Gry-

---

* "Creio porque é impossível", de Tertuliano. [*N.T.*]
** Lista de nomes de pessoas influentes do Reino Unido e os respectivos títulos. [*N.E.*]

llingham. *Form.* Harrow e Trinity Coll. Cambridge; Coronel A.M.S.; ex-integrante do Conselho Consultivo do Army Medical Service. *Publicações:* Anotações sobre aspectos patológicos da genialidade, 1892; Contribuições estatísticas ao estudo da paralisia infantil na Inglaterra e Gales, 1894; Transtornos funcionais do sistema nervoso, 1899; Patologias cefalorraquidianas, 1904; Fronteiras da insanidade, 1906; Interrogatório quanto ao tratamento de insanidade do indigente no Reino Unido, 1906; Avanços modernos na psicoterapia: Uma crítica, 1910; Insanidade criminosa, 1914; Aplicação da psicoterapia no tratamento de traumas de guerra, 1917; Resposta ao professor Freud, com descrição de experimentos realizados no Hospital da Base de Amiens, 1919; Alterações estruturais conjugadas às neuroses mais importantes, 1920. *Clubes:* White's; Oxford and Cambridge; Alpino etc. *Recreações:* xadrez, montanhismo, pesca. *Endereço:* Harley Street, 282, e St. Luke's House, Prince of Wales Road, Battersea Park, S.W. 11.

Ele jogou o livro longe.

— A confirmação! — resmungou. — Como se eu precisasse!

Ele sentou-se de novo e enterrou o rosto nas mãos. Lembrou de repente de como, anos atrás, ele estava na mesa de café do Castelo de Denver... um garoto baixinho de bermuda azul, com um coração trovejante a bater. A família não havia descido; havia uma grande urna de prata com uma lamparina por baixo e uma cafeteira ornada fervendo em um domo de vidro. Ele havia torcido o canto da toalha de mesa. Torceu ainda mais e a urna se mexeu, arrastada pela toalha, fazendo todas as colheres de chá chacoalharem. Ele pegou a toalha de mesa com mão firme e puxou com mais força. Ele sentiu a emoção delicada e temível quando urna e cafeteira e todo o serviço de café Sèvres desabaram e provocaram um estrago estupendo... ele lembrou do rosto horrorizado do mordomo e dos gritos de uma convidada.

Um toco de lenha se partiu e afundou em uma montanha de cinzas brancas. Um caminhão apressado passou roncando pela janela.

O sr. Bunter, dormindo o sono do criado fiel e digno, foi despertado à madrugada por um sussurro rouco:

— Bunter!

— Sim, milorde — disse Bunter, sentando-se e acendendo a luz.

— Apague essa luz, diabo! — disse a voz. — Me ouça... ali... ouça... está ouvindo?

— Não é nada, milorde — disse o sr. Bunter, apressando--se em sair da cama e encontrar o mestre. — Está tudo bem, o senhor vá logo para a cama e eu lhe levo uma gota de brometo. Ora, mas vossa senhoria está tremendo... ficou acordado até muito tarde.

— Silêncio! Não, não... é a água — disse lorde Peter, com dentes chacoalhando. — Está até a cintura, pobres coitados. Mas ouça! Está ouvindo? Tap, tap, tap... estão nos escavando... mas eu não sei onde... não consigo ouvir... não consigo. Ouça você! Olhe de novo! Temos que encontrar... temos que parar... Ouça! Ah, meu Deus! Eu não consigo ouvir... não consigo ouvir nada por causa das armas. Eles não conseguem parar com as armas?

— Minha nossa — disse Bunter a si. — Não, não... está tudo bem, major... não se preocupe.

— Mas eu estou ouvindo — contestou Peter.

— Eu também — disse o sr. Bunter, firme. — Ótima audição, milorde. São nossos próprios sapadores na ativa nas trincheiras da comunicação. Não se preocupe, senhor.

Lorde Peter agarrou seu punho com a mão febril.

— São os nossos sapadores — disse. — Tem certeza?

— Tenho certeza — disse o sr. Bunter, alegre.

— Eles vão derrubar a torre — disse lorde Peter.

— Tenho certeza de que vão — disse o sr. Bunter. — E vai ser muito bom. O senhor venha e deite-se um pouco... eles vieram tomar esta seção.

— Tem certeza de que é seguro sair? — disse lorde Peter.

— Plena segurança — disse o sr. Bunter, enfiando o braço do amo sob o dele e o encaminhando até o quarto.

Lorde Peter aceitou a dosagem e foi levado à cama sem maior resistência. O sr. Bunter, com uma aparência nada Bunter no pijama listrado e cabelos castanhos desgrenhados por toda a cabeça, sentou-se, inflexível, observando os molares pronunciados do mais jovem e as manchas púrpuras sob os olhos.

— Achei que esses ataques haviam acabado — disse. — Ele tem se exigido demais. Dormiu? — Bunter espiou para lorde Peter, nervoso. Uma nota de afeto surgiu na voz. — Imbecil danado! — disse o sargento Bunter.

9

O sr. Parker, convocado na manhã seguinte a Piccadilly, número 110A, chegou e encontrou a Duquesa Viúva controlando a propriedade. Ela o recebeu com toda a graça.

— Vou levar este garotinho bobo para um fim de semana em Denver — disse, apontando para Peter, que estava escrevendo e só indicou que percebeu a entrada do amigo com um breve aceno. — Ele vem trabalhando tanto... corre até Salisbury e a outros lugares, fica acordado até altas horas... O senhor não deveria dar incentivo, sr. Parker, é muito levado da sua parte. Ele acorda o pobre Bunter no meio da noite apavorado com os alemães, como se isso não tivesse acabado há anos, e fazia tempos que ele não tinha um ataque. Mas veja só! Nervos são uma coisa tão esquisita, e Peter sempre teve pesadelos quando era garotinho... em geral ele só precisava de um comprimido. Em 1918, ele ficou tão mal, sabe, e imagino que não haja como esquecer tudo da Grande Guerra em questão de um, dois anos. Oras, eu devia ficar agradecida pelos meus dois garotos a salvo. Ainda assim, eu acho que um pouquinho da tranquilidade de Denver não vai lhe fazer mal.

— Sinto muito pela recaída, meu velho — disse Parker, com vaga simpatia. — Você está mesmo com uma cara de surrado.

— Charles — disse lorde Peter com uma voz desprovida por completo de expressão — vou passar alguns dias fora porque não lhe serei útil em Londres. O que tem que ser feito de momento pode ser feito muito melhor por você do que por mim. Quero que leve isto — ele dobrou todos seus escritos e os enfiou em um envelope — à Scotland Yard agora mesmo e que os envie a todos os asilos de pobres, hospitais, delegacias, Associações Cristãs de Moços e assim por diante em Londres. É uma descrição do cadáver de Thipps como estava antes de ser barbeado e higienizado. Quero saber se algum homem que corresponda a esta descrição foi levado a qualquer lugar que seja, vivo ou morto, na última quinzena. Você encontrará com Sir Andrew Mackenzie em pessoa e fará este documento ser enviado de imediato, com autorização dele; você dirá a sir Andrew que resolveu as dúvidas quanto ao assassinato de Levy e ao mistério de Battersea. — O sr. Parker fez um som de pasmo, ao qual o amigo não deu atenção. — E vai pedir que ele tenha homens de prontidão com um mandado para prender um criminoso perigoso e importante a qualquer momento com base nas suas informações. Quando chegarem as respostas a este documento, o senhor vai procurar qualquer menção a St. Luke's Hospital, ou de qualquer pessoa relacionada a St. Luke's Hospital, e vai mandar me chamar no mesmo instante. Até lá, o senhor vai amigar-se (não me interessa como) com um dos alunos de St. Luke's. Não chegue lá falando de assassinatos e mandados, pois vai se ver na rua da amargura. Devo voltar à cidade assim que tiver notícia suas, e espero encontrar um médico bom e correto que me receba. — Ele deu um sorriso débil.

— Quer dizer que o senhor solucionou o caso? — perguntou Parker.

— Sim. Posso estar enganado. Espero que esteja, mas sei que não estou.

— Não vai me contar?

— Pois veja bem — disse Peter —, sendo sincero, prefiro não. Eu digo que *posso* estar enganado... e eu sinto como se estivesse caluniando o Arcebispo de Canterbury.

— Bom, conte-me... é um mistério ou dois?
— Um.
— Você falou do assassinato de Levy. Levy morreu?
— Oras! Sim! — disse Peter, tremendo.
A duquesa ergueu os olhos de sua revista.
— Peter — disse —, é a sua febre voltando? Seja lá o que os dois estejam discutindo, é bom que parem de uma vez se você estiver se exaltando. Além disso, está na hora de ir.
— Tudo bem, minha mãe — disse Peter. Ele virou-se para Bunter, parado de forma respeitosa na porta, com sobretudo e maleta. — Você entendeu o que tem que fazer, sim? — perguntou ele.
— Com perfeição, e obrigado, milorde. O carro está chegando, vossa Graça.
— Com a sra. Thipps — disse a duquesa. — Ela ficará encantada em revê-lo, Peter. Você a lembra muito do sr. Thipps. Bom dia, Bunter.
— Bom dia, vossa Graça.
Parker os acompanhou descendo a escada.
Quando eles se foram, ele olhou para o papel nas mãos sem mudar de expressão... depois, lembrando que era sábado e que precisava ter pressa, ele chamou um táxi.
— Scotland Yard! — berrou.

Na terça-feira de manhã estavam lorde Peter e um homem com casaco de belbutina farfalhando pelos três hectares de folhas de nabo, já com as listras amarelas das primeiras geadas. Um pouco à frente, uma corrente sinuosa de animação entre as folhas proclamava a presença ainda inaparente, mas aprochegando-se, de um dos filhotes de setter do Duque de Denver. Na mesma hora, uma perdiz saiu voando, fazendo um barulho que lembrava as matracas da polícia, e lorde

Peter disparou contra o animal de maneira louvável para um homem que, noites atrás, estava ouvindo sapadores alemães na mente. O setter saltou desengonçado entre os nabos e recolheu a ave morta.

— Bom cachorro — disse lorde Peter.

Incentivado, o cão deu uma cambalhotinha ridícula e latiu, virando a orelha do avesso sobre a cabeça.

— Junto! — disse o homem de belbutina, com tom violento. O animal se aproximou, acanhado.

— É um cachorro imbecil — disse o homem de belbutina. — Não sabe ficar quieto. Muito nervoso, milorde. É das crias da velha Black Lass.

— Nossa — disse Peter —, aquela cadela ainda é viva?

— Não, milorde; tivemos que sacrificá-la na primavera.

Peter assentiu. Ele sempre declarava que odiava o interior e que era grato por não ter nenhuma relação com as propriedades da família, mas naquela manhã estava apreciando o ar fresco e as folhas úmidas que caíam sobre as botas engraxadas. Em Denver, as coisas sempre corriam de forma ordenada; não havia mortes repentinas e violentas, com exceção dos setters. E das perdizes, é claro. Ele fungou o cheiro outonal com bastante apreço. Tinha uma carta no bolso que havia chegado no correio matinal, mas ele ainda não queria ler. Parker não havia telegrafado; não havia pressa.

Ele a leu na sala de charutos depois do almoço. Seu irmão estava lá, cochilando em cima do *Times* — um inglês dos bons, decoroso e asseado, robusto e convencional, que lembrava Henrique VIII na juventude; Gerald, o décimo-sexto Duque de Denver. O duque considerava o irmão mais novo um degenerado e que o que ele fazia não era de bom-tom; desprezava o gosto que ele tinha por notícias policiais.

A carta era do sr. Bunter.

Piccadilly, número 110A,
W.1.

MILORDE:
Escrevo (o sr. Bunter tinha instrução e sabia que nada poderia ser mais vulgar do que iniciar uma carta evitando a todo custo a primeira pessoa do singular), como vossa senhoria orientou, para informá-lo a respeito do resultado de minhas investigações.

Não tive dificuldades em criar relação com o criado de Sir Julian Freke. Ele pertence ao mesmo clube que o criado do Hon. Frederick Arbuthnot, que é da minha amizade e estava em plena disposição para me apresentar ao outro. Ele me levou ao clube ontem (domingo), ao fim de tarde, e jantamos com o criado, cujo nome é John Cummings, e depois convidei Cummings para uma bebida e um charuto no apartamento. Vossa senhoria há de me desculpar, sabendo que não é do meu hábito, mas sempre foi da minha experiência que a melhor maneira de conquistar a confiança de um homem é deixar que ele suponha que se está tirando vantagem do patrão.

("Sempre suspeitei que Bunter fosse um estudioso da natureza humana", comentou lorde Peter.)

Eu lhe servi o melhor vinho do Porto ("Seu danado!", disse lorde Peter), já que ouvi o senhor e sr. Arbuthnot comentarem a respeito ("Pff!", disse lorde Peter.)

Os efeitos foram equivalentes a minhas expectativas em relação ao principal tema em questão, mas lamento afirmar que o homem tinha um entendimento tão limitado do que lhe era servido que fumou um charuto (um dos Villar y Villar de vossa senhoria) enquanto bebia. Vossa senhoria há de entender que não fiz comentário algum naquele momento, mas há de simpatizar com o que penso. Se me permite a oportunidade, gostaria de expressar minha estima e gratidão pelo excelente gosto que vossa senhoria tem para comida, bebida e vestuário. É, se me permite, mais do que um prazer. Ser criado e mordomo de vossa senhoria é um aprendizado.

Lorde Peter meneou a cabeça, sério.

— Que diabos está fazendo, Peter, sentado aí, balançando a cabeça e rindo como um sei-lá-o-quê? — quis saber o duque, despertando de repente do cochilo. — Alguém lhe escreveu coisas bonitas, que tal?

— Encantadoras — disse lorde Peter.

O duque fitou-o com dúvida.

— Pelo bem de todos, espero que não vá se casar com uma dessas coristas — resmungou antes de voltar ao *Times*.

Durante o jantar, eu me propus a descobrir os gostos de Cummings e vi que eles se voltavam para o palco do teatro musical. Durante sua primeira taça, eu o guiei nessa direção, dado que vossa senhoria havia me concedido a gentil oportunidade de assistir a todas as apresentações em Londres, e falei com mais liberdade do que seria apropriado, em situação ordinária, para me fazer agradável. Posso dizer que as perspectivas que ele tem a respeito das mulheres e do palco são as que eu esperava de um homem que fuma enquanto bebe o vinho de vossa senhoria.

À segunda taça, eu lhe apresentei o tema das investigações de vossa senhoria. Para poupar tempo, vou anotar nossa conversa na forma de diálogo, do modo como se deu até onde for possível.

CLUBE DO CRIME

Cummings: Parece que o senhor tem muitas oportunidades de sair e viver, sr. Bunter.

Bunter: Para gerar oportunidades, basta saber como.

Cummings: Ah, é fácil falar, sr. Bunter. O senhor não é casado, para início de conversa.

Bunter: Eu sei o que não fazer, sr. Cummings.

Cummings: Assim como eu... *agora,* quando já é tarde demais. (Ele deu um suspiro forte e eu enchi sua taça mais uma vez.)

Bunter: A sra. Cummings mora com o senhor em Battersea?

Cummings: Sim, ela e eu, nós dois atendemos o patrão. Que vida! Fora quando temos a faxineira, que vem de dia. Mas de que adianta a faxineira? Posso lhe dizer que é um tédio ficar a sós naquele subúrbio danado de Battersea.

Bunter: Não é conveniente para se chegar aos salões, é evidente.

Cummings: Ah, eu sei. Aqui, para você, está ótimo, em Piccadilly. No fervo, como se diz. E ouso dizer que seu patrão costuma sair à noite, não?

Bunter: Ah, com frequência, sr. Cummings.

Cummings: E ouso dizer que o senhor aproveita a oportunidade para escapar-se com certa frequência, não?

Bunter: Ora, o que o *senhor* acha, sr. Cummings?

Cummings: É isso; aí está! Mas o que um homem vai fazer com uma esposa reclamona e um médico cientista danado de patrão? Que vira as noites de pé, abrindo cadáveres e fazendo experimentos com sapos?

Bunter: Mas às vezes ele sai, imagino.

Cummings: Não muito. E sempre volta antes da meia-noite. Ah, e o que ele apronta se aperta a campainha e você não está ali, de prontidão... vou lhe dizer, sr. Bunter...

Bunter: Temperamento forte?

Cummings: Nãããão... mas ele olha nos seus olhos, desagradável, como se fosse você naquela mesa de cirurgia e ele fosse lhe passar a faca. Nada de que um homem possa reclamar muito, o senhor entende, sr. Bunter. Apenas olhares de repugnância. Mas preciso dizer que ele é muito correto. Sempre pede desculpas se foi irrefletido. Mas de que adianta quando já passou e você perdeu uma noite de sono?

Bunter: O que ele faz? Deixa o senhor acordado até tarde, é isso?

Cummings: Ele não, longe disso. A casa está fechada e todos estão na cama às 22h30. Esta é a regra que ele impõe. Não que eu não fique contente em seguir a regra, esse é o nível do tédio. Ainda assim, quando eu *vou* para a cama, eu gosto de dormir.

Bunter: O que ele faz? Fica andando pela casa?

Cummings: Pois não? A noite inteira. E entra e sai pelo seu acesso privado ao hospital.

Bunter: O senhor não vai me dizer, sr. Cummings, que um grande especialista como Sir Julian Freke tem plantões noturnos no hospital?

Cummings: Não, não. Ele faz os próprios trabalhos. Pesquisas, como se diz. Abre as pessoas. Dizem que é muito inteligente. Poderia desmontar eu e o senhor como se fôssemos relógios, sr. Bunter, e depois montar de volta.

Bunter: O senhor dorme no porão, então, para ouvi-lo tão bem?

Cummings: Não; nosso quarto fica no alto. Mas, céus! Haja paciência! Ele bate a porta de um jeito que se ouve por toda a casa.

Bunter: Ah, muitas foram as vezes que tive que conversar com lorde Peter. Além disso, passa a noite falando. E ainda temos os banhos.

Cummings: Banhos? Ah, mas isso é uma verdade, sr. Bunter. Banhos? Eu e minha esposa dormimos ao lado da sala da cisterna. Um barulho de acordar os mortos. A qualquer hora. Que horas o senhor imagina que ele tomou um banho, justo agora nesta segunda-feira à noite, sr. Bunter?

Bunter: Eu já ouvi banhos às duas da manhã, sr. Cummings.

Cummings: É mesmo? Bom, este foi às três. Três da manhã, quando fomos acordados. Eu lhe dou a minha palavra.

Bunter: Não me diga, sr. Cummings.

Cummings: Ele mexe com doenças, sr. Bunter, e não gosta de ir para a cama até ter se purificado de todos os bacilos, se é que me entende. Muito natural, também, ouso afirmar. Mas o que quero dizer é que o meio da madrugada não é hora para um cavalheiro ficar com a mente ocupada com doenças.

Bunter: Esses grandes homens têm um jeito próprio de fazer as coisas.

Cummings: Bom, só posso dizer que não é o meu jeito.

(E eu acredito nisto, vossa senhoria. Cummings não têm sinais de grandiosidade em si, e as calças não são as que eu gostaria de ver num homem da sua profissão.)

Bunter: Ele tem o hábito de ficar assim até tão tarde, sr. Cummings?

Cummings: Bom, não, sr. Bunter, eu diria que não, por regra. Ele pediu desculpas, também, na manhã seguinte, e disse que mandaria consertar a cisterna... o que se faz necessário, na minha opinião, pois o ar entra pelos canos, e os guinchos e suspiros que passam por eles são uma coisa horrível. Como as Cataratas do Niágara, se me entende, sr. Bunter, eu lhe *asseguro*.

Bunter: Bom, é como deve ser, sr. Cummings. Pode-se relevar muito de um cavalheiro que tem a educação de se desculpar. E é claro que, por vezes, eles não conseguem se controlar. Um visitante aparece de forma inesperada e os detêm até tarde, quem sabe.

Cummings: É verdade, sr. Bunter. Agora que estou pensando, *houve* um cavalheiro que apareceu na segunda-feira à noite. Não que tenha vindo tarde, mas ficou mais ou menos uma hora e pode ter atrasado sir Julian nos afazeres.

Bunter: É provável. Deixe-me lhe servir mais vinho, sr. Cummings. Ou um pouco do conhaque de lorde Peter.

Cummings: Um pouco de conhaque, por favor, sr. Bunter. Imagino que o senhor tenha o controle da adega. (Ele piscou para mim.)

Bunter: Pode confiar em mim. (E lhe trouxe o Napoleon. Garanto a vossa senhoria que doeu em meu coração servi-lo a um homem como este. Contudo, vendo que havíamos entrado na devida senda, senti que não seria desperdício.) Eu gostaria que fossem só cavalheiros que viessem aqui à noite. (Vossa senhoria há de me desculpar, creio eu, por fazer tal sugestão.)

(— Pelo Senhor — disse lorde Peter. — Queria que Bunter fosse menos dedicado aos seus métodos.)

Cummings: Ah, sua senhoria é desse tipo, é? (Ele riu e me cutucou. Aqui eu suprimirei parte do diálogo, que não teria como não ser tão ofensivo a vossa senhoria tanto quanto foi a mim.) Não, com sir Julian não é assim. Poucas visitas à noite, e sempre cavalheiros. E saem cedo por regra, como o que eu mencionei.

Bunter: Pois bem. Não há nada que eu considere mais desgastante, sr. Cummings, do que levantar-me para levar visitas à porta.

Cummings: Ah, este eu não levei. Sir Julian o levou por conta própria por volta das 22 horas. Eu ouvi o cavalheiro gritar "Boa noite" e partir.

Bunter: Sir Julian sempre faz isso?

Cummings: Bom, depende. Se ele recebe as visitas no andar de baixo, ele mesmo as leva à porta; se ele as recebe na biblioteca, ele soa o sinete para me chamar.

Bunter: Então era um visitante do andar de baixo?

Cummings: Sim, sim. Sir Julian que abriu a porta para ele. Eu lembro. Ele estava trabalhando no saguão, por acaso. Embora agora, pensando bem, lembro que eles foram à biblioteca depois. É engraçado, eu sei que foram, pois aconteceu de eu passar pelo saguão com o carvão e eu os ouvi no andar de cima. Além disso, sir Julian me chamou na biblioteca minutos depois. De qualquer modo, nós o ouvimos ir embora às 22 horas, quem sabe um pouco antes. Ele não havia ficado nem três quartos de hora. Contudo, como eu ia dizendo, lá estava sir Julian no entra e sai da sua porta privativa toda a noite, batendo a porta, tomando banho às três da manhã e acordado de novo para o café da manhã às oito... eu não entendo. Se eu tivesse tanto dinheiro, que me fulminassem se eu mexesse com corpos no meio da madrugada. Eu encontraria coisa melhor para fazer do meu tempo, sr. Bunter...

Não preciso reproduzir mais deste diálogo, dado que ficou desagradável e incoerente, e também porque não consegui mais conduzi-lo aos fatos da segunda-feira à noite. Só consegui me livrar dele às três horas.

UM CORPO NA BANHEIRA

Ele chorou no meu pescoço e disse que eu era um grande sujeito e que vossa senhoria era o patrão que ele gostaria de ter. Ele também disse que sir Julian ficaria muito incomodado pelo criado chegar em casa àquela hora, mas nos domingos ele tinha a noite de folga e, caso comentasse algo, ele daria o aviso prévio. Creio que não seria aconselhável, pois penso que não é um homem que eu poderia recomendar de plena consciência se estivesse na posição de Sir Julian Freke. Percebi que os calcanhares de suas botas estavam um pouco gastos.

Gostaria de acrescentar, em homenagem aos grandes méritos da adega de vossa senhoria, que, embora eu tenha sido obrigado a beber quantia um tanto elevada, tanto do Cockburn 1868 quanto do Napoleon de 1800, não estou sentindo dor de cabeça nem outros efeitos adversos nesta manhã.

Confiante de que vossa senhoria está tirando ótimo proveito dos benefícios do ar campestre, assim como de que a pouca informação que pude obter provar-se-á satisfatória, me despeço.

Com devido respeito a toda a família,

A seu dispor,

Mervyn Bunter

— Olha — disse Peter a si, pensativo —, às vezes acho que Mervyn Bunter está me pregando uma. O que foi, Soames?

— Um telegrama, milorde.

— Parker — disse lorde Peter, abrindo. Dizia:

DESCRIÇÃO CORRESPONDE. ASILO CHELSEA. ANDARILHO DESCONHECIDO FERIDO ACIDENTE RUAS QUARTA-FEIRA. MORREU ABRIGO SEGUNDA-FEIRA. ENTREGUE ST. LUKE'S MESMA NOITE ORDENS FREKE. CONFUSO. PARKER.

— *Hurra!* — disse lorde Peter, de repente cintilante. — Fico contente que eu tenha causado confusão em Parker. Me dá confiança. Sinto-me Sherlock Holmes. "Simples com perfeição, Watson." Maldito seja, porém! Que negócio bruto. De qualquer modo, deixei Parker confuso.

— O que há? — perguntou o duque, levantando-se e bocejando.

— Ordens de batalha — disse Peter. — Voltar à cidade. Sou muito grato pela sua hospitalidade, caro irmão... estou me sentindo muitíssimo melhor. Pronto para enfrentar o professor Moriarty ou Leon Kestrel ou quem quer que seja.

— Gostaria que mantivesse distância das páginas policiais — resmungou o duque. — É embaraçoso para mim ter um irmão que se faz notar.

— Desculpe, Gerald — disse o outro —, sei que sou uma mancha bestial no brasão da família.

— Por que você não casa, se aquieta e vive tranquilo, fazendo algo de útil? — disse o duque, com impaciência.

— Porque foi um fracasso, como você sabe muito bem — disse Peter. — Além disso — complementou, alegre —, estou sendo de uma utilidade tremenda. Você pode vir a me procurar; nunca se sabe. Quando alguém vier chantageá-lo, Gerald, ou a primeira esposa que você abandonou aparecer de forma inesperada, direto das Índias Ocidentais, você vai ver a vantagem de ter um detetive particular na família. "Questões privadas e delicadas tratadas com tato e discrição. Fazem-se investigações. Provas para divórcio: especialidade. Todas as garantias!" Reconheça.

— Asno! — disse lorde Denver, jogando o jornal com violência contra a poltrona. — Quando quer o carro?

— De imediato. Ou quase. E mais, Jerry: vou levar mamãe junto.

— Por que ela deveria se envolver?

— Bom, quero o auxílio dela.

— Eu acho deveras inapropriado — disse o duque.

A Duquesa Viúva, contudo, não protestou.

— Eu a conhecia muito bem — disse ela — quando era Christine Ford. Por quê, querido?

— Porque — disse lorde Peter — há uma notícia terrível para lhe revelar quanto ao marido.

— Ele morreu, querido?

— Sim. E ela terá que comparecer para a identificação.

— Pobre Christine.

— Sob circunstâncias revoltantes, mãe.

— Eu vou com você, querido.

— Obrigado, minha mãe, você é uma rocha. Se importa de juntar seus pertences agora mesmo e vir comigo? Eu lhe conto o restante no carro.

10

O sr. Parker, cético, mas ainda esperançoso, havia assegurado seu estudante de Medicina: um jovem corpulento, que lembrava um filhotinho de cachorro crescido, de olhos inocentes e rosto sardento. Ele sentou-se ao sofá Chesterfield diante da lareira da biblioteca de lorde Peter, pasmo em mesma medida pela missão, os arredores e a bebida que sorvia. Seu paladar, embora inculto, era naturalmente bom, e ele percebeu que até mesmo chamar aquele líquido de drinque — o termo que ele costumava usar para referir-se a uísque barato, à cerveja pós-guerra ou a uma taça duvidosa de vinho tinto em um restaurante do Soho — era um sacrilégio; era algo que ia além da experiencia comum: um gênio na garrafa.

O homem chamado Parker, que ele havia encontrado por acaso na noite anterior no pub à esquina de Prince of Wales Road, parecia ser boa pessoa. Ele havia insistido em trazê-lo para ver esse amigo, que tinha uma vida esplêndida em Piccadilly. Parker era decifrável; ele o classificou como funcionário público, talvez alguma coisa no centro da cidade. O amigo era um vexame; era um lorde, para começar, e as roupas eram uma espécie de reprimenda ao mundo. Ele falava os absurdos mais insensatos, mas de maneira perturbadora. Ele não ia até o fundo da piada para extrair o máximo; ele a contava de passagem, por assim dizer, e já saltava a outro assunto antes de você ter uma réplica. O homem tinha um serviçal dos mais terríveis — do tipo que se encontra nos livros — que congelava a medula nos seus ossos com o olhar silencioso de crítica. Parker ao que parecia suportava aquela pressão e isso o levava a ter ainda mais consideração por Parker; ele devia estar mais habituado a ficar cercado pelos grandes do que era de se pensar ao olhar para o homem. Perguntava-se quanto havia custado o tapete em que Parker de forma displicente soltava as cinzas do charuto; o pai dele era um estofador — o sr. Piggott, da Piggott & Piggott, Liverpool —, e entendia de tapetes a ponto de saber que não tinha nem como adivinhar o preço daquele. Quando a cabeça roçava o encosto de seda no canto do sofá, se arrependia por não se barbear com mais frequência e mais cuidado. O sofá era monstruoso — mesmo assim, parecia que não tinha tamanho para comportar seu corpo. O tal lorde Peter não era muito alto — aliás, era um homem muito pequeno, mas não parecia subdimensionado. Parecia do tamanho certo; fazia sentir que seu 1,90 metro era uma asseveração vulgar; sentia-se como as cortinas novas na sala de visitas da mãe — manchas gigantes, por tudo. Mas todo mundo lhe foi decoroso, e ninguém lhe disse nada que não entendeu, nem o desprezou. Havia livros de aparência profundíssima nas prateleiras ao redor, e havia conferido um grande fólio de Dante que estava sobre a mesa, mas os anfitriões conversavam de maneira deveras ordinária e racional sobre livros do tipo dos que lia — românticos e detetivescos de qualidade tilintante. Já havia lido vários daqueles e podia dar a opinião, e eles ouviam o que tinha a dizer, embora lorde Peter tivesse um jeito muito estranho de falar de livros, também, como se o autor houvesse confiado nele de antemão e lhe contado como a história havia sido montada e qual parte foi escrita antes. Lembrava-o de como o velho Freke desmanchava um corpo.

— A coisa a que eu me oponho em histórias de detetive — disse sr. Piggott — é o modo como os camaradas lembram cada mínimo detalhe do que aconteceu com a pessoa nos últimos seis meses. Estão sempre a postos com o horário certo, se estava chovendo ou não, o que estavam fazendo em tal dia e no outro. Listam tudo de cima a abaixo, como se fosse uma página de poesia. Mas ninguém é assim na vida real, não acha, lorde Peter? — Lorde Peter sorriu e o jovem Piggott no mesmo instante envergonhou-se, apelando ao outro conhecido. — Você sabe a que me refiro, Parker. Vamos lá. Um dia é muito parecido com o outro. Eu com certeza não ia lembrar... bom, talvez eu lembre de ontem, quem sabe, mas eu não teria certeza do que estava fazendo semana passada, nem se estivesse na mira de uma bala.

— Não — disse Parker —, e os depoimentos que se dá à polícia soam da mesma forma improváveis. Mas eles não chegam assim, sabe? Quero dizer: um homem não sai dizendo "Na sexta-feira, saí às dez horas para comprar uma costeleta de carneiro. Quando dobrei em Mortimer Street, percebi uma garota com 22 anos, cabelos escuros e olhos castanhos, usando suéter verde, saia quadriculada, chapéu-panamá e sapatos pretos, montada em uma bicicleta Royal Sunbeam, a mais ou menos vinte por hora, dobrando a esquina da Igreja de São Simão e São Judas na contramão, na direção do mercado!". Resume-se a isso, é claro, mas é algo que se tira da pessoa a partir de várias perguntas.

— E nos contos — disse lorde Peter —, isso tem que ser colocado em forma de declaração, pois a conversa de verdade seria tão longa, tola e tediosa que ninguém teria paciência de ler. Os escritores têm que pensar nos leitores, se é que têm leitores, entende.

— Sim — disse sr. Piggott —, mas aposto que a maioria acharia dificílimo lembrar, mesmo que você pergunte. Eu acharia... claro que eu sou meio bobo. Mas a maioria é, não é? Vocês sabem a que me refiro. Testemunhas não são detetives, são apenas idiotas medianos como eu e vocês.

— É verdade — disse lorde Peter, sorrindo conforme a potência da última frase era absorvida pelo autor infeliz. — Você quer dizer que, caso eu lhe perguntasse de modo geral o que estava fazendo... digamos, há uma semana, não teria como me dizer nada de modo espontâneo?

— Não, eu tenho certeza de que não conseguiria. — Ele parou para pensar. — Não. Eu estava no hospital como sempre, creio eu, e, como era terça-feira, haveria alguma aula... Surpresa seria eu lembrar de quê... À noite eu saí com Tommy Pringle... Não, acho que foi na segunda-feira... Ou na quarta? Vou lhe dizer, eu não teria como garantir nada.

— Você é injusto consigo mesmo — disse lorde Peter, sério. — Tenho certeza, por exemplo, de que você recorda que trabalhos fazia na sala de dissecção naquele dia, por exemplo.

— Pelos céus, não! Com certeza que não. Eu até considero que posso me lembrar se eu parar e pensar um bom tempo, mas eu não seria capaz de afirmar sob juramento em tribunal.

— Eu aposto meia coroa por meio xelim — disse lorde Peter — de que se lembraria em cinco minutos.

— Tenho certeza de que não.

— Veremos. Você tem um caderno de anotações do que faz quando está dissecando? Desenhos ou algo do tipo?

— Sim, claro.

— Pense nele. Qual foi a última coisa que anotou?

— É fácil, pois o fiz hoje pela manhã. Tratava dos músculos da perna.

— Sim. Quem era o estudado?

— Uma idosa, mais ou menos; morreu de pneumonia.

— Sim. Volte as páginas do livro de anotações, mas na mente. O que veio antes?

— Ah, alguns animais... pernas, também. Estou trabalhando com os músculos motores no momento. Já sei. Foi a demonstração sobre anatomia comparada do velho Cunningham. Fiz um esquema muito bom da perna de uma lebre, depois de um sapo e das patas rudimentares de uma cobra.

— Sim. Em que dia foi a aula de sr. Cunningham?

— Sexta-feira.

— Sexta-feira... sim. Volte mais. O que vem antes?

O sr. Piggott fez não com a cabeça.

— Seus desenhos de pernas começam na página da direta ou na página da esquerda? Consegue ver seu primeiro desenho?

— Isso... isso... consigo ver a data anotada no cabeçalho. É uma parte da pata posterior do sapo, na página da direita.

— Sim. Pense no livro aberto na sua mente. O que está do lado oposto?

Aquilo exigiu certa concentração.

— Algo redondo... colorido... ah, sim... é uma mão.

— Sim. Você passou dos músculos da mão e do braço para a perna e os músculos do pé?

— Sim; isso mesmo. Tenho um conjunto de desenhos de braços.

— Sim. Estes você desenhou na quinta-feira?

— Não; eu nunca vou à sala de dissecção na quinta-feira.

— Na quarta-feira, quem sabe?

— Sim; eu devo ter feito na quarta-feira. Sim; fiz. Eu entrei lá depois de ver os pacientes de tétano pela manhã. Eu desenhei na quarta-feira à tarde. Sei que voltei porque queria terminar. Eu me dediquei bastante... conforme meus critérios. Por isso que eu lembro.

— Sim; você voltou para terminar esses desenhos. Então, quando começou?

— Ora, na véspera.

— Na véspera. Seria na terça-feira, então?

— Perdi a conta... Isso, na véspera da quarta-feira... Isso, na terça.

— Sim. Eram os braços de um homem ou de uma mulher?

— Ah, eram de um homem.

— Sim; na última terça-feira, há uma semana, você estava dissecando braços de um homem na sala de dissecção. Meio xelim, por favor.

— Por Júpiter!

— Só um instante. Você sabe muito mais. Não tem ideia do quanto sabe. Você sabe que tipo de homem ele era.

— Ah, eu nunca vi a pessoa inteira. Lembro que cheguei um pouco atrasado naquele dia. Eu havia pedido em especial um braço, porque era muito fraco em braços, e Watts, o assistente, prometeu que guardaria um para mim.

— Sim. Você chegou atrasado e encontrou o braço à espera. Você está dissecando... pegando suas tesouras, cortando a pele, grampeando-a do avesso. Era pele jovem, clara?

— Não, não. Pele comum, eu diria. Com pelos escuros. Sim, era isso.

— Sim. Um braço magro, fibroso, quem sabe, sem gordura sobrando?

— Não, não. Eu fiquei muito incomodado, porque eu queria um braço bom, musculoso, mas este estava mal desenvolvido e a gordura atrapalhava.

— Sim; um homem sedentário que não fazia muitos trabalhos manuais.

— Exato.

— Sim. Você dissecou a mão, para começar, e fez um desenho dela. Teria notado calos mais duros?

— Ah, não havia nada nesse sentido.

— Não. Mas você diria que era o braço de um jovem? Pele firme e jovem, juntas flexíveis?

— Não... não.

— Não. Velho e fibroso, quem sabe.

— Não. De meia-idade. Com reumatismo. Havia depósitos de cálcio nas juntas e os dedos estavam um pouco inchados.

— Sim. Um homem de cerca de cinquenta anos.

— Mais ou menos.

— Sim. Havia outros alunos trabalhando com o mesmo corpo.

— Ah, sim.

— Sim. E eles faziam todo tipo de piada a respeito do corpo?

— Imagino que sim... ah, sim!

— Você há de lembrar algumas. Quem é o engraçadinho da sala, por assim dizer?

— Tommy Pringle.

— O que Tommy Pringle estava fazendo?

— Não consigo lembrar.

— Mais ou menos onde Tommy Pringle estava trabalhando?

— Perto do armário de instrumentos... na pia C.

— Sim. Quero uma imagem de Tommy Pringle na sua mente.

Piggott começou a rir.

— Agora eu lembro. Tommy Pringle disse que o velho *sheeny...*[*]

— Por que ele chamou de *sheeny*?

— Não sei. Mas sei que chamou.

— Talvez fosse a aparência. Você viu a cabeça?

— Não.

— Quem estava com a cabeça?

— Eu não sei... ah, sei sim. O velho Freke ficou com a cabeça ele mesmo, e o Binns Bobão ficou muito indignado, pois haviam lhe prometido uma cabeça para não precisar dividir.

— Entendo; o que sir Julian estava fazendo com a cabeça?

— Ele nos chamou e ficou tagarelando sobre hemorragia espinhal e lesões nervosas.

— Sim. Bom, pode voltar a Tommy Pringle.

A piada de Tommy Pringle foi repetida, mas com certo acanhamento.

— Sim. Foi só isto?

---

[*] Termo ofensivo para judeus. [*N.T.*]

— Não. O camarada que estava trabalhando com Tommy disse que esse tipo de coisa vinha de comer demais.

— Deduzo que quem acompanhava Tommy Pringle tinha interesse pelo canal alimentar.

— Sim, e Tommy disse que, se soubesse que a comida estava farta desse jeito, ele mesmo iria no abrigo.

— Então o homem era um indigente no abrigo.

— Bom, eu suponho que era.

— Os indigentes do abrigo costumam ser gordos e bem alimentados?

— Ora, não... pensando bem, por regra não são.

— Aliás, ficou marcado para Tommy Pringle e o amigo que isso estava fora do normal em um corpo vindo do abrigo?

— Sim.

— E se o canal alimentar era de tanto interesse para esses cavalheiros, imagino que o corpo havia se deparado com a morte pouco após uma refeição completa.

— Sim... ah, sim... Teria que ser, não é?

— Bom, não sei — disse lorde Peter. — Isso é do seu departamento. Seria a sua inferência, a partir do que eles disseram.

— Ah, sim. Sem dúvida.

— Sim; não seria de se esperar, por exemplo, que eles fizessem essa observação se o paciente estivesse doente há muito tempo e se alimentasse de restos.

— É claro que não.

— Bom, veja bem: você entende bastante do assunto. Na semana daquela terça-feira, você estava dissecando os músculos do braço de um judeu reumático de meia-idade, de hábitos sedentários, que havia falecido pouco depois de comer uma refeição pesada, de um ferimento que lhe provocou hemorragia espinhal e lesões nervosas, e assim por diante, e que se supunha que vinha de um abrigo?

— Sim.

— E você poderia declarar esses fatos sob juramento, se houvesse necessidade?

— Bom, se colocar assim, imagino que poderia.

— É claro que poderia.

O sr. Piggott ficou alguns instantes em contemplação.

— Ora — ele falou enfim —, eu sabia de tudo isso, não é mesmo?

— Ah, sim... sabia mesmo. Tal como o escravo de Sócrates.

— Quem é esse?

— É de um livro que eu gostava de ler quando garoto.

— Ah, é de *Os últimos dias de Pompeia?*

— Não. Outro livro, do qual atrevo-me a dizer que você escapou. É maçante.

— Não li muito mais que Henty e Fenimore Cooper no colégio... Mas... eu tenho uma memória das boas, então?

— O senhor tem memória melhor do que se dá crédito.

— Então por que não consigo lembrar das coisas médicas? Tudo escoa da minha cabeça como se fosse uma peneira.

— Ora, por que não consegue? — disse lorde Peter, de pé sobre o tapete da lareira e sorrindo para seu convidado.

— Bem — disse o jovem —, os camaradas que aplicam as provas não fazem as mesmas perguntas que você.

— Não?

— Não... eles querem que você mesmo lembre de tudo. E é de uma dificuldade brutal. Nenhum ponto de apoio, entende? Mas vou dizer... como você sabia que Tommy Pringle era o engraçado e...

— Eu não sabia até você me contar.

— Não; eu sei. Mas como sabia se ele estaria lá se perguntasse? Eu quero dizer... quero dizer... — disse sr. Piggott, que estava ficando abrandado por influências que não estavam desvinculadas do canal alimentar... — Quero dizer: você é muito inteligente ou eu sou muito burro?

— Não, não — disse lorde Peter. — Sou eu. Estou sempre fazendo perguntas estúpidas. Todo mundo pensa que eu devo ter outra intenção com as perguntas que faço.

Foi complicado demais para sr. Piggott.

— Deixe para lá — disse Parker, apaziguador. — Ele é sempre assim. Não dê bola. O homem não tem o que fazer. É senilidade prematura que costuma se observar nas famílias de legisladores hereditários. Vamos lá, Wimsey, toque-nos a *Ópera do vagabundo* ou outra coisa.

— Já basta, não basta? — disse lorde Peter, depois de o contente sr. Piggott ser despachado para casa após a noite agradável.

— Sinto dizer que sim — disse Parker —, mas é quase inacreditável.

— Não há nada de inacreditável na natureza humana — disse lorde Peter. — Pelo menos na natureza humana educada. Já tem o pedido de exumação?

— Devo ter amanhã. Pensei em combinar com as pessoas do asilo de pobres para amanhã à tarde. Terei que ir lá antes.

— Certíssimo. Avisarei minha mãe.

— Começo a me sentir como você, Wimsey. Que não gosto deste serviço.

— Estou gostando bem mais do que antes.

— Tem certeza de que não estamos cometendo um erro?

Lorde Peter havia caminhado até a janela. A cortina não estava fechada com perfeição e ele parou para assistir Piccadilly iluminada através da fenda. Nisso, se virou:

— Se estivermos — disse —, saberemos amanhã, e nenhum mal terá sido feito. Mas eu penso que você receberá alguma confirmação no seu caminho para casa. Veja bem, Parker: se eu fosse você, passaria a noite aqui. Temos um quarto extra; posso acomodá-lo.

Parker ficou o encarando.

— Você quer dizer... que eu posso sofrer um ataque?

— Acho muito provável.

— Tem alguém na rua?

— Agora não; há meia hora havia.

— Quando Piggott saiu?

— Sim.

— Ora... espero que o rapaz não esteja em perigo.

— Foi isso que eu fui conferir. Não creio que esteja. A verdade é que não creio que alguém fosse imaginar que teríamos um confidente em Piggott. Mas creio que você e eu estamos em perigo. Pode ficar?

— Nem que a vaca tussa, Wimsey; por que eu vou fugir?

— Que tolice! — disse Peter. — Você fugiria sim, se acreditasse em mim, e por que não? Você não acredita em mim. Aliás, você ainda não tem certeza se estou no caminho certo. Vá em paz, mas não diga que não lhe avisei.

— Não vou; vou ditar uma mensagem com meu último respiro para dizer que fui convencido.

— Bom, não vá caminhando. Pegue um táxi.

— Pois bem, vou pegar.

— E não deixe mais ninguém entrar.

— Não deixarei.

Fazia uma noite fria, desagradável. Um táxi parou no bloco de apartamentos vizinho e liberou-se de um grupo grande que voltava dos teatros, então Parker garantiu-o para si. Estava dando o endereço ao taxista quando um homem veio correndo de uma viela. Estava de smoking e sobretudo. Ele se apressou, fazendo sinal, frenético.

— Senhor! Senhor! Nossa! Oras, mas é sr. Parker! Que felicidade! Se pudesse fazer a gentileza... fui chamado no clube... um amigo doente... não encontro táxi... todo mundo está voltando do teatro... se eu pudesse dividir... o senhor está voltando para Bloomsbury? Quero ficar em Russell Square... se me permite... é questão de vida ou morte.

Ele falava em arfadas, como se estivesse correndo muito e vindo de longe. Parker de pronto desceu do táxi.

— Fico feliz em lhe ser útil, sir Julian — disse —, tome meu táxi. Eu estou indo para Craven Street, mas não tenho pressa. Por favor, use o táxi.

— É muito gentil da sua parte — disse o cirurgião. — Fico envergonhado...

— Está tudo bem — disse Parker, com alegria. — Posso esperar. — Ele ajudou Freke a entrar no táxi. — Qual é o número? Russell Square, número 24, motorista, e cuidado.

O táxi partiu. Parker subiu as escadas de novo e soou a campainha de lorde Peter.

— Obrigado, meu velho — disse ele. — Vou pousar aqui, afinal de contas.

— Entre — disse lorde Peter.

— Você viu? — perguntou Parker.

— Vi alguma coisa. O que aconteceu, exatamente?

Parker contou a história.

— Sendo sincero — disse —, eu estava achando você um tanto louco, mas agora não tenho essa certeza.

Peter riu.

— Benditos são aqueles que não viram, mas ainda assim creram. Bunter, o sr. Parker vai passar a noite.

— Veja cá, Wimsey, vamos conferir de novo a questão. Onde está a carta?

Lorde Peter apresentou o ensaio em diálogo de Bunter. Parker o estudou por um breve período em silêncio.

— Você sabe, Wimsey... tenho tantas objeções a essa ideia quanto o ovo tem gema.

— Assim como eu, meu velho. Por isso quero desenterrar nosso indigente de Chelsea. Exponha suas objeções.

— Bom...

— Bem, veja cá: não vou fingir que sei preencher todas as lacunas. Mas aqui temos duas ocorrências misteriosas na mesma noite e um encadeamento completo que liga uma à outra por uma pessoa em específico. É grosseiro, mas não está fora de cogitação.

— Sim, eu sei de tudo. Mas há um ou dois obstáculos bem claros.

— Sim, eu sei. Mas veja cá. De um lado, Levy desapareceu depois de ser visto pela última vez procurando Prince of Wales Road às 21 horas. Às oito da manhã seguinte, um morto, muito parecido com ele em linhas gerais, é descoberto numa banheira na Queen Caroline Mansions. Levy, por admissão do próprio Freke, ia ver Freke. Por informação recebida do abrigo de Chelsea, um homem, que corresponde à descrição do cadáver de Battersea em estado natural, foi entregue no mesmo dia a Freke. Temos Levy com um passado e sem futuro, por assim dizer; um andarilho desconhecido com um futuro (no cemitério) e sem passado, e Freke está entre o futuro deles e o passado deles.

— Parece tudo certo...

— Sim. Agora, mais: Freke tem motivo para livrar-se de Levy... uma antiga inveja.

— Muito antiga... e não serve bem como motivo.

— Sabe-se de pessoas que fazem esse tipo de coisa.* O senhor está pensando que as pessoas não guardam ciúmes por vinte anos ou mais. Talvez não. Ciúme não apenas primitivo,

---

* Não faltava autoridade a lorde Peter para exprimir esta opinião. "Em relação à motivação alegada, é de grande importância conferir se havia motivo para cometer tal crime, ou se não havia, ou se há uma improbabilidade tão forte de ele ter sido cometido que não seja sobrepujada por provas positivas. Mas *se houver alguma motivação que possa ser atribuída, sou forçado a lhes dizer que a inadequação desta motivação é de pouca importância.* Sabemos pela experiência com as cortes penais que crimes atrozes como esses foram cometidos por motivos insignificantes; *não apenas por malignidade e vingança,* mas para obter uma pequena vantagem pecuniária e por afugentar dificuldades preocupantes por algum tempo que seja." – L. C. J. Campbell, resumido em Reg. *v.* Palmer, Relatório Estenográfico, p. 308, C. C. C., maio de 1856, Sess. Pa. 5. (Itálicos meus. D. L. S.) [*N.A.*]

mas bruto. Isso significa uma palavra e uma estocada. Mas o que incomoda é a vaidade ferida. É ela que perdura. A humilhação. E todos temos um dolorido que não gostamos que toquem. Eu tenho. Você tem. Alguém disse que o inferno não conhece fúria maior do que a de uma mulher desprezada. Sobrou para as mulheres, coitadas. O sexo é a loucura de todo homem. Não precisa se inquietar, você sabe que é verdade. O homem aceita uma decepção, mas não uma humilhação. Conheci um que foi rejeitado... e não de um jeito muito caridoso... por uma moça com quem havia noivado. Ele falava razoavelmente bem dela. Eu perguntei o que havia sido dela. "Ah", disse, "casou com o outro camarada." E então ele irrompeu; não conseguiu se conter. "Jesus, sim!", gritou. "Imagine só... trocado por um escocês!" Não sei por que ele não gostava de escoceses, mas foi o que o magoou. Veja só Freke. Li os livros dele. Seus ataques aos antagonistas são selvagens. E ele é cientista. Mas ele não suporta oposição, nem no trabalho, onde qualquer homem de primeira linha é são e cabeça aberta. Você acha que ele é um homem que vai levar uma surra de outro em uma questão marginal? Na questão marginal mais sensível a um homem? As pessoas têm fortes opiniões sobre questões marginais, sabia? Eu entro em ebulição se alguém questiona meu juízo sobre um livro. E Levy, que há vinte anos era um ninguém, aparece e tira a garota de Freke debaixo do nariz dele. Não é com a moça que Freke se importava... foi com levar uma bordoada no narizinho aristocrático da parte de um judeuzinho zé-ninguém.

"Há mais uma coisa. Freke tem outra questão marginal. Ele gosta de crimes. Naquele livro de criminologia que escreveu, ele se regozija com um assassino calejado. Eu li e vi a admiração que brilha nas entrelinhas sempre que ele escreve sobre um criminoso insensível e bem-sucedido. Ele reserva o desprezo para as vítimas, pelos penitentes ou pelos homens que perdem a cabeça e são descobertos. Seus heróis são Edmond de la Pommerais, que persuadiu a amante a tornar-se cúmplice do próprio assassinato, e George Joseph Smith, o famoso das noivas na banheira, que podia fazer amor ardoroso com a esposa numa noite e levar a cabo o plano para assassiná-la pela manhã. Afinal de contas, ele pensa que a consciência é uma espécie de apêndice vermiforme. Se você extirpar, vai se sentir melhor. Freke não fica incomodado pela dissuasão diligente usual. Perceba sua própria mão nos livros. E de novo: O homem que foi à casa de Levy no lugar dele conhecia a casa. Freke conhecia a casa; era um homem ruivo, menor do que Levy, mas não muito, já que conseguia usar as roupas dele sem parecer ridículo. Você viu Freke, sabe a altura dele; por volta de 1,80 metro, imagino eu; e de sua crina castanho-avermelhada; é provável que usou luvas cirúrgicas, e Freke é cirurgião; foi um homem metódico e ousado: cirurgiões são, por obrigação, metódicos e ousados. Agora, veja o outro lado. O homem que conseguiu o cadáver de Battersea precisava de acesso a cadáveres. Freke, é óbvio, tinha acesso a cadáveres. Ele tinha que ser frio, veloz e insensível no lidar com um cadáver. Cirurgiões são. Ele tinha que ser forte para carregar o corpo pelos telhados e soltar pela janela de Thipps. Freke é um homem potente e faz parte do Alpine Club. É provável que ele tenha usado luvas cirúrgicas e soltado o corpo pelo telhado com uma atadura cirúrgica. Mais uma vez se aponta um cirurgião. Ele sem dúvida morava na vizinhança. Freke é vizinho. A moça que você entrevistou ouviu um baque no telhado da última casa. É a casa ao lado da de Freke. Toda vez que olhamos para Freke, ele leva a algum lugar, enquanto Milligan, Thipps, Crimplesham e todos os outros que honramos com nossa desconfiança não levam a lugar nenhum."

— Sim, mas não é algo tão simples como você está dizendo. O que Levy estaria fazendo, sorrateiramente, na casa de Freke naquela noite de segunda-feira?

— Bom, você tem a explicação de Freke.

— Podre, Wimsey. Você mesmo disse que não bastava.

— Excelente. Não basta. Portanto, Freke estava mentindo. Por que ele mentiria, a não ser que tenha alguma meta ao esconder a verdade?

— Bom, mas por que ele falaria disso?

— Porque Levy, contrário às expectativas, havia sido visto na esquina. Foi um incidente repugnante do ponto de vista de Freke. Ele achou que seria melhor aparecer de antemão com uma explicação... ou mais ou menos. Ele calculou, é claro, que ninguém conectaria Levy a Battersea Park.

— Bom, então voltamos à primeira pergunta. Por que Levy foi lá?

— Não sei, mas ele foi pego lá de algum modo. Por que Freke comprou todas aquelas ações de petróleo peruano?

— Não sei — disse Parker, por sua vez.

— Enfim — prosseguiu lorde Peter. — Freke o esperava, e fez preparativos para que ele mesmo abrisse a porta de casa, para que Cummings não visse quem havia chegado.

— Mas a pessoa saiu de novo às 22 horas.

— Ah, Charles! Não esperava isso de você. É puro Sugg! Quem o viu sair? Alguém disse "boa noite" e saiu andando pela rua. E você acredita que foi Levy porque Freke não se deu ao trabalho de explicar que não foi.

— Está me dizendo que Freke caminhou alegremente da casa até Park Lane e deixou Levy para trás... morto ou vivo... para Cummings descobrir?

— Temos a palavra de Cummings de que ele não fez nada disso. Alguns minutos depois dos passos saírem da casa, Freke soou a campainha da biblioteca e disse a Cummings para encerrar pela noite.

— Então...

— Ora... há uma porta extra na casa, creio eu. Aliás, você sabe que há, pois Cummings disse: a que leva ao hospital.

— Sim... bom, onde estava Levy?

— Levy subiu à biblioteca e nunca desceu. Você já esteve na biblioteca de Freke. Onde o deixaria?

— No quarto ao lado.

— Então foi onde ele o deixou.

— Mas imagine se o criado tivesse entrado para arrumar a cama?

— As camas são arrumadas pela governanta, antes das 22 horas.

— Sim... Mas Cummings ouviu Freke andando pela casa naquela noite.

— Ele o ouviu entrar e sair duas ou três vezes. Esperava que ele fizesse isso, de qualquer maneira.

— Quer dizer que Freke terminou o serviço completo antes das três da manhã?

— Por que não?

— Trabalhou rápido.

— Bom, pode chamar de rápido. Além do mais, por que as três? Cummings só o viu de novo quando o chamou para o café da manhã, às oito.

— Mas ele tomou um banho às três.

— Não estou dizendo que ele não voltou a Park Lane antes das três. Mas não creio que Cummings tenha entrado e olhado pelo buraco da fechadura do banheiro para conferir se ele estava na banheira.

Parker ficou pensando de novo.

— E quanto ao pincenê de Crimplesham? — perguntou.

— Isto é um tanto misterioso — disse lorde Peter.

— E por que o banheiro de Thipps?

— Ora, por quê? Puro acidente, quem sabe... ou pura diabrura.

— Você acha que esse plano tão complexo poderia ser arquitetado em uma noite só, Wimsey?

— Longe disso. Foi concebido assim que aquele homem com uma semelhança superficial a Levy entrou no abrigo. Ele teve vários dias.

UM CORPO NA BANHEIRA   183

— Entendo.

— Freke entregou-se na audiência de inquérito. Ele e Grimbold discordaram quanto à doença do homem. Se um homem pequeno (em termos comparativos) como Grimbold supõe discordar de um homem como Freke, é porque ele tem certeza das bases dele.

— Então... se a sua teoria for concreta... Freke cometeu um erro.

— Sim. Um erro leve. Ele estava se protegendo, com cautela desnecessária, de uma linha de raciocínio na mente de alguém... o médico do abrigo, quem sabe? Até então ele estava contando com o fato de que as pessoas não param para pensar em nada (um corpo, digamos) que já esteja contabilizado.

— O que o fez perder a cabeça?

— Um encadeamento de imprevistos. Levy ter sido reconhecido... o filho de minha mãe ter sido tolo em colocar em um classificado no *Times* a conexão dele com o lado Battersea do mistério... inspetor Parker (cujas fotografias têm sido proeminentes na imprensa ilustrada dos últimos dias) visto sentado ao lado da Duquesa de Denver na audiência de inquérito. Sua meta na vida era impedir que as duas pontas do problema se conectassem. E lá estavam os dois vínculos, lado a lado de forma literal. Muitos criminosos são derrotados pelo excesso de cautela.

Parker ficou em silêncio.

11

— A neblina fechada habitual, por Júpiter — disse lorde Peter.

Parker resmungou e brigou com o sobretudo até vesti-lo.

— A maior satisfação que tenho, se assim posso dizer — prosseguiu o nobre lorde —, é, que numa colaboração como a nossa, toda parte rotineira, desinteressante e desagradável fique a seu cargo.

Parker resmungou de novo.

— Prevê alguma dificuldade quanto ao mandado? — questionou lorde Peter.

Parker resmungou pela terceira vez.

— Imagino que tenha tratado para que toda essa questão tenha ficado na surdina?

— É claro.

— Amordaçou o pessoal do asilo?

— É claro.

— E a polícia?

— Sim.

— Porque, caso não tenha, é provável que não haja ninguém a prender.

— Meu caro Wimsey, acha que eu sou um imbecil?

— Eu não tinha tal esperança.

Parker deu o último resmungo e partiu.

Lorde Peter acomodou-se para fazer uma leitura atenta do seu Dante. Não lhe rendeu consolo. A formação em escola particular prejudicava a carreira de detetive particular de lorde Peter. Apesar das advertências de Parker, ele nem sempre conseguia deixá-la de lado. A mente fora distorcida ainda na juventude por "Raffles" e por "Sherlock Holmes", ou pelos climas que representam. Ele pertencia a uma família que nunca disparara contra uma raposa.

— Sou um amador — disse lorde Peter.

Mesmo assim, em comunhão com Dante, ele se decidiu.

À tarde, ele se viu na Harley Street. Sir Julian Freke dava consultas sobre os nervos das catorze às dezesseis horas, nas terças e sextas-feiras. Lorde Peter soou a campainha.

— Tem consulta marcada, senhor? — perguntou o homem que abriu a porta.

— Não — disse lorde Peter —, mas poderia entregar meu cartão a sir Julian? Creio que seja possível que ele me atenda sem marcar.

Ele sentou-se na belíssima sala na qual os pacientes de sir Julian aguardavam o atendimento remediante. Estava cheia. Duas ou três mulheres muito bem-vestidas discutiam magazines e criados, incomodando um toy griffon. Um homem corpulento e com cara de preocupado, sozinho em um canto, olhou para o relógio vinte vezes em um minuto. Lorde Peter o conhecia de vista. Era Wintrington, o milionário que havia tentado o suicídio há poucos meses. Ele controlava as finanças de cinco países, mas não conseguia controlar os nervos. As finanças de cinco países estavam nas aptas mãos de sir Julian Freke. Perto da lareira havia um jovem de aparência soldadesca, mais ou menos da idade de lorde Peter. Seu rosto estava prematuramente enrugado e gasto; ele estava sentado reto, os olhos inquietos disparando na direção de cada mínimo ruído. No sofá, havia uma senhora de idade com aparência modesta, junto a uma garotinha. A menina parecia apática e infeliz;

o olhar da senhora mostrava profunda afeição e nervosismo temperado por tímida esperança. Logo ao lado de lorde Peter havia outra mulher com uma menininha, e lorde Peter percebeu em ambas os molares amplos e os olhos cinzentos e puxados dos eslavos. A criança, remexendo-se inquieta, pisou no dedo de Peter por baixo do couro envernizado, e a mãe a advertiu em francês antes de virar-se para pedir desculpas a lorde Peter.

— *Mais je vous en prie, madame* — disse o jovem —, não foi nada.

— Está nervosa, *pauvre petite** — disse a mulher.

— Procura tratamento para ela?

— Sim. Ele é maravilhoso, esse doutor. Imagine só, *monsieur,* que ela não consegue esquecer, pobre criança, as coisas que viu. — Ela chegou mais perto para que a criança não ouvisse. — Nós fugimos... da Rússia, da fome... há seis meses. Não ouso lhe contar tudo... ela tem ouvidos lépidos, e aí começam gritos, tremedeiras, convulsões... tudo de novo. Éramos esqueletos quando chegamos... *mon Dieu...* mas agora está melhor. Veja como está magra, mas não está famélica. Ela estaria mais gorda, não fossem os nervos que não a deixam comer. Nós que somos mais velhos, nós esquecemos... *Enfin, on apprend à ne pas y penser...*** mas as crianças! Quando se é moço, *monsieur, tout ça impressionne trop.****

Lorde Peter, fugindo das garras das boas maneiras britânicas, expressou-se na língua em que a solidariedade não fica confinada ao mutismo.

— Mas ela está bem melhor, bem melhor — disse a mãe orgulhosa. — Esse grande médico faz maravilhas.

— *C'est un homme précieux***** — disse lorde Peter.

---

* "Pobrezinha." [*N.T.*]
** "Nós aprendemos a deixar de lado." [*N.T.*]
*** "...senhor, tudo nos deixa marcas." [*N.T.*]
***** "Ele é um homem precioso." [*N.T.*]

— *Ah, monsieur, c'est un saint qui opère des miracles! Nous prions pour lui, Natasha et moi, tous les jours. N'est--ce pas, chérie?* E pense, *monsieur,* que ele faz tudo isso, *cet grand homme, cet homme illustre,*[*] por absolutamente nada. Quando viemos aqui, nós não tínhamos nada além das roupas do corpo. Estávamos arruinadas, famintas. *Et avec ça que nous sommes de bonne famille... mais hélas! monsieur, en Russie, comme vous savez, ça ne vous vaut que des insultes... des atrocités. Enfin!*[**] O grande sir Julian nos atende e diz: "Madame, sua garotinha me é muito interessante. Não diga mais nada. Vou curá-la por nada... *pour ses beaux yeux",* a-t--il ajouté en riant. Ah, *monsieur, c'est un saint, un véritable saint!*[***] E Natasha está muito melhor.

— *Madame, je vous en félicite.*[****]

— E *monsieur?* O *monsieur* é jovem, está bem, forte... Também sofre? Seria da guerra, quem sabe?

— Alguns resquícios de estresse pós-traumático — disse lorde Peter.

— Ah, sim. Tantos jovens corajosos...

— Sir Julian lhe concederá alguns minutos, milorde, se puder entrar agora — disse o atendente.

Lorde Peter fez uma mesura à vizinha e atravessou a sala de espera. Quando a porta da sala de consultas fechou-se às suas costas, ele lembrou-se de quando entrou, disfarçado, no gabinete de um oficial alemão. Teve a mesma sensação: a de ter sido capturado por uma armadilha e um misto de bravata com vergonha.

---

[*] "Ah, senhor, ele é como um santo que faz milagres! Natasha e eu rezamos por ele todos os dias. Não é, querida?" e depois "Este grande homem, este homem ilustre." [*N.T.*]

[**] "E isso que somos de boa família. Mesmo assim, na Rússia, como o senhor sabe, isso não nos poupa de insultos... das atrocidades. Enfim!" [*N.T.*]

[***] "\por seus lindos olhos, ele complementou, sorrindo! Ah, senhor, ele é um santo, um santo de verdade!" [*N.T.*]

[****] "Eu a saúdo, senhora." [*N.T.*]

Ele havia visto Sir Julian Freke diversas vezes de longe, mas nunca de perto. Agora, enquanto detalhava cuidadosa e genuinamente as circunstâncias do ataque nervoso recente que teve, ele analisava o homem diante de si. Um homem mais alto do que ele, com imensa amplitude nos ombros e mãos maravilhosas. Um rosto bonito, comovente e cruel; olhos de fanático, irresistíveis, de um azul-claro em meio ao emaranhado intenso de cabelo e barba. Não eram os olhos frios e gentis do médico da família, eram os olhos taciturnos do cientista inspirado que inspecionavam o outro.

Bem, pensou lorde Peter. *De qualquer maneira, não terei que ser explícito.*

— Sim — disse Julian —, sim. Você tem trabalhado demais. Atabalhoado a mente. Sim. Mais que isso, quem sabe... perturbando sua mente, podemos dizer assim?

— Eu me vi diante de uma contingência alarmante.

— Sim. Inesperada, quem sabe.

— Inesperada ao extremo.

— Sim. Após um período de tensão mental e física.

— Bom... talvez. Nada fora do comum.

— Sim. A contingência inesperada era... pessoal?

— Ela exigiu a atenção imediata quanto a minhas atitudes... sim, nesse sentido certamente foi pessoal.

— Deveras. O senhor teria que assumir certa responsabilidade, sem dúvida.

— Uma responsabilidade muito séria.

— Que afeta outros afora o senhor?

— Que afeta vitalmente outra pessoa e, de forma indireta, um grande número de pessoas.

— Sim. Era noite. O senhor estava no escuro?

— De início, não. Acho que desliguei a luz depois.

— Entendo. Essa ação seria sugerida naturalmente ao senhor. Estava aquecido?

— Acho que a lareira havia se apagado. Meu criado disse que eu estava batendo os dentes quando o procurei.

— Sim. O senhor mora em Piccadilly?

— Moro.

— O trânsito pesado às vezes vai além da noite, imagino.

— Ah, com frequência.

— Pois. Então, essa decisão a que se refere... o senhor havia tomado a decisão.

— Sim.

— Estava mesmo decidido?

— Ah, sim.

— O senhor havia decidido tomar a atitude, independentemente de qual fosse.

— Sim.

— Sim. Talvez tenha envolvido um período de inércia.

— De inatividade, sim, em termos relativos... sim.

— De suspense, podemos dizer assim.

— De perigo, era possível?

— Não sei se perigo estava na minha mente naquele momento.

— Não... era um caso em que o senhor não se poderia levar em consideração.

— Se o senhor preferir assim.

— Sim. Deveras. O senhor teve esses ataques com frequência em 1918?

— Sim... passei meses doente.

— Entendo. E desde então eles são menos frequentes?

— Muito menos.

— Sim... quando aconteceu o último?

— Por volta de nove meses atrás.

— Sob quais circunstâncias?

— Eu estava preocupado com questões de família. Era um algo relativo a decidir investimentos e eu era o principal responsável.

— Sim. O senhor esteve interessado, creio, em um caso de polícia no ano passado?

— Sim... na recuperação do colar de esmeralda de lorde Attenbury.

— Que envolveu exercício mental rigoroso?

— Creio que sim. Mas eu gostei muito.

— Sim. O esforço para resolver o problema foi acompanhado de algum resultado negativo em termos físicos?

— Nenhum.

— Não. O senhor ficou envolvido, mas não aflito.

— Exato.

— Sim. O senhor tem se envolvido em outras investigações como essa?

— Sim. Pequenas.

— Com resultados ruins para sua saúde?

— Nem um pouco. Pelo contrário. Eu assumi esses casos como uma forma de distração. Tive um revés feio logo depois da guerra, que não ajudou a situação para mim, se me entende.

— Ah! O senhor não é casado?

— Não.

— Não. Permite-me fazer um exame? Basta chegar um pouco mais perto da luz. Quero ver seus olhos. Quem o senhor já consultou?

— Com Sir James Hodges.

— Ah! Sim... foi uma triste perda para a Medicina. Um grande homem. Cientista genuíno. Sim. Obrigado. Agora eu gostaria de testar uma invenção recente.

— O que ela faz?

— Bom... ela me deixa a par das suas reações nervosas. Pode sentar-se aqui?

O exame que se seguiu foi puramente médico. Quando concluído, sir Julian disse:

— Agora, lorde Peter, vou falar do senhor com linguagem nada técnica...

— Obrigado — disse Peter —, muito gentil da sua parte. Sou um tolo quando se trata de palavras compridas.

— Sim. O senhor tem estima pelo teatral, lorde Peter?

— Não em especial — disse Peter, genuinamente surpreso. — Acho tedioso, por regra. Por quê?

— Achei que teria — disse o especialista, seco. — Bom, então. O senhor sabe muito bem que a tensão que depositou nos nervos durante a guerra deixou marcas. Deixou o que eu chamo de cicatrizes no cérebro. As sensações que suas terminações nervosas recebem disparam mensagens a seu cérebro e ali provocam mudanças físicas, que são mínimas... mudanças que ainda estamos começando a detectar, com nossos instrumentos mais delicados. Essas mudanças, por sua vez, ativam sensações; ou, eu devia dizer, mais precisamente, essas sensações são os nomes que damos a essas mudanças no tecido, quando percebidas. São o que chamamos de terror, medo, responsabilidade e assim por diante.

— Sim, estou entendendo.

— Pois bem. Agora, se o senhor estimula esses pontos prejudicados no seu cérebro mais uma vez, o senhor corre o risco de abrir velhas feridas. Quero dizer que, se o senhor tiver sensações nervosas de qualquer tipo que provoquem as reações que chamamos de terror, medo e responsabilidade, elas podem perturbar o canal antigo e, por sua vez, provocar mudanças físicas que o senhor chamará pelos nomes a que estava acostumado a associar com elas... medo de minas alemãs, responsabilidade pelas vidas de seus homens, tensão e a incapacidade de distinguir pequenos ruídos em meio ao alarido avassalador das armas.

— Entendo.

— Esse efeito seria aumentado por circunstâncias alheias que produzem outras sensações físicas familiares: noite, frio ou o som de trânsito pesado, por exemplo.

— Sim.

— Sim. As cicatrizes estão quase curadas, mas não por inteiro. O exercício normal das suas faculdades mentais não tem efeito negativo. Apenas quando se estimula a parte ferida do seu cérebro.

— Sim, entendo.

— Sim. O senhor deve evitar ocasiões como essas. O senhor precisa aprender a ser irresponsável, lorde Peter.

— Meus amigos me dizem que já sou irresponsável demais.

— É provável. O temperamento nervoso sensível assim costuma parecer devido à agilidade mental.

— Ah!

— Sim. Essa responsabilidade em particular do qual falava ainda está sob seus ombros?

— Sim, está.

— O senhor ainda não foi até o fim com a estratégia pela qual se decidiu?

— Ainda não.

— O senhor sente-se obrigado a ir até o fim?

— Ah, sim... agora não tenho como recuar.

— Não. Está esperando mais tensão?

— Alguma.

— Acredita que ainda tarda a se encerrar?

— Agora, pouquíssimo tempo.

— Ah! Seus nervos não estão nas condições que deviam.

— Não?

— Não. Nada a se alarmar, mas o senhor deve ter cuidado enquanto passa por essa tensão e depois deve fazer descanso completo. Que tal uma viagem pelo Mediterrâneo, pelos Mares do Sul ou outro lugar?

— Obrigado. Vou pensar.

— Enquanto isso, para superar o percalço imediato, eu lhe darei algo para fortalecer seus nervos. Não lhe dará bem permanente, entenda, mas ajudará a superar o momento ruim. E eu lhe darei uma receita.

— Obrigado.

Sir Julian levantou-se e entrou em uma pequena sala de exames ao lado do consultório. Lorde Peter o viu se movimentar... ferver alguma coisa e escrever. Na mesma hora ele voltou com um papel e uma seringa hipodérmica.

— Aqui está a receita. E agora, se puder levantar a manga, vou tratar da necessidade de momento.

Lorde Peter obedientemente enrolou a manga. Sir Julian Freke selecionou uma parte do antebraço e a untou com iodo.

— O que o senhor vai injetar em mim? Micróbios?

O médico riu.

— Não com exatidão — disse. Ele beliscou uma porção de pele entre o dedo e o dedão. — O senhor já passou por isso, creio eu.

— Ah, sim — disse lorde Peter. Ele olhou os dedos frios, fascinado, e a aproximação firme da agulha. — Sim... já tive... e no caso... eu não gostaria.

Ele havia levantado a mão direita, e ela fechou-se no punho do cirurgião como um torno.

O silêncio foi como um choque. Os olhos azuis não vacilaram; eles arderam, fixos, sob as pálpebras brancas e pesadas logo abaixo. Então se ergueram, devagar; os olhos cinza encontraram os azuis... frios, firmes... e ali se mantiveram.

Quando amantes se abraçam, parece que não há som no mundo além da respiração dos dois. Assim respiravam esses dois homens, face a face.

— Como quiser, lorde Peter — disse sir Julian em tom cortês.

— Sinto dizer que ainda sou um abobado — disse lorde Peter —, mas nunca consegui tolerar essas engenhocas. Uma vez tive uma que deu errado e me deixou em maus lençóis. Elas me deixam um tanto nervoso.

— Nesse caso — respondeu sir Julian —, com certeza seria melhor não fazer a injeção. Ela pode despertar essas sensações que temos necessidade de evitar. O senhor tomará a prescrição, portanto, e fará o possível para diminuir a tensão imediata, o máximo que puder.

— Ah, sim... eu vou diminuir o ritmo, obrigado — disse lorde Peter. Ele baixou a manga com cuidado. — Sou muito agradecido ao senhor. Se eu tiver mais complicações, volto a procurá-lo.

— Sim... sim... — disse sir Julian, de bom grado. — Mas, da próxima vez, marque uma consulta. Ando muito atarefado. Espero que sua mãe esteja bem. Eu a vi no outro dia, no inquérito a respeito de Battersea. O senhor devia ter ido. Teria achado interessante.

12

A neblina vil e brutal rasgava a garganta e atacava os olhos. Não se via os próprios pés. Ao caminhar, se tropeçava nos túmulos dos indigentes.

A sensação do velho capote de Parker sobre os dedos era aconchegante. Era algo que você já havia sentido em lugares piores. Você se apegava agora com medo de ficar separado. As pessoas apagadas que se mexiam na sua frente lembravam espectros de Brocken.

— Cuidem-se, senhores — disse uma voz sem tom, saída das trevas amarelas —, há uma vala aberta por aqui. Você desviou e tropeçou em uma pilha de barro remexida há pouco tempo.

— Espere aí, meu velho — disse Parker.

— Onde está lady Levy?

— No necrotério; a Duquesa de Denver está junto. Sua mãe é maravilhosa, Peter.

— Não é mesmo? — disse lorde Peter.

Uma luz azul fraca que alguém carregava oscilou e depois parou.

— Aqui estão vocês — disse uma voz.

Duas formas dantescas com rastilhos levantaram-se.

— Já terminaram? — perguntou alguém.

— Quase no fim, senhor. — Os pobres diabos voltaram ao trabalho com os rastilhos... não, eram pás.

Alguém espirrou. Parker localizou o espirrão e apresentou-se.

— O sr. Levett representa o secretário de Estado. Lorde Peter Wimsey. Sentimos muito por trazê-lo em um dia desses, sr. Levett.

— Faz parte do trabalho — disse sr. Levett, rouco. Ele estava agasalhado até os olhos.

O som das pás, por vários minutos. Depois, o de ferramentas de ferro jogadas no chão. Pobres diabos se curvando e fazendo esforço.

Um espectro de barba escura chegou na altura do seu cotovelo. Apresentou-se. Era o diretor do asilo.

— Questão muito dolorosa, lorde Peter. Vai me perdoar por torcer que o senhor e sr. Parker estejam enganados.

— Eu também gostaria de estar.

Algo arfante, pesado, saindo do chão.

— Firmes, homens! Por aqui. Conseguem enxergar? Cuidado com os túmulos... aqui eles ficam bem juntos. Estão prontos?

— Tudo certo, senhor. Pode ir com o lampião. Nós vamos atrás.

Passos arrastados. A visão do capote de Parker de novo.

— É você, meu velho? Ah, peço desculpas, sr. Levett... achei que fosse Parker.

— Opa, Wimsey... aí está você.

Mais túmulos. Uma lápide encostada, torta. Uma tropeçada e um solavanco na beira da grama áspera. O guincho do cascalho sob os pés.

— Por aqui, cavalheiros. Cuidado com o degrau.

O necrotério. Tijolos vermelhos à vista e jatos de gás. Duas mulheres de preto e o dr. Grimbold. O túmulo foi deitado sobre a mesa com um baque pesado.

— Tá com a chave de fenda, Bill? Brigado. Se cuida com o cinzel. Essas tábuas, olha, não são muito firmes, não.

Rangidos longos. Um gemido. A voz da duquesa, gentil, mas peremptória.

— Silêncio, Christine. Não é para você chorar.

O burburinho de vozes. A partida dos pobres diabos de Dante, cambaleantes... diabinhos bons, decorosos, vestindo veludo.

A voz do dr. Grimbold... suave e distante, como se estivesse no consultório.

— Então... trouxe o lampião, sr. Wingate? Obrigado. Sim, aqui na mesa, por favor. Cuidado para não tocar seu cotovelo no fio, sr. Levett. Seria melhor, creio eu, se viesse por este lado. Sim... sim... obrigado. Excelente.

O círculo brilhante repentino de uma luz elétrica sobre a mesa. A barba e os óculos do dr. Grimbold. O sr. Levett assoando o nariz. Parker curvando-se. O diretor do abrigo espiando-o. O resto da sala na penumbra, intensificada pelos jatos de gás e pela neblina.

O burburinho das vozes. Todas as cabeças curvadas sobre o trabalho.

Dr. Grimbold de novo... passando o círculo da luz do lampião.

— Não queremos incomodá-la sem necessidade, lady Levy. Se puder nos dizer o que devemos procurar... no...? Sim, sim, com certeza... e... sim... uma obturação de ouro? Sim... na arcada inferior, o penúltimo à direita? Sim... não faltam dentes... não... sim? Que tipo de verruga? Sim... acima do mamilo esquerdo? Ah, desculpe, logo abaixo... sim... apendicite? Sim... comprida... sim... no meio? Sim, entendo. Uma cicatriz no braço? Sim, não sei se conseguiremos encontrar... sim... outro ponto inerente que possa...? Ah, sim... artrite... sim... obrigado, lady Levy, está claríssimo. Não venha a não ser que eu lhe peça. Então, Wingate.

Uma pausa. Um burburinho.

— Arrancado? Depois da morte, o senhor acha... bom, eu também. Onde está o dr. Colegrove? O senhor tratou deste homem no abrigo? Sim. O senhor se recorda...? Não? E tem certeza? Sim... Não podemos cometer enganos, se é que me entende. Sim, mas há motivos para sir Julian não estar presente; estou perguntando ao *senhor,* dr. Colegrove. Bom, o senhor tem certeza... era tudo que eu queria saber. Apenas aproxime a luz, sr. Wingate, se possível. Essas caixas miseráveis deixam toda a umidade entrar em seguida. Ah! O que o senhor tira daqui? Sim... sim... bom, é inegável, não é? Quem fez a cabeça? Ah, Freke... é claro. Eu ia dizer que fizeram um bom serviço em St. Luke's. Lindo, não é, dr. Colegrove? Um cirurgião maravilhoso... eu o vi quando estava no hospital escola. Ah, não, larguei há anos. Nada como manter a prática. Ah... sim, sem dúvida é isso. Tem uma toalha à mão, senhor? Obrigado. Sobre a cabeça, se possível... creio que temos outra aqui. Agora, lady Levy... vou lhe pedir que observe a cicatriz e veja se a reconhece. Tenho certeza de que vai nos ajudar se ficar bem segura. Leve o tempo que precisar... a senhora não verá muito mais do que precisa.

— Lucy, não me abandone.

— Não, querida.

Um espaço se abriu na mesa. A luz do lampião sobre o cabelo branco da duquesa.

— Ah, sim... ah, sim! Não, não... eu não teria como me enganar. Tem aquela dobra esquisita. Eu vi centenas de vezes. Ah, Lucy... Reuben!

— Só mais um momento, lady Levy. A verruga...

— Eu... eu acho que sim... ah, sim, no lugar exato.

— Sim. E a cicatriz... era com três pontas, logo acima do cotovelo?

— Sim. Ah, sim.

— É esta?

— Sim... sim...

— Preciso que esteja segura, lady Levy. A senhora, a partir destas três marcas, identifica o corpo como o de seu marido?

— Ah! Eu preciso, não é? Ninguém mais poderia ter a mesma, mas em outros pontos? É o meu marido. É Reuben. Ah...

— Obrigado, lady Levy. A senhora foi muito corajosa e muito prestativa.

— Mas... ainda não entendi. Como ele chegou aqui? Quem fez uma coisa tão terrível?

— Silêncio, querida — disse a duquesa. — A pessoa será punida.

— Ah, mas... que crueldade! Pobre Reuben! Quem iria lhe querer mal? Posso ver o rosto?

— Não, querida — disse a duquesa. — Não será possível. Venha cá... não podemos perturbar o médico e a equipe.

— Não... não... eles foram muito gentis. Oh, Lucy!

— Vamos para casa, querida. O senhor não precisa mais de nós, dr. Grimbold?

— Não, duquesa, obrigado. Somos muito gratos à senhora e à lady Levy por terem vindo.

Ouviu-se uma pausa enquanto as duas mulheres saíam. Parker, recolhido e prestativo, as escoltou até o carro que as esperava. Então dr. Grimbold falou de novo:

— Creio que Lorde Peter Wimsey deveria ver... como estava correto em suas deduções... lorde Peter... é muito doloroso... talvez o senhor queira ver... Sim, eu estava inquieto na audiência... Sim... lady Levy... prova claríssima... Sim... um caso chocante... Ah, aqui está sr. Parker... O senhor e Lorde Peter Wimsey estão justificados de forma plena... eu entendi direito... Mesmo? Mal posso acreditar... Um homem tão distinto... Como o senhor diz, quando um cérebro desses se volta para o crime... Sim... veja só! Um trabalho maravilhoso... maravilhoso... um tanto ofuscado pelo tempo, é claro... Mas as incisões, tão belas... Aqui, veja, o hemisfério esquerdo... E aqui...

pelo *corpus striatum*... Aqui de novo... o rastro exato que o golpe deixou... Maravilhoso... Eu supus... vi o efeito do golpe quando ele deu, sabe... Ah, como eu gostaria de ver o cérebro *dele*, sr. Parker... E pensar que... pelos céus, lorde Peter, o senhor não sabe do baque que causou à nossa profissão como um todo... ao mundo civilizado como um todo! Ah, meu caro senhor! Pode me perguntar? Meus lábios estão lacrados, é claro... todos nossos lábios estão.

A volta pelo cemitério. Neblina de novo e o barulho do cascalho molhado.

— Seus homens estão prontos, Charles?

— Eles já foram. Eu os dispensei quando levei lady Levy ao carro.

— Quem está com eles?

— Sugg.

— Sugg?

— Sim... o pobre diabo. Ele está sendo descascado na delegacia pela porcaria que fez no caso. Todas as provas de Thipps no clube noturno tiveram corroboração, sabia? Acharam a moça a quem ele comprou o gim com licor, trouxeram-na e ela o identificou. Concluíram que não tinham mais processo e liberaram Thipps e a empregada, Horrocks. Depois disseram a Sugg que ele havia se excedido na função e devia ter sido mais cuidadoso. Devia mesmo, mas ele não deixa de ser um imbecil. Fiquei com pena do homem. Talvez lhe faça companhia na execução. Afinal, Peter, você e eu tivemos vantagens.

— Sim. Bom, não interessa. Quem quer que vá não chegará a tempo. Sugg serve tanto quanto outro.

Mas Sugg... uma experiência rara em sua carreira... havia chegado a tempo.

Parker e lorde Peter estavam em Piccadilly, número 110A. Lorde Peter estava tocando Bach e Parker lia Orígenes quando a chegada de Sugg foi anunciada.

— Pegamos o homem, senhor — disse.

— Por Deus! — disse Peter. — Vivo?

— Chegamos bem a tempo, milorde. Soamos a campainha e passamos em marcha pelo criado até a biblioteca. Ele estava sentado, escrevendo. Quando nós entramos, ele tentou pegar a seringa, mas fomos mais rápidos, milorde. Não queríamos deixar que escapulisse depois de chegarmos tão longe. Fizemos uma revista minuciosa e o levamos.

— Está no xilindró, então?

— Ah, sim... em segurança... com dois carcereiros a postos para ele não buscar a saída fácil.

— O senhor me surpreende, inspetor. Tome uma bebida.

— Obrigado, milorde. Posso dizer que lhe sou muito grato... esse caso estava virando meu ovo podre. Se eu fui grosseiro com vossa senhoria...

— Ah, está tudo bem, inspetor — disse lorde Peter, sem delongas. — Não vejo como o senhor teria como desvendar. Tive a sorte de saber um pouco mais a partir de outras fontes.

— É o que Freke diz. — O grande cirurgião já era um criminoso comum aos olhos do inspetor... um mero sobrenome. — Ele estava escrevendo a confissão completa quando nós chegamos, endereçada a vossa senhoria. A polícia terá que ficar com a carta, é claro, mas como é dirigida ao senhor, eu a trouxe para que o senhor a lesse primeiro. Aqui está.

Ele entregou um documento volumoso a lorde Peter.

— Obrigado — disse Peter. — Gostaria de ouvir, Charles?

— Deveras.

Dada a resposta, lorde Peter começou a ler em voz alta.

13

Caro lorde Peter,

Quando eu era jovem, costumava jogar xadrez com um velho amigo de meu pai. Ele era um jogador muito ruim e muito lento, e nunca percebia quando o xeque-mate era inevitável, mas insistia em fazer todas as jogadas até o fim. Eu nunca tive paciência com esse tipo de postura, e admito de livre e espontânea vontade que o senhor venceu o jogo. Preciso ou ficar em casa e ser levado à forca ou fugir para o exterior e viver na obscuridade ociosa e insegura. Prefiro reconhecer a derrota.

Se leu meu livro sobre a *Insanidade criminosa*, o senhor há de lembrar que escrevi: Na maioria dos casos, o criminoso revela-se por meio de alguma anormalidade concernente à condição patológica dos tecidos nervosos. A instabilidade mental se revela de várias formas: uma vaidade desmedida, que o leva a se vangloriar de suas conquistas, uma avaliação desproporcional da importância do delito, resultante da alucinação religiosa e que o leva à confissão; o egocentrismo, que propicia a sensação de terror ou convicção de pecado e que o leva a uma fuga precipitada sem cobrir o rastro; uma convicção implacável, que resulta na negligência quanto a precauções mais ordinárias, como no caso de Henry Wainwright, que deixou um garoto como responsável pelos restos da mulher assassinada enquanto ia chamar um coche; ou, por outro lado, a desconfiança nervosa de apercepções no próprio histórico, o que o leva a revisitar a cena do crime para assegurar-se de que todos os rastros foram removidos com segurança como *o próprio juízo sabe que foram.* Eu não hesito em afirmar que um homem em perfeita sanidade, que não é intimidado por delírios religiosos ou outros, poderia ficar plenamente a salvo da descoberta, desde que, no caso, o crime tenha sido premeditado de modo suficiente e que ele não estivesse sob pressão das horas ou traído pelos cálculos com coincidências puramente fortuitas.

O senhor sabe tanto quanto eu como levei essa afirmação a sério na prática. Os dois acasos que me revelaram são do tipo que eu não teria possibilidade de antever. O primeiro foi a identificação de Levy pela moça em Battersea Park, o que sugeriu uma conexão entre os dois problemas. O segundo foi que Thipps deveria ter feito preparativos para ir a Denver na terça-feira de manhã, assim possibilitando que sua mãe o informasse do caso antes que o corpo fosse levado pela polícia e sugerisse uma motivação para o assassinato a partir do que ela conhecia de meu histórico. Se eu fosse capaz de eliminar esses dois elos circunstanciais, forjados por acidente, eu me aventuro a dizer que o senhor nunca teria sequer suspeitado de mim, quanto menos obtido prova para condenação.

De todas as emoções humanas, exceto aquelas de fome e medo, o apetite sexual é a que rende as reações mais violentas e, sob certas circunstâncias, as mais insistentes; eu creio, contudo, que estou certo em dizer que no momento em que escrevi meu livro, meu impulso sensual original de matar Sir Reuben Levy já havia sido profundamente modificado pelos meus hábitos de raciocínio. À ânsia animal de matar e ao desejo humano primitivo da vingança, havia de acréscimo a intenção racional de substanciar minhas próprias teorias para satisfação própria e do mundo. Se tudo houvesse ocorrido como eu planejara, eu depositaria um relato lacrado do meu experimento no Banco da Inglaterra, instruindo a meus executores para publicá-lo após minha morte. Agora que o acidente deturpou a inteireza da minha demonstração, confio o relato ao senhor, a quem não deixará de causar interesse, e solicito que o divulgue entre homens da ciência, fazendo jus à minha reputação profissional.

Os fatores de fato essenciais ao sucesso em qualquer empreitada são dinheiro e oportunidade. Por regra, o homem que consegue o primeiro consegue o segundo. No meu início de carreira, embora já fosse muito bem de vida, eu não tinha controle total das circunstâncias. Assim, dediquei-me à minha profissão e contentei-me em manter uma relação amigável com Reuben Levy e família. Isso me possibilitou manter contato com sua fortuna e interesses, de modo que, quando chegasse o momento de agir, eu saberia que armas usar.

Nesse meio-tempo, fiz um estudo atento de criminologia na literatura e nos fatos. Meu trabalho em *Insanidade criminosa* foi subproduto dessa atividade. E assim vi que, em qualquer assassinato, o xis da questão estava no descarte do corpo. Como médico, os métodos de morte estavam sempre à minha disposição de pronto e era improvável que eu fosse cometer algum erro nessa conexão. Tampouco havia probabilidade de eu me trair devido a uma noção ilusória de transgressão. A única dificuldade seria a de eliminar toda conexão entre minha pessoa e a do cadáver. O senhor há de lembrar que Michael Finsbury, no agradável romance de Stevenson, observa: "O que enforca as pessoas é a circunstância infeliz da culpa". Ficou-me evidente que o mero abandono de um cadáver poderia condenar qualquer um, desde que ninguém fosse culpado em vínculo *com aquele cadáver em particular*. Daí a ideia de substituir o corpo por outro se alcançou depressa, embora tenha sido apenas quando obtive a orientação pragmática de St. Luke's Hospital que me vi perfeitamente desembaraçado quanto à escolha e manejo de cadáveres. Daquele período em diante, mantive atenção cuidadosa a todo material que me era trazido para dissecção.

Minha oportunidade só se apresentou na semana anterior ao desaparecimento de sir Reuben, quando o médico responsável pelo asilo de pobres de Chelsea me enviou a informação de que um indigente não identificado havia se ferido na manhã devido à queda de uma peça de andaime e estava manifestando reações nervosas e cerebrais muito interessantes. Eu fui até o abrigo e conferi o caso, e fui imediatamente acometido pela forte semelhança entre a aparência do homem e a de Sir Reuben. Ele havia sido atingido com força na nuca, deslocando a quarta e a quinta vértebras cervicais e ferindo gravemente a medula vertebral. Era muito improvável que ele fosse se recuperar, de forma mental ou física, e, enfim, não vi vantagem em prolongar existência tão desvantajosa. Era evidente que ele fora capaz de sustentar-se e viver até pouco tempo, dado que era razoavelmente bem nutrido, mas o estado de seus pés e roupas mostravam que era desempregado e, nas condições atuais, era provável que continuasse assim. Decidi que ele combinaria muito bem com meus propósitos e na mesma hora ativei certas transações no centro da cidade que já havia esboçado na minha mente. Nesse meio-tempo, as reações mencionadas pelo médico do abrigo me foram interessantes de fato e fiz estudos com atenção. Combinei a entrega do corpo ao hospital assim que eu tivesse feito meus preparativos.

Na quinta e na sexta-feira daquela semana, fiz outros arranjos privados com vários corretores para comprar as ações de certos campos de petróleo peruanos que haviam caído quase ao preço de jornal velho. Esta parte do experimento não me custou tanto, mas eu planejava atrair curiosidade considerável e até leve animação. Naquele momento, é claro que tive o cuidado de não deixar que meu nome aparecesse. A incidência do sábado e do domingo me causaram alguma ansiedade, pois eu temia que meu homem pudesse falecer antes de eu estar a postos. Porém, com o uso de injeções salinas, consegui mantê-lo com vida e, no fim da noite de domingo, ele inclusive manifestou sintomas preocupantes, por assim dizer, de recuperação parcial.

Na segunda-feira pela manhã, o mercado do petróleo peruano abriu bruscamente. É evidente que circulavam os boatos de que alguém sabia de alguma coisa, e naquele dia eu não era mais o único comprador. Comprei algumas centenas de ações a mais em meu nome e deixei que a questão seguisse por conta própria. No almoço, fiz os preparativos para encontrar Levy por acidente na esquina de Mansion House. Ele expressou (tal como eu esperava) surpresa em me ver naquela região de Londres. Simulei certo embaraço e sugeri que deveríamos almoçar juntos. Eu o arrastei a um lugar um pouco afastado do circuito tradicional, onde pedi um bom vinho e bebi o tanto que ele consideraria suficiente para induzir um humor confidencial. Perguntei-lhe como estavam as coisas na Bolsa. Ele disse: "Ah, tudo bem", mas pareceu um tanto duvidoso, e me perguntou se eu tinha algum envolvimento com o mercado. Falei que às vezes fazia alguns investimentos por especulação e que, aliás, havia sido avisado de um muito bom. Eu olhei em volta simulando apreensão e arrastei minha cadeira para mais perto de Levy.

— Imagino que não saiba nada do petróleo peruano, não é? — disse.

Eu comecei a olhar em volta de novo e me inclinei na direção dele, falando com a voz mais baixa.

— Bom, na verdade eu sei, mas não quero que se espalhe. Eu acho que vou ganhar uma bolada.

— Mas eu achei que não ia dar em nada — disse. — Não rende um dividendo que seja há trocentos anos.

— Não — falei. — Não rende, mas vai. Tenho informações internas.

Ele não pareceu muito convencido. Entornei minha taça e me encostei no seu ouvido.

— Veja cá — falei. — Eu não digo isso a qualquer um, mas não me importo que você e Christine tirem proveito. Você sabe que sempre tive coração mole por ela, desde os velhos tempos. Você chegou na minha frente e agora é minha vez de amontoar brasas sobre a cabeça dos dois.

Eu já estava um pouco empolgado nessa hora, e ele achou que eu estava alcoolizado.

— Muito gentil da sua parte, meu velho — disse. — Mas eu sou cauteloso. Você sabe que sempre fui. Eu gostaria de uma prova.

Ele encolheu os ombros como um penhorista.

— Eu lhe darei — falei. — Mas aqui não é seguro. Venha na minha casa hoje, depois do jantar, e eu lhe mostro o relatório.

— Como você conseguiu? — perguntou.

— Eu lhe digo hoje à noite — falei. — Venha logo depois do jantar... qualquer horário depois das 21 horas, digamos.

— Em Harley Street? — perguntou. Vi que ele tinha intenção.

— Não — falei — em Battersea. Em Prince of Wales Road; tenho trabalhos a fazer no hospital. E veja só, não avise à vivalma que vai. Comprei umas duzentas ações hoje, no meu nome, e as pessoas vão saber. Se souberem que estamos andando juntos, alguém vai se avivar. Aliás, tocar no assunto em um lugar como este não é nada seguro.

— Tudo bem — disse ele —, não direi nada a ninguém. Apareço por volta das 21 horas. Tem certeza de que é seguro?

— Não tem como dar errado — eu lhe garanti. E falei sério.

Nos despedimos logo depois, e fui ao asilo de pobres. Meu sujeito morreu por volta das 23 horas. Eu o havia visto pouco depois do café da manhã e não me surpreendi. Encerrei as formalidades com as autoridades do asilo e combinei a entrega do corpo ao hospital por volta das dezenove.

À tarde, como não era um dos meus dias de estar em Harley Street, procurei um velho amigo que mora perto do Hyde Park e descobri que ele tinha ido a Brighton a negócios. Tomamos chá e me despedi quando ele pegou o trem das 17h35 na estação Victoria. Na saída da plataforma, me ocorreu comprar a edição noturna de um jornal e, distraído, voltei meus passos para a banca. As multidões de sempre estavam correndo para pegar os trens suburbanos e, ao me distanciar, me vi envolvido em um contrafluxo de viajantes saindo do metrô, ou disparando de todos os lados do trem das 17h45 para Battersea Park e Wandsworth Common. Consegui me liberar depois de alguns esbarrões, fui para casa de táxi e foi só quando estava sentado e tranquilo que descobri o pincenê folheado a ouro de alguém envolto na gola de astracã do meu sobretudo. Passei o tempo das 18h15 às dezenove concebendo algo que parecesse um relatório falso para sir Reuben.

Às dezenove, passei pelo hospital e encontrei o furgão do abrigo entregando meu sujeito pela porta lateral. Mandei que o levassem direto à sala de autópsia e disse ao auxiliar, William Watts, que tinha planos de trabalhar ali naquela noite. Eu lhe disse que ia preparar o corpo eu mesmo — a injeção de um conservante teria sido uma complicação lamentável. Eu o mandei tratar das suas obrigações, depois fui para casa e jantei. Disse a meu criado que era provável que eu voltasse ao hospital para trabalhar naquela noite e que ele deveria ir para a cama às 22h30 como de costume, pois eu não tinha como saber se chegaria atrasado ou não. Ele está habituado a minhas irregularidades. Tenho apenas dois serviçais na casa de Battersea — o empregado e a esposa, que cozinha para mim. O trabalho doméstico mais grosso é feito por uma faxineira, que não dorme na casa. O quarto dos criados fica no alto da casa, de frente para Prince of Wales Road.

Assim que jantei, eu me instalei no saguão com documentos. Meu empregado havia tirado a mesa do jantar às 20h15, e eu disse para ele me trazer o sifão e o vaso de tântalo; mandei-o descer. Levy tocou a campainha às 21h20. Eu mesmo abri a porta. Meu criado apareceu na outra ponta do saguão, mas eu lhe avisei que não precisava vir, e ele foi embora. Levy usava um sobretudo com smoking e trazia um guarda-chuva.

— Ora, como você está ensopado! — falei. — Como veio?

— De ônibus — disse —, e o tolo do condutor esqueceu de me deixar na ponta da rua. Está chovendo canivetes e escuro total... eu não via por onde andava.

Fiquei contente por ele não ter pegado um táxi, mas havia calculado que não o faria.

— Um dia sua parcimônia será sua morte — falei.

Eu estava bem ali, mas não calculei que também seria a minha morte. Repito que não teria como prever tudo.

Eu o sentei perto da lareira e lhe dei um uísque. Ele estava de alto-astral a respeito de algum negócio na Argentina que ia fechar no dia seguinte. Conversamos sobre dinheiro por um quarto de hora, e ele falou:

— Então, e este pelo em ovo peruano?

— Não estou vendo pelo em ovo — respondi. — Venha dar uma olhada.

Subi com ele à biblioteca e liguei tanto a luz do aposento quanto a luz da leitura na escrivaninha. Eu lhe dei uma cadeira à mesa com as costas para a lareira e busquei no cofre os documentos com que ia fingir. Ele os pegou e começou a ler, fazendo um escrutínio a seu modo míope, enquanto eu ajeitava o fogo na lareira. Assim que vi a cabeça dele em posição favorável, eu o atingi forte com o atiçador, logo acima da quarta cervical. Foi um trabalho delicado calcular a potência exata necessária para matá-lo sem romper a pele, mas minha experiência profissional me foi útil. Ele deu um suspiro alto e desabou para a frente sobre a escrivaninha, quase sem fazer som. Coloquei o atiçador de volta no lugar e o examinei. O pescoço estava quebrado e ele estava sem dúvida morto. Eu o levei a meu quarto e o despi. Eram por volta de 19h50 e duas quando terminei. Deixei-o debaixo da minha cama, que já estava arrumada para eu dormir, e arrumei os documentos na biblioteca. Então desci, peguei o guarda-chuva de Levy e saí eu mesmo pela porta de entrada, berrando "Boa noite" com altura para ser ouvido no porão caso os empregados estivessem atentos. Caminhei com pressa pela rua, entrei pela porta lateral do hospital e voltei à casa sem fazer som, usando minha passagem particular. Teria sido estranho se alguém me visse naquele momento, mas eu me inclinei sobre as escadas do fundo e ouvi a cozinheira e o esposo ainda conversando na cozinha. Retornei ao saguão, troquei o guarda-chuva do cabide, arrumei meus documentos ali, subi à biblioteca e soei a campainha. Quando o criado apareceu, eu lhe disse para trancar tudo afora o acesso privado ao hospital. Esperei na biblioteca até que ele cumprisse a ordem e, por volta das 22h30, ouvi os dois criados irem para a cama. Esperei mais um quarto de hora e então passei à sala de dissecção. Empurrei uma das macas até o acesso à minha casa, depois fui buscar Levy. Foi trabalhoso descê-lo pelas escadas, mas eu não queria dispor dele em um dos aposentos do térreo — caso meu criado tivesse a ideia de enfiar a cabeça durante os poucos minutos que fiquei fora, ou enquanto eu trancava a porta. Além disso, foi um aborrecimento insignificante comparado ao que eu teria que fazer depois. Coloquei Levy na maca, empurrei-a até o hospital e o substitui pelo meu interessante indigente. Fiquei triste por ter que abandonar a ideia de dar uma olhada no cérebro do último, mas não podia levantar suspeitas. Ainda era bastante cedo, então demorei-me alguns minutos preparando Levy para dissecção. Botei meu indigente sobre a mesa e o rolei de volta até minha casa. Agora eram 23h05, e eu poderia concluir que os empregados estavam na cama. Carreguei o corpo até meu quarto. Ele era bastante pesado, mas menos do que Levy, e minha experiência alpina havia me ensinado a manejar corpos. É tanto uma questão de jeito quanto de força, e eu sou um homem forte para minha altura. Coloquei o corpo na cama — não que eu esperasse que alguém fosse conferir a cama na minha ausência, mas, caso viessem, me veria ao que parecia dormindo. Puxei os lençóis um pouco por cima da cabeça dele, nu, e vesti as roupas de Levy, que por felicidade ficaram folgadas em mim, sem esquecer de tirar os óculos, relógios e outras bugigangas. Pouco depois das 23h30, eu estava na rua chamando um táxi. As pessoas estavam começando a voltar para casa do teatro, e eu consegui um com facilidade na esquina de Prince of Wales Road. Falei ao motorista para me levar até Hyde Park Corner. Lá eu saí, deixei uma boa gorjeta e pedi que me buscasse no mesmo local em uma hora. Ele assentiu com uma carranca e eu saí andando por Park Lane. Estava levando as minhas roupas em uma maleta, carregando meu próprio sobretudo e o guarda-chuva de Levy. Quando eu cheguei ao número 9A, havia luzes em uma das janelas do alto. Eu havia chegado cedo demais, talvez, dado que o velho havia mandado os criados ao teatro. Esperei alguns minutos e ouvi o bater da 00h15. As luzes foram apagadas pouco depois, e entrei com a chave de Levy.

Era minha intenção original, quando repassei o plano do assassinato, deixar que Levy desaparecesse do escritório ou da sala de jantar, deixando apenas uma pilha de roupas sobre o tapete da lareira. O acaso de eu ter conseguido a ausência de lady Levy de Londres, contudo, possibilitou uma solução mais enganadora, embora menos agradável em termos de fantasia. Liguei a luz do saguão, pendurei o sobretudo molhado de Levy e deixei seu guarda-chuva no cabide. Caminhei fazendo barulho e com passos fortes até o quarto, acendi a luz com o interruptor extra no patamar. É claro que eu conhecia a casa muito bem. Não havia chance de eu me deparar com o criado. Levy era um velho simples, que gostava de fazer as coisas por si. Ele dava pouco trabalho ao criado e nunca solicitava auxílio à noite. No quarto, tirei as luvas de Levy e vesti as cirúrgicas, para não deixar nenhuma impressão digital que me revelasse. Como eu queria transmitir a impressão de que Levy havia ido para a cama do modo usual, apenas me deitei na cama. O método mais seguro e simples de fazer com que pareça que uma coisa foi feita é fazê-la. Uma cama que tiver sido amarfanhada com as mãos, por exemplo, nunca parecerá uma cama onde alguém dormiu. Não ousei usar o pente de Levy, é claro, pois meu cabelo não é da mesma cor, mas fiz todo o resto. Imaginei que um senhor atencioso como Levy deixaria as botas à mão para o criado buscar e devia ter deduzido que ele dobra as próprias roupas. Foi um engano, mas não importante. Lembrando daquele livrinho muito bem pensado de sr. Bentley, examinei a boca de Levy para procurar dentes falsos, mas ele não tinha. Não esqueci, contudo, de molhar a escova de dentes.

À uma da madrugada, levantei-me e vesti minhas próprias roupas à luz da minha lanterna de bolso. Não me atrevi a acender as luzes do quarto, pois havia persianas nas janelas. Deixei minhas próprias botas e um par de galochas velhas na frente da porta. Havia um tapete turco grosso na escada e no piso do saguão, e eu não tive medo de deixar pegadas. Hesitei em relação a me arriscar a bater na porta de entrada, mas resolvi que seria mais seguro pegar a chave da porta. (Que agora está no Tâmisa. Eu a joguei da ponte de Battersea no dia seguinte.) Desci em silêncio e fiquei alguns minutos na escuta com o ouvido na caixa de correio. Ouvi um guarda com passos arrastados. Assim que os passos dele se perderam na distância, saí e puxei a porta com todo cuidado. Ela fechou quase sem fazer som, e saí andando para pegar meu táxi. Eu tinha um sobretudo mais ou menos da mesma estampa que o de Levy e havia tomado a precaução de levar um chapéu de ópera na maleta. Torci para que o motorista não notasse que eu não carregava mais o guarda-chuva. Por sorte, a chuva havia diminuído até virar uma espécie de garoa, e caso ele tenha notado alguma coisa, não fez observação. Falei para ele parar em Overstrand Mansions, número 50, lhe paguei ali e fiquei sob o pórtico até ele ir embora. Então corri à minha própria porta lateral e entrei. Era mais ou menos quinze para as duas, e a parte mais difícil da minha função ainda estava à frente.

Meu primeiro passo foi alterar a aparência do corpo de modo a eliminar qualquer mínima identificação, fosse de Levy ou do vagabundo do asilo. Uma alteração bastante superficial era tudo que eu considerava necessário, já que era possível que não houvesse clamor algum em relação ao indigente. Ele estava fora de consideração, e o substituto dele estava à mão para representá-lo. Do mesmo modo, se conseguissem traçar os passos de Levy até minha casa, seria difícil mostrar que o corpo em evidência, por acaso, não era o dele. A barba feita, um pouco de óleo no cabelo e unhas bem cuidadas já seriam o suficiente para sugerir uma personalidade distinta a meu cúmplice desavisado. As mãos haviam sido bem lavadas no hospital e, embora tivessem calos, não estavam encardidas. Não consegui fazer o serviço com a precisão a que eu daria preferência, pois o prazo era curto. Eu não tinha certeza de quanto tempo teria para descartá-lo e, no mais, temia o aparecimento do *rigor mortis,* que tornaria meu trabalho mais difícil. Depois que o barbeei até me dar por satisfeito, busquei um lençol reforçado, mais duas ataduras largas e o prendi com cuidado, preenchendo com algodão onde as ataduras pudessem irritar a pele ou deixar hematoma.

Agora vinha a parte mais delicada do processo. Eu já havia decidido em mente que a única maneira de o transferir da casa seria pelo telhado. Passar pelo jardim dos fundos naquele clima seria como deixar uma trilha de restos por onde eu andasse. Carregar um falecido por uma rua suburbana no meio da noite era algo que fugia a minha prática. Pelo telhado, por outro lado, a chuva, que teria me revelado em solo, continuaria sendo minha aliada.

Para chegar ao telhado, era necessário carregar meu fardo até o alto da casa, passar o quarto dos criados e içá-lo pelo alçapão até o telhado do depósito. Fosse uma questão de apenas subir em silêncio por minha conta, eu não teria medo de acordar os criados, mas fazer isso com o sobrepeso de um corpo avantajado seria mais difícil. Seria possível, desde que o criado e a esposa estivessem em sono profundo, mas, se não, os passos pesados na escada estreita e o barulho de abrir o alçapão seriam perfeitamente audíveis. Subi com delicadeza na ponta dos pés escada acima e fiquei atento à porta. Para meu desgosto, ouvi o criado resmungar alguma coisa enquanto se remexia na cama.

Olhei meu relógio. Meus preparativos, do início ao fim, haviam tomado quase uma hora e eu não podia me atrasar para chegar ao telhado. Decidi tomar um passo ousado e, por assim dizer, inventar um álibi. Entrei no banheiro sem precauções quanto a fazer barulho, liguei as torneiras de quente e frio até o máximo e puxei o tampo.

Os moradores da minha casa já haviam tido motivo para reclamar do meu hábito de usar a banheira em horários incomuns da madrugada. Não só o correr da água à cisterna perturba quem dorme no lado de Prince of Wales Road, mas minha cisterna também é afligida por gorgolejos e batidas peculiarmente fortes, e os canos com frequência emitem um som alto de ronco. Para meu encanto, nessa ocasião em específico, a cisterna estava funcionando com perfeição, buzinando, assobiando e efervescendo como um terminal ferroviário. Dei cinco minutos ao barulho e, quando calculei que os dormentes já haviam terminado de praguejar contra mim e colocado as cabeças sob os lençóis para abafar o alarido, reduzi o fluxo da água ao mais baixo e saí do banheiro, tomando cuidado de deixar a luz acesa e fechar a porta ao passar. Então peguei meu indigente e carreguei-o ao andar de cima da forma mais delicada possível.

O quarto de despejo é um pequeno sótão do lado do patamar oposto ao quarto dos criados e à sala da cisterna. Tem um alçapão, aonde se chega por uma escada curta de madeira. Eu puxei a escada, icei meu indigente e escalei logo atrás. A água ainda estava correndo para a cisterna, que fazia um barulho como de uma criatura tentando digerir uma corrente de ferro, e com o fluxo reduzido no banheiro o grunhido dos canos havia virado quase um silvo. Eu não tive medo de que ouvissem outros barulhos. Puxei a escada para o telhado depois de passar.

Entre a minha casa e a última casa de Queen Caroline Mansions há um vão de poucos metros. Aliás, quando as Mansions foram construídas, acredito que houve algum problema com a iluminação, mas imagino que as partes tenham chegado a algum acordo. De qualquer modo, minha escada de dois metros conseguiu dar conta. Amarrei o corpo com firmeza à escada e empurrei-o até a outra extremidade ficar apoiada sobre o parapeito da casa oposta. Então dei uma corrida rápida pela sala da cisterna e o telhado do quarto de despejo, e pousei com facilidade do outro lado, pois o parapeito era por sorte tanto baixo quanto estreito.

O resto foi simples. Carreguei meu indigente pelos telhados planos com a intenção de deixá-lo, tal como o corcunda da fábula, na escada de alguém ou descendo uma chaminé. Eu tinha feito metade do caminho quando pensei, de súbito: "Ora, aqui deve ser a casa de Thipps". E lembrei do rosto bobo e de suas conversas bobas sobre vivissecção. Ocorreu-me como seria prazeroso depositar minha encomenda com ele e ver o que ele faria. Eu me deitei e espiei o parapeito nos fundos. Estava escuro absoluto e a chuva havia voltado a cair forte, então arrisquei usar minha lanterna. Foi a única coisa incauta que fiz, e as chances de ser visto das casas opostas eram grandes. Um lampejo de um segundo me mostrou o que eu não ousava esperar: uma janela aberta logo abaixo de mim.

Eu conhecia esses apartamentos bem e tinha certeza de que seria ou um banheiro ou uma cozinha. Fiz um laço com uma terceira atadura que havia trazido e deixei-a presa sob os braços do corpo. Enrolei-o numa corda dupla e prendi a ponta na escora de ferro de uma chaminé. Deixei nosso amigo pendurado. Fui eu mesmo atrás dele com ajuda de uma descida de calha e logo estava içando-o pela janela do banheiro de Thipps.

Naquele momento eu já estava um tanto presunçoso e dediquei alguns minutos a deixá-lo em perfeitas condições de apresentação. Uma inspiração repentina sugeriu que eu devia lhe dar o pincenê que havia pegado por caso em Victoria. Encontrei-o no bolso enquanto procurava um canivete para soltar um nó e vi a distinção que daria à aparência do homem, além de deixá-lo mais enganador. Afixei o pincenê, apaguei todos os rastros da minha presença até onde era possível e parti tal como havia vindo, subindo facilmente entre o cano de drenagem e a corda.

Fui caminhando com tranquilidade de volta, cruzei o vão de novo e carreguei minha escada e o lençol. Meu cúmplice discreto me recebeu com um balbucio que me tranquilizou. Não fiz um único som nas escadas. Percebendo que eu já estava tomando um suposto banho há mais ou menos quarenta e cinco minutos, desliguei a água e deixei que meus dignos domésticos dormissem um pouco. Também senti que era hora de um pouco de sono para mim.

Antes, contudo, eu precisava ir ao hospital e deixar tudo em segurança por lá. Peguei a cabeça de Levy e comecei a abrir o rosto. Em vinte minutos, a própria esposa dele não o reconheceria. Retornei, deixando

UM CORPO NA BANHEIRA

minhas galochas e capa de chuva úmidos na porta do jardim. Minha calça, eu sequei perto do fogão a gás no meu quarto, e limpei todos os rastros de lama e pó de tijolo. A barba do meu indigente, queimei na biblioteca.

Consegui duas boas horas de sono das cinco às sete, quando meu criado me chamou como de costume. Pedi desculpas por ter deixado a água correr tanto tempo e até tão tarde. Complementei que pensava em pedir o conserto da cisterna.

Achei curioso perceber que eu estava com fome extra no café da manhã, mostrando que minha função noturna havia provocado certo desgaste nos tecidos. Voltei ao hospital para continuar minha dissecção. Durante a manhã, um inspetor policial particularmente teimoso veio perguntar se um corpo havia desaparecido do hospital. Mandei que ele viesse aonde eu estava e tive o prazer de lhe mostrar o trabalho que fazia na cabeça de Sir Reuben Levy. Depois, fui com ele até a casa de Thipps e fiquei contente em ver que meu indigente convencia.

Assim que a Bolsa de Valores abriu, telefonei para meus corretores diversos e, com certa cautela, consegui vender a maior parte das minhas ações peruanas em um mercado em alta. Perto do fim do dia, contudo, os compradores ficaram incomodados com a morte de Levy e, ao fim, não ganhei mais do que algumas centenas de libras com a transação.

Confiante de que agora lhe esclareci todos os pontos que o senhor possa ter achado obscuros, e com parabéns pela sorte e perspicácia que lhe possibilitaram me derrotar, despeço-me, com lembranças a sua mãe,

Atenciosamente,

JULIAN FREKE

Post-scriptum: Meu testamento está pronto, deixando meu dinheiro para St. Luke's Hospital e legando meu corpo à mesma instituição para dissecção. Tenho certeza de que meu cérebro será de interesse para o mundo da ciência. Como morrerei por minha própria mão, imagino que haverá pouca dificuldade nesse sentido. Se puder me fazer um favor de falar com as pessoas envolvidas na inspeção do cadáver, poderia garantir que o cérebro não seja danificado por um profissional inabilitado no *post-mortem* e que o corpo seja descartado conforme minha vontade?

A propósito, talvez lhe seja de interesse saber que gostei de sua motivação em visitar-me esta tarde. Transmitiu um alerta que me levou a agir tal como estou agindo. Apesar das consequências desastrosas para mim, fiquei contente em perceber que o senhor não havia subestimado minha ousadia e inteligência e recusou a injeção. Tivesse aceitado-a, é claro, o senhor não chegaria em casa com vida. Não haveria vestígio da injeção em seu corpo, que consistia em um preparado inofensivo de estricnina, misturado a um veneno quase desconhecido, para o qual não existe teste reconhecido no momento, uma solução concentrada de esn--

O manuscrito estava interrompido naquele ponto.

— Bom, já está bem claro — disse Parker.

— Não é esquisito? — disse lorde Peter. — Toda essa frieza, tanta inteligência... e ele não resistiu à vontade de escrever uma confissão para mostrar como foi esperto, nem para manter o pescoço longe da corda.

— E nos ajuda muito — disse o inspetor Sugg. — Mas que Deus nos abençoe, senhor: criminosos são todos iguais.

— O epitáfio de Freke — disse Parker, depois que o inspetor foi embora. — E agora, Peter?

— Agora eu vou organizar um jantar — disse lorde Peter — para sr. John P. Milligan e seu secretário, assim como para os *messieurs* Crimplesham e Wicks. Eu sinto que eles merecem por não terem assassinado Levy.

— Bom, não se esqueça dos Thipps — disse sr. Parker.

— De modo algum — disse lorde Peter. — Eu nunca me privaria do prazer da companhia da sra. Thipps. Bunter!

— Milorde?

— O conhaque Napoleon.

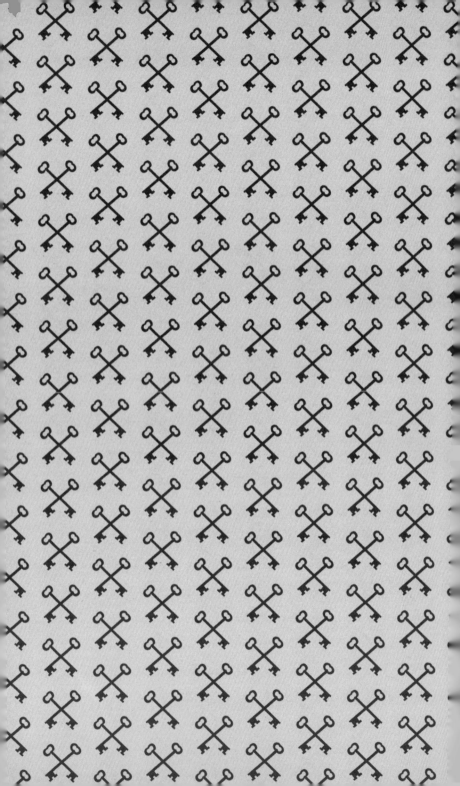

WIMSEY, PETER DEATH BREDON, D.S.O., *nascido* 1890, *segundo filho* de Mortimer Gerald Bredon Wimsey, 15º Duque de Denver, e de Honoria Lucasta, *filha* de Francis Delagardie de Bellingham Manor, Hants.

Formação: Eton College e Balliol College, Oxford (distinção de honra, Escola de História Moderna, 1912); serviu às Forças de Sua Majestade 1914/18 (Major, Brigada de Fuzileiros). *Autor de:* "Notas sobre coleções de incunábulos", "O *Vade-Mecum* do assassino" etc. *Recreações:* Criminologia; bibliofilia; música; críquete.

Clubes: Marlborough; Egotists'. *Residências:* Piccadilly 110A, W.; Bredon Hall, Duke's Denver, Norfolk.

Brasão: Escudo: três camundongos dançando, prata; timbre: um gato doméstico prestes a dar o bote, natural; lema: *As my Whimsy takes me.*[*]

---

[*] Em tradução livre: "Onde meu capricho me levar", mas também um jogo com o sobrenome da personagem. *Whimsy* significa capricho, veneta, mania, teimosia. [*N.T.*]

NOTA DA EDIÇÃO

(Esta edição de *Um corpo na banheira*, que recebeu algumas correções e emendas da parte da Srta. Sayers, tem em acréscimo uma *breve nota biográfica de Lorde Peter Wimsey,* atualizada até o momento — maio de 1935 — e comunicada por seu tio Paul Austin Delagardie.)

Fui convidado por Miss Sayers a preencher certas lacunas e corrigir poucos, minúsculos erros quanto a fatos relativos à carreira de meu sobrinho Peter. Cumpro esta função com prazer. Aparecer de forma pública na imprensa é ambição de todo homem, e ao agir como uma espécie de lacaio volante para o sucesso de meu sobrinho, demonstrarei apenas modéstia adequada a minha idade avançada.

A família Wimsey é ancestral — muito ancestral, na minha opinião. A única coisa sensata que o pai de Peter já fez foi aliar a linhagem exaurida à cepa franco-inglesa e vigorosa dos Delagardie. Mesmo assim, meu sobrinho Gerald (o atual Duque de Denver) não passa de um fidalgo inglês cabeça-dura e minha sobrinha Mary era volúvel e tola até casar-se com um policial e se acomodar. Tenho alegria em dizer que Peter puxou à mãe e a mim. Sim, ele é pura ousadia e sagacidade — mas isso é melhor do que ser puro músculo e zero cérebro como o pai e irmãos, ou um mero emaranhado de emoções como o filho de Gerald, Saint-George. Ao menos ele herdou o cérebro dos

Delagardie, a modo de salvaguarda do temperamento infeliz dos Wimsey.

Peter nasceu em 1890. A mãe, à época, preocupava-se muito com o comportamento do marido (Denver sempre foi desagradável, mas o grande escândalo só irrompeu no ano do Jubileu), e o estado de nervos dela pode ter afetado o garoto. Como criança, ele era um camarãozinho descorado, muito inquieto e travesso, e sempre afiado demais para a idade. Ele não tinha nada da beleza física robusta de Gerald, mas desenvolveu o que eu posso chamar de inteligência corporal: mais habilidade do que força. Ele tinha olho veloz para uma bola e mãos suaves para um cavalo. Também tinha uma valentia do diabo em pessoa: aquela valentia inteligente que percebe o risco antes de encará-lo. Sofria muito de pesadelos quando criança. Para consternação do pai, cresceu com ardor por livros e música.

Os primeiros dias de colégio não foram felizes. Era uma criança meticulosa e imagino que tenha sido natural os colegas de colégio chamarem-no de "fracote" e tratarem-no como uma espécie de número de comédia. Ele poderia, para meros fins de autopreservação, ter aceitado o encargo e deteriorado até virar um palhaço de carteirinha, caso um treinador de Eton não houvesse descoberto que ele era genial no críquete. Depois disso, é claro, todas as excentricidades dele foram aceitas como espirituosidade, e Gerald sofreu o choque salutar de ver o detestável irmão mais novo tornar-se personalidade maior do que ele. Quando chegou ao sexto ano, Peter havia conseguido tornar-se o estilo — atleta, estudioso, *arbiter elegantiarum — nec pluribus impar*. O críquete teve grande parte nesse aspecto — muitos de Eton hão de lembrar do "Grande Flim" e da performance dele contra Harrow —, mas eu detenho o crédito de tê-lo apresentado a um bom alfaiate, mostrado-o como se virar na cidade e ensinado-o a distinguir vinho bom do ruim. Denver pouco o incomodava nesse aspecto — ele também tinha muitos embaraços na própria vida, além de dedicar-se a Gerald, que à época estava fazendo um papelão homérico em Oxford. Aliás, Peter nunca se acertou com o pai, foi um crítico precoce e implacável das contravenções paternas e a simpatia pela mãe teve efeito arrasador no senso de humor dele.

Denver, nem preciso dizer, era a última pessoa a tolerar os pontos fracos da própria prole. Custou-lhe um bom dinheiro livrar Gerald do enrosco em Oxford e ele dispôs-se a entregar o outro filho a mim. Foi aos dezessete anos que Peter veio de livre e espontânea vontade. Ele era velho para a idade que tinha e sensato de modo anormal, e eu o tratei como homem vivido. Deixei-o em mãos de confiança em Paris, instruindo-o a sempre manter os casos dele com base comercial sólida e certificar-se de que encerravam com boa-fé de ambas as partes e generosidade da parte dele. Ele corroborou a confiança que depositei. Creio que nunca houve motivo para uma mulher reclamar de como foi tratada por Peter; duas delas, pelo menos, casaram-se com nobres (nobres obscuros, admito, mas nobres de alguma estirpe). Aqui, mais uma vez, insisto na minha dose dupla de crédito; por melhor a matéria-prima que se tenha para trabalhar, é ridículo pensar que a formação social de um jovem deva ser deixada ao acaso.

O Peter desse período era encantador, muito franco, modesto e educado, com uma sagacidade forte, vivaz. Em 1909, ele obteve uma bolsa para cursar História em Balliol e ali, confesso, tornou-se insuportável. O mundo estava aos pés dele, e ele começou a ficar convencido. Ele granjeou afetações, aquela postura oxfordiana exagerada e um monóculo, expressando opiniões de sobra tanto dentro quanto fora da Union, embora eu lhe faça jus ao dizer que nunca tratou a mãe ou a mim com condescendência. Ele estava no segundo ano quando Denver quebrou o pescoço durante uma caçada e Gerald o sucedeu no título. Gerald demonstrou mais responsabilidade do que eu esperava na lida com o patrimônio; o maior erro dele foi casar-se com a prima Helen, uma puritana mirrada e de pedigree muito seleto, puro interior da cabeça aos pés. Ela e Peter detestavam-se com cordialidade; mas ele sempre podia buscar o refúgio da mãe na Casa da Duquesa.

Então, no último ano em Oxford, Peter apaixonou-se como uma criança de dezessete anos e no mesmo instante esqueceu tudo que haviam lhe ensinado. Ele tratava a garota como se ela fosse feita de gaze, e eu como um monstro velho e encarquilhado da devassidão que o deixara impróprio para tocar na pureza delicada da moça. Não vou negar que compunham um casal primoroso — branco e ouro —, um príncipe e uma princesa embriagados do luar, como diziam. Seria mais acertado dizer que estavam embriagados de cachaça. O que Peter viria a fazer em vinte anos com uma esposa que não tinha nem cérebro nem caráter, ninguém além de mim e da mãe dele se deu ao trabalho de perguntar, e ele, é claro, estava obcecadíssimo. Por felicidade, os pais de Barbara resolveram que ela era jovem demais para se casar; então Peter fez as últimas cadeiras na faculdade com o temperamento de Sir Eglamore chegando ao primeiro dragão; deixou o diploma com distinção de honra aos pés da moça como se fosse a cabeça do dragão e acomodou-se a um período de provação virtuosa.

Então veio a Guerra. É óbvio que o jovem imbecil ficou louco para se casar antes de ser despachado. Mas os escrúpulos dele o transformaram em argila nas mãos de outros. Foi-lhe ressaltado que, se voltasse mutilado, seria injusto com a moça. Ele não havia pensado nisso e correu num frenesi de abnegação para desobrigá-la do noivado. Não tive parte nisso; fiquei contente com o resultado, mas não consegui engolir os meios.

Ele se deu muito bem na França, deu um bom oficial e os soldados gostavam dele. E então, de favor, ele voltou de licença com a capitania em 16, e encontrou a moça casada — com um Major Sei-lá-quem, um libertino obstinado que ela havia atendido no hospital V.A.D. e cujo lema com as mulheres era "pega e pisa". Foi brutal; a moça não teve coragem de avisar Peter de antemão. Eles casaram-se com pressa quando ouviram que ele vinha para casa, e tudo que ele teve ao chegar foi uma carta, anunciando o *fait accompli* e lembrando-o de que ele mesmo a havia desobrigado.

Digo, em nome de Peter, que ele veio direto a mim e admitiu que havia sido idiota. "Tudo bem", falei, "você teve um aprendizado. Não passe por idiota quando estiver do lado de lá." Então ele voltou ao emprego com (tenho certeza) a intenção fixa de ser morto; mas tudo que conseguiu foi a promoção a major e a Ordem de Serviços Distintos por um bom trabalho de espionagem por trás do front alemão. Em 1918, ele estava em uma explosão que o enterrou em uma cratera próxima a Caudry, o que o deixou com um colapso nervoso que durou mais ou menos dois anos. Depois disso, ele acomodou-se em um apartamento em Picadilly com o criado Bunter (que havia sido o sargento dele e lhe era — e continua sendo — devoto) e começou a se recompor.

Não me importo em dizer que eu estava preparado para quase qualquer coisa. Ele havia perdido a bela franqueza, ele excluiu todos que eram da confiança dele, incluindo a mãe e eu, encarnou uma frivolidade impenetrável na conduta e na pose de diletante, e tornou-se, aliás, um comediante de pleno direito. Era rico e podia fazer o que bem entendesse, o que me deu certa dose de entretenimento ao assistir aos empenhos da Londres feminina no pós-guerra tentando capturá-lo. "Não pode fazer bem", disse uma matrona ansiosa, "ao pobre Peter viver como ermitão." "Madame", falei, "se ele fosse, não faria." Não; daquele ponto de vista, ele não me causava nervosismo algum. Mas eu não pude deixar de ver perigo em um homem da capacidade dele não ter emprego para ocupar a mente, e assim lhe comuniquei.

Em 1921, houve o caso das Esmeraldas de Attenbury. O caso nunca foi comentado, mas fez barulho em um período que já era barulhento. O julgamento do ladrão foi uma série de comoções e a maior sensação de todas se deu quando Lorde Peter Wimsey subiu ao banco de testemunhas como depoente-mor da promotoria.

Foi notoriedade com extra. Na verdade, para um oficial de espionagem tarimbado, não creio que a investigação tenha lhe oferecido complicações; mas um "nobre detetive" era uma novidade novidadosa. Denver ficou furioso; da minha parte, não me importava com o que Peter fizesse, desde que fizesse alguma coisa. Achei-o mais feliz por ter um ofício e gostei do homem da Scotland Yard com quem ele havia se afiliado no correr do caso. Charles Parker é um camarada tranquilo, sensato e bem-educado, e tem sido bom amigo e cunhado de Peter. Ele tem a qualidade valiosa da afeição pelas pessoas sem querer virá-las do avesso.

O único problema com o novo hobby de Peter é que precisava ser mais do que um hobby, se é que viria a ser hobby para um cavalheiro. Você não pode deixar assassinos irem à forca só para se divertir. O intelecto de Peter o puxava para um lado e os nervos para outro, até que eu comecei a ter medo de que fosse deixá-lo em pedaços. No fim de cada caso, tínhamos os velhos pesadelos e choques da guerra de novo. E então, Denver, justo ele — o Denver, o grandiosíssimo idiota, no meio das fulminações contra as atividades policiais degradantes e notórias de Peter —, teve que ser indiciado por assassinato e foi a julgamento na Câmara dos Lordes, em meio a um alarde que fez todos os empenhos de Peter nesse sentido parecerem fogos de artifício capengas.

232   CLUBE DO CRIME

Peter conseguiu livrar o irmão da confusão e, para meu alívio, foi humano a ponto de inebriar-se com a força do que fez. Hoje ele admite que o "hobby" é seu trabalho legítimo para a sociedade, e criou interesse suficiente em assuntos públicos para, de tempos em tempos, cumprir pequenos serviços diplomáticos para o Foreign Office. Nos últimos tempos ele anda mais disposto a revelar o que sente e um pouco menos assustado de ter algo a revelar.

A última excentricidade foi apaixonar-se pela menina que ele inocentou da acusação de envenenar o amado. Ela recusou-se a casar com ele, como faria qualquer mulher com caráter. Gratidão e complexo de inferioridade não são bases para matrimônio; a postura era falsa desde o começo. "Meu garoto", falei, "o que era errado para você há vinte anos agora é certo. Não são as jovenzinhas inocentes que precisam de manejo suave — são as que já passaram por sustos e mágoas. Recomece do começo. Mas aviso que você vai precisar de toda disciplina que já aprendeu."

Bom, ele tentou. Não creio que eu já tenha visto tanta paciência. A moça tem cérebro, tem caráter e tem honestidade; mas ele tem que ensiná-la a aceitar, o que é muito mais difícil do que ceder. Acho que um vai encontrar o outro, se conseguirem impedir que as paixões fiquem à frente das vontades. Ele percebe, eu sei, que nesse caso não pode haver consenso que não o livre.

Peter está com 45 anos e já é hora de se acomodar. Como você há de ver, fui uma das influências formativas na sua carreira e, em termos gerais, sinto que ele me atribui o crédito. É um Delagardie genuíno, com pouco dos Wimsey à exceção (tenho que ser justo) daquela noção subjacente de responsabilidade social que não deixa a pequena nobreza inglesa ser perda total, falando em termos de espírito. Detetive ou não, ele é um estudioso e é um cavalheiro; ficarei contente em ver como será sua conversão a marido e pai. Estou chegando à idade idosa e não tenho filho meu (que eu saiba); fico contente em ver Peter feliz. Mas, como diz sua mãe, "Peter sempre teve tudo, exceto aquilo que queria de verdade", e creio que tenha mais sorte do que muitos.

Paul Austin Delagardie

Um brinde ao crime

Por Samir Machado de Machado

Se você, assim como eu, acaba de entrar em contato pela primeira vez com um livro de Dorothy L. Sayers, então parabéns para nós. O prazer de descobrir novos escritores — ainda que com exatos cem anos de atraso, no meu caso — só perde para o de descobrir um novo personagem pelo qual se apaixonar. E que prazer foi ser apresentado a Lorde Peter Wimsey. Há sempre algo de reconfortante nas antigas histórias de detetive, quando um ambiente domesticado de súbito é invadido tanto pelo crime quanto por uma personalidade determinada a resolvê-lo.

O que Sayers deve ter percebido é que o charme de uma boa história de detetives não é somente o mistério — que, muitas vezes, pode até ser banal; uma desculpa para colocar os personagens em movimento —, e sua solução na maior parte das vezes é resolver um problema com matemática. Não, o grande charme das histórias de detetive está, justamente, no detetive. Melhor ainda se este detetive for um amador diletante, do tipo que se envolve no mistério por acaso, movido pelo tédio, pela inquietação intelectual ou a pedido de amigos e familiares. Nesse sentido, Wimsey segue de perto a tradição do Sherlock Holmes de Conan Doyle: um tipo excêntrico, acompanhado por um assistente que lhe serve como fantoche (aqui, o papel de "Watson" fica por conta do valete, Mervyn Bunter) e um detetive ou policial que lhe dá acesso ao caso (o "inspetor Lestrade" de lorde Peter, que, no caso, são dois: o competente detetive Parker e o não tão competente inspetor Sugg).

E é nos momentos em que o mistério fica de lado e abre-se espaço para o personagem, que Sayers se destaca entre outros escritores de mistério, ao detalhar a psicologia por trás de seus personagens. Entre um momento e outro, conforme a personalidade de Lorde Peter Wimsey se intromete nas brechas do enredo, é que o personagem vai se tornando mais e mais encantador. E apesar de Dorothy L. Sayers ser muito comparada a Agatha Christie, afinal eram duas conterrâneas contemporâneas escrevendo histórias de crime — por sinal, Christie também usaria depois o recurso de "um corpo largado em lugar onde ninguém esperaria encontrar um" com sua Miss Marple em *Um corpo na biblioteca* —, as semelhanças parecem se encerrar por aí. Sayers parece carregar muito mais a influência, inescapável, que o Sherlock Holmes de Arthur Conan Doyle tem sobre o gênero, tanto na construção do protagonista quanto no rol de personagens coadjuvantes que o acompanham.

Se Holmes tinha lá seus fantasmas internos, alimentados pelo vício em cocaína, Peter Wimsey carrega consigo os traumas da Primeira Guerra Mundial, o que na época chamavam de *shellshock*, e que hoje chamamos de Transtorno de estresse pós-traumático, ou TSPT, e que era então uma novidade. A "Grande Guerra" foi o primeiro conflito bélico em larga escala onde, de um lado, havia sido inventada uma nova gama de armas modernas as quais todos estavam ansiosos para usar, e do outro, a Medicina havia avançado o suficiente para que os feridos de guerra sobrevivessem às suas lesões e retornassem para casa. No caso de lorde Peter, soma-se a isso um amor que ficou para trás devido ao seu envolvimento no conflito (e não deixa de ser curioso que um tanto dessa história pregressa do personagem tenha sido usada, mais recentemente, como pano de fundo de outro detetive, o Hercule Poirot de Agatha Christie, nas suas aparições mais recentes, interpretado por Kenneth Branagh).

Há ainda outro elemento que diferencia Peter Wimsey de seus pares detetivescos, e esse é, naturalmente, a questão de classe, sobretudo de dinheiro — no caso, a abundância deste. Tanto Holmes quando Miss Marple vivem vidas frugais, ele em Londres e ela no interior, mas Wimsey, que oscila entre os dois espaços, tem acesso natural a espaços e bens de consumo que estes outros não tem, e usa a própria posição social para que algumas portas lhe sejam abertas durante a investigação.

De fato, sua rotina se parece mais com a de um personagem de *Downton Abbey* — ele até mesmo possui uma espirituosa duquesa viúva como mãe, que também se envolve na solução do mistério se necessário, movida, ao que parece, pelo mero divertimento da coisa em si. Ou, como no caso de seu filho, por não parecer ter nada mais importante a fazer ou porque alguém próximo a ele acabou se envolvendo sem querer em um crime.

A própria Dorothy L. Sayers justificava, ao falar do personagem: quanto mais apertada suas contas ficavam, mais dinheiro ela dava para seu personagem, e divertia-se em poder, ao menos na ficção, gastar a fortuna que lhe faltava. "Quando estava insatisfeita com meu apartamento de um quarto sem mobília, aluguei um apartamento luxuoso para ele em Piccadilly. Quando meu tapete barato furou, encomendei para ele um tapete Aubusson. Quando não tinha dinheiro para pagar a passagem de ônibus, presenteei-o com um Daimler estofado em um estilo de sóbria magnificência." O carnavalesco Joãosinho Trinta dizia que "quem gosta de pobreza é intelectual, pobre mesmo gosta de luxo e riqueza", e Sayers faz valer o mote. A ficção, no final das contas, longe de ser uma fuga da realidade, é uma forma de reivindicá-la.

Dorothy Leigh Sayers

Dorothy Leigh Sayers nasceu em 1893, em Oxford, na Inglaterra. Foi uma romancista, ensaísta, dramaturga e acadêmica britânica, considerada uma das Rainhas do Crime da Era de Ouro da literatura de mistério — ao lado de Agatha Christie, Margery Allingham e Ngaio Marsh. Sayers se tornou uma das primeiras mulheres a se formar na Universidade de Oxford e suas traduções de Dante permanecem em circulação até hoje. Foi redatora em uma agência de publicidade na década de 1920 e também se tornou famosa pelas obras cristãs, como *Cartas a uma igreja acanhada*, pelos estudos sobre a Idade Média e pelos contos, sendo reconhecida sobretudo pela contribuição à literatura policial. Ela morreu em 1957.

Este livro foi impresso pela Lisgráfica, em 2023,
para a HarperCollins Brasil. O papel do miolo é
pólen natural 70g/m², e o da capa é couchê 150g/m².

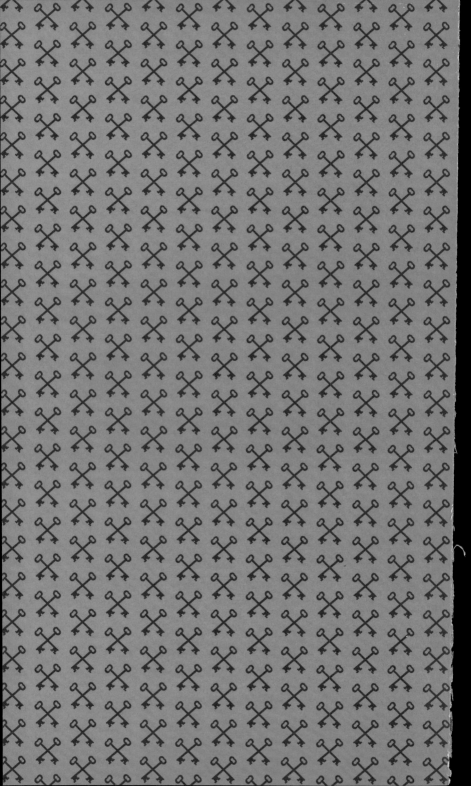